「官僚謀殺」シリーズ

# 知能犯之罠

紫《し》金《きん》陳《ちん》（著）
阿《あ》井《い》幸《こう》作《さく》（訳）

## — 登場人物 —

高棟《ガオ・ドン》　市公安局・捜査二所所長
徐策《シュー・ツァー》　高棟の高校・大学時代の同級生

張一昂《ジャン・イーアン》　高棟の部下
陳《チェン》監察医　高棟の部下

郭鴻恩《グオ・ホンエン》　白象県公安局・局長
陳《チェン》隊長　白象県捜査隊・隊長
李愛国《リー・アイグオ》　白象県公安局・副局長。治安事件の責任者
張相平《ジャン・シアンピン》　白象県公安局・副局長。刑事事件の責任者
邵剛《シャオ・ガン》　白象県都市管理局・副局長
胡生楚《フー・ションチュー》　白象県都市建設局・副局長
王修邦《ワン・シィウバン》　白象県国土資源局・副局長
林嘯《リン・シアオ》　白象県国土資源局・土地執法業隊長

李茂山《リー・マオシャン》　市政法委員会書記。高棟の義父
張国盛《ジャン・グオション》　市公安局・局長
王孝永《ワン・シアオヨン》　省公安庁・所長

# 目次

# 第一章

# 1

十二月になって冷たい風が吹くようになった。本格的に冬が訪れたようで、空気がにわかに寒くなった。

太陽が西に沈む。徐策《シュー・ツァー》はゆったりしたジャケットに体をくるめて、寒さに身を縮こませながら、東西に延びる沿海南路《イエンハイナンルー》をゆっくり西へ歩いていた。

十字路の信号機に差し掛かり、彼は立ち止まらずに、右に方向を変えて北の鳳栖路《フォンチールー》を進む。

彼は顔を上げなかったが、目は頭上にある防犯カメラを再度一通り観察していた。

レンズは地上から約八メートル離れた信号機の上に付いており、その先を沿海南路に向けている。信号を無視する違反車両の撮影が目的であるこのカメラを、彼は何度も観察し、これが動かない固定カメラであると推測しており、鳳栖路の方は撮影できないはずだと考えていた。

だが、あくまでも「はず」である。彼には万に一つのミスも許されず、潜在的な失敗要素は全て排除しなければいけない。

よし。細かいところはあとではっきりさせよう。

もしカメラが動き、犯行時にレンズが鳳栖路に向いていたとする。そのときはカメラの解像度を考える必要がある。

中国の防犯カメラネットワーク「天網《ティエンワン》」システムで使われているカメラの一般的な解像度は二百万画素で、一部のエリアでは五百万画素のカメラを採用している。最もまずい状況は一千万画素だった場合で、その有効距離は最大百メートルになる。しかし、言い換えると、鳳栖路から百メートル以上離れた場所で犯行に及べば、そのカメラは何の機能も発揮できないわけだ。それに夜なら尚更だ。

鳳栖路をそのまま北に進む。この道は二本の車道しかなく、左側には住宅地の高い壁があり、右手には荒れた田畑が広がり、雑草が生い茂っている。冬とは言え雑草はまだ五十センチぐらいの高さがある。畑は約五十メートル以上あり、先が見えないほど長い排水口が鳳栖路に沿って続いている。

千と二百歩、だいたい八百メートル歩いた先に鳳栖住宅地の大きな門がある。門には防犯カメラが設置されている。地上から高さ五メートルの場所にあるバーに付けられたカメラのレンズは外を向いており、門のそばを通過したり、住宅地に出入りしたりする車両や通行人全てを記録する。

さらに門には警備員が常駐しており、この時間には門のそばの警備員室にいる。

しかし夜は気温がより下がり、真夜中になると警備員室の灯りが消え、警備員も眠りにつく。大きな物音がしない限り、警備員が起きて鳳栖路まで出てこないことはここ二週間の下見で実証済みだ。

彼は速度を変えず前に進み、立ち止まりもしなかった。考えながら観察しているとは言え、彼の足はまるでバネが付いているかのように一定の速度で歩き続けた。

六百メートルほど歩いてから左に曲がり、沿海北路《イエンハイベイルー》へ入った。ここの交差点にも信号機と防犯カメラがあるが、彼にとって重要な場所ではない。彼が犯行を計画している現場は、鳳栖路の南側になるからだ。

その後、彼は数キロの距離をひたすら歩き、途中何度も道を曲がって自宅へ戻った。

腰掛けを引き、背筋をしゃんと伸ばして座る。これは彼が考えにふける前の癖だ。

今回の件は、計画からその後の尾行、下調べ、計画の見直しや再考など、一切を紙に残していない。頭脳こそ、パソコンより性能が素晴らしく、紙とペンより安心できる最高の記録媒体だと彼は信じていた。

紙に書いたメモをうっかり誰かに見られたら、計画倒れと言う他ない。

もし計画を何かに記録していて、最後の行動に移る前に家に泥棒が入ったらどうするか。そして泥棒がよりによってそれに興味を示したら？

これも潜在的なリスクと言えるだろう。

確かにそのような状況が発生する確率は非常に低い。だが事を起こす以上、コントロールできるリスクは限りなくゼロに抑えるべきであり、計画をより完璧にするためには成功の確率を百パーセントに近付けるべきだということを彼は知っていた。

大事件を起こした犯人の多くは、取るに足らないことで敗北している。

彼は生まれてから三十六年間、法を守る国民として軽犯罪すら犯したことはなかった。しかし、犯罪の成功率が犯罪の経験回数と単純に比例するわけではなく、経験豊富な多くの犯罪者は単に運が良かったから捕まらなかっただけだと信じていた。犯人が捕まらなかった事件は低レベルな内容のものばかりで、もし彼が捜査員だったならば、運任せの犯人たちは今ごろ塀の中だろう。

だから中国では、捕まえられた常習犯の多くは警察が捕まえようと思って捕まえたわけではない。彼らは怪しい格好をしていて、身分証も所持しておらず、心構えができていないせいで職務質問に引っ掛かり、結果馬鹿馬鹿しい逮捕劇を演じるのだ。

彼にそのような適当さはない。

犯罪の論理が完全であるか否かが、犯罪の成功の鍵を握る。

やるなら、完璧な殺人だ。

彼の視線は宙を見据えていた。

数学には二つの考え方がある。帰納《きのう》法と演繹《えんえき》法だ。

徐策は演繹法で考える習慣があり、帰納法を排除していた。

なぜなら帰納法は論理において必然的な証明ではなく、天然のアクシデントが存在するからだ。

帰納とは経験をまとめた総括であり、演繹とは論理からなる推理だ。

経験は往々にして思考を麻痺させる。

唯一信頼に足るものは論理の正しさだけだ。

このことは全ての物事に当てはまり、犯罪も例外ではない。

しかし、計画がどれほど完璧でもアクシデントの発生を根絶できないことは彼も分かっていた。

例えば、行動を起こしたときに突然車がやって来たとしたら？

または、そばの草むらで昼寝していた間抜けが急に目を覚ましたら？

もしくは、警備員室で休んでいる警備員が突然真面目に鳳栖路まで足を運んだら？

このようなことが起きる確率は非常に低いが、起きたら全てが終わりだ。

徐策の計画の肝は、予期せぬブラックスワンの襲来を徹底的に防ぐことではない。ブラックスワンを完全に防ぐことは不可能だからだ。彼ができること、それは自身の力が及ぶ細部にまで目を向けることだけだ。

彼はこれまで何度も練習を繰り返し行った。マネキンや、ターゲットと同じ体重の生きたブタを使い、現場でのテストも行った。そして、三十五秒あれば今回の計画を実行できるという結論に至った。

長期間の尾行と待ち伏せが報われる夜がついに来た。

徐策が腕時計を見ると、時刻は夜十一時になろうとしていた。彼は鳳栖路南側の交差点から約四百メートル離れた街路樹の下に立ち、木陰に身を隠している。

目の前の鳳栖路には二十メートルごとに街灯が設置され、道を明るく照らしている。これは不利な要素だ。

ちょうど冬なので、この時間だとかれこれ数十分間、人も車も通っていない。これは有利な要素だ。

冷たい風が吹く中、彼は始終手を擦り合わせ、首を回し、必要とされる体の敏捷性を保っていた。こうしなければ三十五秒間で事を行えないからだ。

チャンスが訪れた今日、全てが自分の思い通りに進めば言うことはない。成功しなくともバレる心配はない。その辺りもすでに綿密な準備をしている。

そのとき、沿海南路から強烈なライトを照らした車が鳳栖路に入って来た。

彼は用意していたナイトスコープをポケットから取り出し、装着した。ナイトスコープであれば強い光の中をはっきり見ることができる。

アウディの車両、プレートのナンバー、そして運転席の男。一人だ。やるなら今日だ。

車のスピードは速く、実行に移すにはまず止めなければならない。

だが準備万端の彼は焦らなかった。

徐策はすぐにスコープをしまうと、透明なビニール袋を二つ手に持った。一つには高級白酒の茅台酒《マオタイ》が二本入っており、もう一つの袋には下に高級タバコ「中華《ジョンホア》」が八カートン詰められ、上には同じく高級タバコ「利群《リーチュン》」の限定版が入っている。

彼は鳳栖路に向かって歩き、何も知らないという風に前へ進んだ。

アウディが彼の前方数十メートルのところで突然急ブレーキをかけ、スピードを落とした。アウディの運転手が前方の車道に割れたビール瓶が散らばっていることに気が付いたのだ。車を運転している人間なら、そのままガラスの破片の上を通ろうとはしない。

アウディはブレーキを踏み、左にハンドルを切って、回り込んでビール瓶を避けて通過しようとした。しかし再びアクセルを踏もうとした瞬間、運転手は左側の車道にも同じようにビール瓶が散らばっていることに気付いた。

運転手はまたブレーキを踏み、車を右へ寄せるしかなかった。そしてタイミング良く、徐策がその車の前に現れた。

徐策は車を見て、いま気付いたという風を装い、車の左前方を塞いで手を振りながら「李《リー》副局長、副局長っ」と嬉しそうに叫んだ。

車は徐策のいる場所から五メートルぐらい離れたところに止まった。予想の範囲内の良い場所に止まってくれたと彼は思った。

運転席のパワーウィンドウが開き、酒気を帯びた中年の男が顔を出し、訝しげに彼を睨んだ。

「誰だ？　何か用か？」

「やっぱり李副局長だ」

彼は返事をしながら、手に提げたビニール袋を見せつけるようにし、方言を交えた口調で言葉を続けた。

「私は徐子豪《シュー・ズーハオ》のいとこです」

李副局長と呼び掛けられた男は、徐策が提げたビニール袋に視線を向けただけで眉一つ動かさなかった。沿海地方の発達した県城《シエンチョン》[1]の公安局[2]の副局長である彼はこの土地の権力者だ。日頃の接待で彼と同席できるのはみな数千万、数億元の資産を持つ大企業の社長ばかりだ。「贈り物」を散々見飽きている彼が二袋ぽっちの酒とタバコに興味を持つわけがない。しかし「徐子豪」という名前に聞き覚えがあったようで、怪訝な表情を浮かべた。

徐策は慌ただしく喋り続けた。「私のいとこの徐子豪が半年前、都市建設会社の人間に暴力を働いて収監されてしまいました。若いのは後先考えず行動してどうしようもないです。私はアメリカで十数年間商売をやってそこそこ儲けましたが、叔父が、実家には何のつてもなく、いとこを救う手段がないと何度も私に訴えるのです。何人かに話を聞いてもみな難色を示すだけで、李副局長しか頼める人はいないと言うのです。そこで李副局長にお会いしようと思ったのですが、勤務先に伺うのはご迷惑になるでしょうし、ご自宅に伺うしかないと思いましたが誰もいらっしゃいませんでした。そこの警備員に聞いたところ、まだ帰宅されていないと言われまして、勤務先に電話をかけてみたら食事に出掛けられたと言われました。外食だから早く帰って来られるだ

1　県人民政府の所在地。
2　警察機関。

ろうと住宅地の門のところでお待ちしていたのですが、もう夜も遅くなったので帰ろうと思っていたんですよ。まさかお会いできるなんて思いませんでした」

「うちに誰もいない？　妻がいるはずだがな」李は不思議そうに首を傾げた。

「奥様がご在宅だったんですか。もしかして間違えたのかな。自分も人から住所を聞いただけですので……ご住所は三区の六号ですよね？」

「そりゃ見つからないよ。うちは五区の六号さ」李が笑って答えた。

「ああ、道理で。でも李副局長と会えたので、全くの無駄足でもなかったわけだ」

李は丁寧な微笑みを浮かべながらしばらく考えた後、口を開いた。「さっき徐子豪と言ったな。思い出したよ。確か取り壊しのときに都市建設会社の人間を怪我させたんだっけ」

「はい、はい。そうです」

「あの件は厄介だな。ただ、あれは私の管轄ではないんだが」

「それはもう存じています。あの件は非常に厄介と聞き、誰に話を聞いてもみんな、李副局長しか頼りになる人がいないと言うのです。徐子豪を出すのにはお金がかかるでしょうが、出していただけるのでしたら私どもはなんでもします」

「お金の問題ではないのだがね」李はいささか面倒くさそうな態度を見せた。「贈り物」を持ってくる見知らぬ人物など、彼のような立場の官僚にとっては厄介者でしかない。

徐策は慌てて袋を差し出した。

「まずはこれを受け取ってください。スーパーのギフトカードもあります」

徐策は品物を渡そうとしたが、袋が窓より大きくて入らない。しかし、これも彼の計画の内だ。もし簡単に入ってしまったり、万が一李が受け取るだけ受け取り、明日また話そうと言って車から降りてこなければ、徐策も手が出せない。

李は心中、このアメリカ帰りの田舎者は、面識もない人間に頼み事をするのにこんな物を寄越すのか、と嘲笑った。全く、中国の事情を知らないやつは困る。

李は手を振った。「この件についてはまた今度話そう。それは持って帰ってくれ」

徐策は苦しそうな表情を浮かべた。「副局長、どうかお願いしますよ。これはほんのお気持ちですから受け取ってください。受け取ってくれるだけで結構です。一日中お待ちしたんですから」

中国には「振り上げた拳を笑顔の者に下ろさない」という言葉がある。官僚であれば、贈り物を受け取らなくても相手に気まずい思いをさせてはいけないし、迷惑そうな顔をしてもいけない。

李はその道に精通しているので、徐策に丁寧な態度を見せた。

「車に乗ってくれ。うちで話をしよう。あの件は都市建設会社が絡んでいるから、具体的な方法や、誰に話をつければ良いのか教えよう」

「そうですか。ありがとうございます」

徐策は右側の助手席に乗ると、袋を二人の間に置いてタバコを取り出しながら喋った。

「時間も遅いですし、副局長のお宅には日を改めて伺います。副局長のお力さえあればきっとなんとかなります。状況を簡単に説明しますと……」

彼は話しながら取り出したタバコを李に渡し、李がクラクションを鳴らさないようにハンドルをガードするため手を伸ばした。それとともに、事が済んでから李の足がブレーキペダルから離れたので、車が動かないようにシフトレバーをすぐにパーキングに入れる必要があった。

一連の動作を幾度も練習した彼の行動は非常に落ち着いていた。

この間、人も車も通ることはなく、先ほどの会話を抜かすと、合計五十五秒かかった。

本来計画していたパターン一では、李が非常に丁寧に接し、車から降りて会話をするというもので、そのような状況では三十五秒しかかからない。パターン二は車に乗って会話するというもので、そのような状況ではいろいろやるべきことがあるので五十五秒かかったわけだが、これも計画の範囲内だ。

とりあえず、第一段階は終了した。

彼は終始、これっぽっちも緊張しなかった。

彼自身、緊張すると思っていたのだが、実際に行動したときは何も緊張しなかったのだ。

今回が初めてだが、彼の心理的な素質は驚くべきものだったのだ。

2

七、八台のパトカーが二車線の鳳栖路《フォンチールー》に止まり、一般車両はUターンして道を引き返す。現場にはすでにバリケードテープが張られ、大勢の警官が詰め掛けている。

その数十メートル離れた場所では、それ以上の数の野次馬が騒いでいる。

間もなく新たに五台のパトカーがやって来て、県公安局の郭鴻恩《グオ・ホンエン》局長と上役じみた男が人民警官を伴い現場に近付く。そして郭鴻恩が手を叩き、現場にいる警官全員を集めて、隣りにいる三十六、七歳の男を紹介した。

「彼は市公安局捜査二所所長兼捜査所総指揮官の高棟《ガオ・ドン》氏だ。みんなも彼のことは知っているだろうから多くは説明しない。省と市双方のトップから緊急の指示があり、市ではすでに特別捜査チームが組織されていて、この事件は今後、高氏をリーダーとして捜査することになった。全権は高氏に委任されている。局内全ての人間は全力で高氏に協力するように。分かったか」

その場にいた警官は「はい」と一斉に声を上げた。

それから、県公安局の上役たちが次々に登場し、各々の名前と肩書を紹介して高棟と握手した。

彼らが住む土地は白象《バイシャン》県[1]という。

1　中国は市の中に県がある。

普通の県城《シエンチョン》であり、警官の能力や装備にも限りがある。大きな刑事事件が起きると上層部が派遣した人間が指揮を取り、現場の人間がそれに協力する。これが彼らの常であり、異論が出ることはない。それに、同じく公安に所属している彼らも、市局にいる高棟の名声は知っていた。高棟は省レベルの捜査専門家であり、すでに数十の大事件を解決した有名人だった。

さらに、高棟自身が所長級幹部というだけではなく、彼の義父が市政法委員会書記であり、市の指導者階級で第七位に属するという事実も重要だった。彼には強大な後ろ盾があった。

高棟は誰に対しても非常に気を配る。彼は一人一人に向かって丁寧に挨拶すると、以降はそのような柔らかい物腰を見せず、緊急事態ということもあり、すぐさま仕事モードに入った。現場にいる県捜査隊の陳《チエン》隊長を呼び、「死体は何時に見つかった?」と聞いた。

「朝四時半です。道を歩いていた清掃員が路上に止まっているアウディを見つけ、ドアが半分開いている状態だったため覗いてみたところ、運転席に座っている李《リー》副局長を発見し、直ちに通報したとのことです。すでに清掃員を局に連れて行き、詳しい事情を聞いています」

「事件は昨晩だったはずだが、なぜ朝まで発見されなかったんだ?」

「おそらく深夜で通行人がいなかったからだと思われます。ここを通るのは車ばかりで、誰も路上に止まっているアウディの異常に気付かなかったのでしょう」

「家族は、被害者が深夜になっても帰って来ないことをおかしく思わなかったのか?」

「李副局長は上役ですから、接待のせいで帰りが遅くなるのは日常茶飯事だったそうです。先ほど李副局長の妻に話を聞きましたが、昨日李副局長から友人と酒を飲んだので帰るのが遅くなるという電話があったようです。それで気にせず先に寝て、朝になってようやく事件を知ったそうです」

「被害者は県公安局の李愛国《リー・アイグオ》副局長で間違いないのか？」

「はい」

「彼はどういう業務を担当していたんだ？」

「普段は治安管理を担当していました」

「彼一人でか？　それとも他の副局長と数人でか？」

「治安案件は李副局長一人で担当していました」

「他の副局長は何をやっているんだ？」

陳隊長はそばにいる副局長に少し視線を向けた。

「副局長は四人います。李副局長の他に、こちらにいる張《ジャン》副局長……」

陳隊長に紹介された張副局長は、高棟に微笑んだ。陳隊長が続けて喋る。

「張副局長は刑事事件を担当されています。他二人は……いろいろですね。二人とももうすぐ退職されます。先ほど現場にいらっしゃいましたが、今は戻って事件の処理をしています」

高棟はうなずきながら理解した。退職間近の副局長二人がする「いろいろ」とは、実際は何もやっていないに等しい。一線を退いて権力がなくなった二人を、国家が退職まで養わなければばいけないのだ。

「この事件を知っている人間は多いか？」

「知っている人間が多いとは？」

陳隊長は言葉の意味が分からず聞き返した。

「一般人はもう知っているのか？」

高棟は周囲に群がる野次馬を指差した。

「重大な事件ですし、特にあの文字は大勢の人間に見られました。事件はすぐに広がることでしょう」

「そこには気を付けよう。捜査に支障が出るのでメディアには報道するなと伝えておけ。報道しようというところがあったら、責任者と直接話し合え」

「他の土地のメディアの場合は？」

陳隊長は慎重な様子で聞いた。

それに対し高棟は意味ありげに答えた。

「状況によって対応してくれ」

郭鴻恩が張副局長を呼び付けた。「張さん、ちょっと頼まれてくれないか。中央維持安定業務指導部署事務所に連絡して、本件の情報はメディアで一切流してはいけないと伝えてくれ」

張副局長は「分かりました」と返事をして、テープの外に出て電話をかけに行った。

「現場の保存状況は？」

高棟が質問を続ける。

「特に問題はありません。清掃員は窓の外から死体を発見したため、ドアには触っていません」

高棟は前方に止まる黒のアウディに視線を走らせた。助手席のドアが大きく開いている。

「県の監察医は来たのか？」

「はい。来ました」

高棟は満足げにうなずいた。「私も市局から専門の監察医を数人連れて来ている。あとで一緒に行こう」

高棟はゴム手袋を着けて車に近付いた。車を覗いてみると死体はもう移動されていて、運転席には大量の血痕が残っている。しばらく見てから、高棟はまた陳隊長に質問した。

「助手席のマットは監察医が持って行ったのか」

「いえ。もともとありませんでした」

その答えに高棟は違和感を覚えた。

「車の指紋は取ったのか」

「はい。一通り採取しました」

「ドアハンドルは？」

「監察医の話では指紋はなかったとのことです。誰かが拭いた可能性もあります」

「指紋が拭かれていたか」

高棟はそうつぶやくと眉をひそめて振り向いた。

「地面の疑わしい足跡も採取したのか」

聞きながら自分でも愚問だと思った。監察医が指紋を採取していれば、足跡も取っているのが当然だ。

「取りました。しかし……」

「しかし？」

「ドアの両側の地面には足跡がありませんでした」

「セメントだからか？」

長年捜査員をやっている高棟は、自然と各種の知識を身に着けていた。足跡は乾燥したセメントの上で完全な状態で残らない。だが、そばには田畑があり、そこにはたくさんの泥や砂があるので、普通に考えれば足跡は残るはずだ。

「監察医によると、セメントの上に足跡がありましたが、犯人により消されていたようです。そばの畑にも足跡がありました。おそらく現場から離れるときに犯人が残したものでしょう。ただ……」

「ただ？」

「ちょっとおかしいんです」

高棟は陳隊長の後ろを歩き、畑に入って行った。しゃがむと、そこにはまるで何かを引きずったようなとても長いくぼみがあった。よく見るとそれは、三十センチもある巨大な足跡だった。こんなに大きいのか。と高棟は驚いた。しかも跡は深く、はっきりしている。だが靴底は真っ平らで模様が全くなかった。

高棟は眉をひそめて黙った。

陳隊長が言葉を続ける。

「この足跡が畑の水路まで続いています」

高棟が見渡してみると、畑には一本の水路が鳳栖路と並行して流れていた。水路は長く、犯人がここを通って逃げた場合、向こう側のどこに渡ったのか調べるのは困難だ。

思ったよりもだいぶ厄介だと、高棟は唇をきつく閉じた。そして立ち上がり、アウディの方に戻った。

「死体はどこに？」

「検死室です」

「体に傷痕はいくつあった？」

「初動捜査では心臓に一箇所だけです」

「凶器は？」

「鋭利な刃物だと思います。それで心臓を一突きです。現場からは凶器が発見されていませんので、今周囲を捜索しています」

「死亡推定時刻はまだ出ていないのか」

「はい、今は昨晩としか。具体的な時間はまだ調べる必要があります」

高棟はあごに手を当てて思案した。「車の中での犯行なら、知り合いによるものだろう」そして基本的な考えが浮かんだ。「道理でマットを持って行ったわけだ。マットはゴム製、犯人の手掛かりが残っている可能性が大きい。犯人の捜査攪乱能力は並じゃない。これは手を焼きそうだ」

「車内に争った跡がないのはおかしいと思いませんか」

陳隊長の問いに高棟は突然振り返って小声で聞いた。

「どういうことだ。こんなに狭い車内で、被害者は全く抵抗せずに心臓を刺されたということか」

「ええ、今はそうとしか。まだ監察医の鑑定が必要です」

高棟はため息をついた。現在分かっている大まかな状況によると、被害者がどうやって殺されたのかは不明で、現場に凶器はなく、ドアノブに指紋もなく、三十センチの足跡はおそらく偽物ということだ。車内から犯人に繋がる指紋など見つからないだろう。

高棟は今のところ、知人による犯行としか言えなかった。他に有効な証言も物証も何もない。本当に厄介だ。

「ところであの文字は？」

高棟は思い出したように聞いた。

「あります。野次馬がうるさいので隠しています。いま持って来ます」

陳隊長がパトカーから持って来た白い布を広げると、そこには行書体の真っ赤な文字が書かれていた。高棟は書いてある内容をすでに知っていたが、こうして実際に見るとやはり寒気が走った。横一行に書かれたその文章は、彼だけではなく現場にいる公安関係者全員の肝を冷やした。

「十五人の局長を殺し、局長が足りなければ課長も殺す」

本件は高棟が警察に入って以来、最も悪質で挑戦的な事件になるだろう。

高棟は無表情のまま現場から離れ、群がる野次馬たちを見つめた。殺人事件では五十パーセントの確率で発生後三十六時間以内に犯人が現場に戻って来るという。なら犯人が今この場にいてもおかしくない。もちろん彼には心を読む能力などなく、たとえ犯人が目の前にいても分かるはずがない。ただ、彼は怪しい素振りをしている人物がいないか本能的に見たかったのだ。

だがこんな事件を起こす犯人は当然肝も座っているはずなので、見られて怪しい素振りをするようなヘマはしないだろう。

高棟は視線を適当に人混みに泳がせ、それからある方向を見つめた。彼の瞳孔が見る見る小さくなり、視線がさらに集中していく。彼は人混みの中から自身の記憶にある人影を見つけたのだ。

あいつは……あいつは……。高棟は無意識にその方向に歩みを進めた。

人混みの中に立つ徐策《シュー・ツァー》は警官のリーダーがこちら側へ向かってくるのに気付いた。そしてその視線が自分に向けられていることを知った。一瞬の間を置いても視線はまだ自分を向いており、徐策の鼓動はたまらず早まった。だが彼の脳は瞬時に自分に言い聞かせた。緊張するな、自分がやったと知る人間は今は誰もいないんだ、大丈夫だ、大丈夫……普通にしていれば問題ない……。

「徐……徐策だろ！」

高棟はついにその見知った顔の名を思い出し、喜びの声を上げた。

徐策は彼の顔を見つめ返し、しばらくしてからようやく思い出した。

「高……高か？」

下の名前が思い出せなかった徐策は「高」とだけ叫んだ。

「ははは。久しぶりだな」

高棟は徐策を人混みの中から連れ出して、笑って言った。

「俺の名前は忘れていたみたいだな。高棟だよ。でも俺はお前の名前をずっと覚えていたぜ」

「えっ、そうか？」徐策は静かに微笑んだ。

高棟にとってその反応は意外ではなかった。徐策は人付き合いを好まず、感情の起伏が小さかった。

「アメリカにいたんじゃなかったのか？　どうして帰って来たんだ」

「海外生活に飽き飽きしてね。帰国してやりたいことを探そうと思って、ひとまず家で休んでいたんだ」

「そうだったのか。もう十年ぶりになるか」

「十一年だな。この事件の担当はお前なのか」

高棟は額をかき、苦笑いを浮かべた。「まぁな。また忙しくなるよ」

「この事件を解決したらまた出世するんじゃないか」徐策が口元を緩めて言うと、高棟が笑って言い返す。

「そんな簡単にはいかんよ。今日は忙しくなる。帰ったら会議だ。お前はどこに住んでいるんだ？　携帯の番号は？　一段落着いたら飯でも食おうぜ。大学の同級生の中で、お前のことは一番尊敬していたよ」と言い、高棟は徐策の肩を叩いた。

徐策は携帯電話の番号を高棟に伝え、自分がここから遠くない沿海北路《イエンハイベイルー》の裏に住んでいることを教えた。

高棟はその後も少しだけ喋ると他の警官とともに現場を離れた。あとには数人の警官が現場保全のために残った。

3

　昨晩の事件は十二月六日に発生したため、一二六特大殺人事件と命名された。このときの高棟《ガオ・ドン》は、まさかその後この事件を一二六特大連続殺人事件に改名することになるとは考えてもいなかった。

　夕暮れ時、検死室から初動検死報告書を受け取った高棟は、直ちに特捜チームメンバー会議を開いた。

　会議には県局の上役と捜査チーム全員の他に、高棟が市局から連れてきた十人余りが参加した。小さな県城《シエンチョン》の公安は、普通の刑事事件ならまだなんとかなるが、大事件の経験は少ない。それに高棟は自分が連れて来た人員の能力を信用していた。

　現場の人間の主な仕事は、高棟らのために捜査に出向いて情報を集めることだ。

　プロジェクターを起動させた高棟は口を開いた。「この事件の重大さについて多くを語る必要はないだろう。間もなく省庁が各部門へ通知するとのことなので、我々の仕事は一刻も早く犯人を特定することだ。この場にいる同志たちは、私同様市局から来た者たちだ。朝に現場へ向かえなかったので、まず一緒に事件の概要を見てみよう」

　高棟はリモコンでプロジェクターの画面を切り替え、続けて話す。「これは被害者の李愛国《リー・アイグオ》が発見されたときの写真だ」

画面に四十過ぎの李愛国の歪んだ顔が映し出された。運転席にもたれかかり、目を見開いているが表情はない。胸の心臓の部分からは黒く大きな血のシミが浮かび、血が助手席にまで流れている。

「李愛国の体には胸の真ん中の心臓部分に傷がある以外、目立った外傷はない。監察の判断では犯人は銃剣のような細く尖った刃物を使って李愛国の心臓を正確に一突きしたとのことだ。おそらく李愛国は三十秒も経たず絶命しただろう」

高棟が続ける。「この写真も見てほしい。車内はきれいで争った形跡がない」

話を聞いていたメンバーの多くが、揉み合いにならずにどうやって殺したのかと疑問を口にした。

高棟は咳払いをし、話し合うのは後だという態度を見せて話を続ける。「助手席のダッシュボードには二万元の現金があり、トランクには高級な酒やタバコが入っていたが犯人が犯行後に触った形跡はない。金銭目当ての殺人ではないということだ」

再び画面を切り替えると今度は車を正面から撮影した写真が出た。フロントガラスには白い布が張られ、真っ赤な文字で「十五人の局長を殺し、局長が足りなければ課長も殺す」と書かれている。行書体の文字は先にペンで縁取りされ、中をペンキで塗っているので筆跡が鑑定できない。

高棟はその写真については何も言わず、あらゆる角度から撮った車の写真を次々に映した。

「被害者の李愛国は、昨晩数人の友人とバーで酒を飲みトランプをしていた。その友人の話だと、彼らは十時半ぐらいに解散して、李愛国は一人で車を運転して帰ったと言う。沿海南路《イエンハイナンルー》と鳳栖路《フォンチールー》の十字路にある防犯カメラの映像では李愛国の車は十時五十二分に鳳栖路に入っている。だが住宅地の防犯カメラには彼のアウディが住宅地に入った映像がない。これは、李愛国が鳳栖路に入って住宅地に着く前に殺害されたことを意味しており、具体的な犯行時刻は十時五十五分前後というところだろう。検死結果とも一致する」

「李愛国の妻の話では、昨晩九時ぐらいに李愛国からトランプをしていて帰りが遅くなるという電話があったそうだ。よくあることなので彼女も気に留めず先に寝て、朝になって事態を知ったらしい。午後に通話記録を確認したが、確かに彼は九時頃に妻に電話をしている」

「本件にはいくつか厄介な点がある。犯人は犯行後、布か何かで車の内外から指紋を拭き取っている。李愛国が犯人に抵抗しなかったので李愛国の爪や体及び車内からは犯人の毛髪、皮膚、服の繊維の類は見つかっていない。車外のセメントの路上にある足跡は犯人により消されている。犯人は車内のマットに足跡を残したはずだが、マットは持って行かれている。犯行後、犯人は近くの畑の水路にまで逃げており、そこからどこかに上がったはずだが、足跡が多すぎるためどれが犯人のものか現時点では不明だ。監察医の話によると犯人は底が平らな鉄製の靴カバーを履いており、だから三十センチの巨大な足跡が残ったとのことだ。平らな靴カバーが犯人の体重を均等に地面に押し付けているせいで犯人の体重がだいたい六十キロから七十キロぐらいとしか判断できず、身長は分からない。つまり、現時点で犯人は何も物証を残していないということだ」

「目撃者はいなかったんですか？」

警官の質問に高棟は首を横に振る。

「犯行が深夜に行われたことと、元々人通りの少ない鳳栖路が、冬だからさらに閑散としていたこともあって、目撃者はいない。鳳栖住宅地の警備員の話では、当時警備員室で寝ていたが特に異常な物音は聞こえなかったそうだ」

「つまり、現時点では一切の証拠も目撃者もいないということかね」

郭鴻恩局長の問いに高棟は首を縦に振る。「その通りです」

会議室にどよめきが広がり、その場にいる人間はお互い顔を寄せ合い、証拠もない事件をどう捜査すればいいのかと話し合った。

その様子を見た高棟は咳払いをして話を止めさせ、続けた。

「李愛国の友人の話によると、李愛国は昨晩車に乗って一人で帰った。防犯カメラにも助手席には誰も写っていなかった。しかし犯行は助手席で行われている。事件の一連の流れを整理してみよう。李愛国は昨晩十時半に友人と別れ、車に乗って一人で家に帰った。鳳栖路に入ったがなぜか住宅地の門まで行かず、路上で車を止め、しかもロックまで外して犯人を助手席に乗せて殺された」

陳《チェン》隊長が質問する。「犯人はどうやって李副局長を殺害したのでしょうか。凶器を持っていたとは言え、狭い車内で揉み合いにもならず銃剣を突き立てています。しかも心臓に一突きで、体の他の箇所には何の傷痕もありません」

「おそらく犯人に心臓を刺される前、李愛国はすでに動けず、抵抗する力を失っていたのだろう。そうでなければ、心臓をピンポイントで刺すことなどできない。犯人の運がいくら良くても、刺されてから数十秒間は抵抗するだろうから、争った形跡がないなんてありえない。午後に陳《チェン》監察医と話し合ったが、おそらく犯人はスタンガンを使って李愛国を失神させ、それから心臓を正確に刺したと考えられる。しかし死亡推定時刻から今日の午後まで半日以上経過しているので、検死では体液を鑑定しても李愛国が生前に電気ショックを受けたかどうかは確認できなかった。そのため単なる推測ではあるが、可能性は高いだろう」

会議室が再び騒がしくなった。普通の県城に暮らす彼らには、これまでスタンガンで失神させてから心臓を刺すといった凶行に遭遇したことはないのだ。

一般的な殺人事件だと、大抵は過失による殺人だ。たとえ計画性のある復讐殺人であってもその手段は稚拙で、斧、金槌、ナイフなどが凶器になる。

スタンガンを当ててから一瞬で致命傷を負わせるという非常に手際が良い手段で、しかも現場にはほとんど痕跡を残していない。

「事件の基本的な説明はこのぐらいにしておこう。今のところ物証も目撃証言もなく、犯人の年齢、性別、外見の特徴一切が不明だ。本件に関して意見がある者は発言してくれ。みんなの見解を聞きたい」

高棟の生え抜きの部下である張一昂《ジャン・イーアン》が手を上げた。

「犯人が犯行後に金銭を取っていないことから、動機は復讐であると考えられます。被害者の交友関係から捜査できると思います」

それからまた話し合いが始まり、一体誰が公安局の副局長に恨みを持っているのか討論した。判明したのは、李愛国は多くの人間から恨みを買っていたが、殺されるほどの恨みとなると誰も思い当たる節がないということだった。それに、いくら恨みがあるとは言え、一体誰が公安局の副局長を殺すなどという大胆なことをするだろうか。本件は必ず解決しなければならない大事件であり、犯人は捕まれば間違いなく死刑だ。

ベテラン捜査員が異なる意見を述べた。

「犯人はフロントガラスにメッセージを残しています。被害者に恨みを持つ者ではなく、社会に恨みを持つ者が公務員に復讐したと考えられます」

「十五人の局長を殺し、局長が足りなければ課長も殺す」

高棟のつぶやきに、会議室にいた経験豊富な捜査員もあらためて寒気を覚えた。

「大した物言いだ。省と市のトップは犯人の予告通りに事件が続くことを心配し、酷く恐れている。犯人が社会に恨みを持っていようがなかろうが、我々は一刻も早く犯人を捕まえなければならない！」高棟の言葉は、その場にいた全員を震わせた。この事件が起きたときから、全員が重いプレッシャーを背負っているのだ。

だが、現場で最もプレッシャーを感じているのは、高棟ではなく局長の郭鴻恩だった。

公安の例にならえば、殺人事件は必ず解決しなければならない。

もし解決に至らなかった場合、責任者は必ずと言っていいほど配置換えさせられる。たとえ責任者にコネがあったとしても、将来の出世には必ず問題がつきまとい、競争相手にいつもその件を持ち出される。

だから現在多くのところでは、刑事事件、とりわけ殺人事件が出た場合はいろいろな策を講じて立件しないようにする。だから「自殺した」というニュースが多いのだ。この主な原因は、公安の評価体系にある「殺人事件は必ず解決する」という決まりにある。中国の殺人事件の解決率が九十パーセントを超えている理由は、多くの地方で「解決しなければ立件しない」というしきたりを守っているに過ぎない。

だが本件のような大事件は絶対に解決しなければならない。高棟は監督責任者という立場であるが、もし最終的に解決できなくても単なる協力者だったと言い逃れることもできる。そもそも彼は白象《バイシャン》県と無関係なのだ。しかし、郭鴻恩局長は管轄区の責任者として、逃げることができない。彼は本来、キャリアを積み重ねるために出向して来ただけで、これまで大きな刑事事件を解決した経験もないため、今は高棟に期待するしかなかった。

高棟は全員を見渡すと、優しい口調で話し掛けた。

「あまり緊張するな。捜査はまだ始まったばかりだから、自分でプレッシャーをかけることはない。犯人は社会に復讐するために犯行に及んだのかもしれないし、李愛国に恨みを持っていたのかもしれない。あの文字は我々の注意を引き付けるのが目的で、社会に恨みを持つ者の犯行と思わせているだけかもしれない。この二つの可能性は現時点でどちらが正しいとは言えない」

その言葉に張一昂が続く。

「一番疑わしい点は、李愛国の車が鳳栖路に入って、間もなく家に着くというのに停車したことです。それに犯人を車に乗せており、全く警戒していないように思えます」

「その通りだ。普通、車を運転していて、深夜に人通りが少ないところで車を止めるというのはどういう状況だ」

誰かが言った「トイレですか？」という答えにすぐに反論が飛ぶ。

「もうすぐ家に着くんだからそのぐらい我慢できるだろう」

高棟がまた質問する。「さらに不審な点は、李愛国が犯人を車に乗せているという点だ。深夜に車を運転していて、誰かを車に乗せるのはどういう状況だ」

「知り合いの犯行ということでしょうか」と張一昂が答える。

「断言できないがその可能性は極めて高いな」

「やはり李愛国の交友関係を洗った方が良いのでは？」

郭鴻恩局長の提案に高棟が「もちろん」と答え、また全員に向かって口を開く。

「しかし周到な殺害方法を見ると、犯人は事前に路上で李愛国を待ち伏せていたと思われる。現場の状況から見て、犯人は一人だ。なぜ犯人は昨晩李愛国が深夜に帰宅することを知っていたんだ？　これには三つの可能性がある。一つ目は、昨晩李愛国がトランプをした友人の中に犯人の仲間がいた。二つ目は、共犯者が存在し、李愛国を尾行していた共犯者が犯人に鳳栖路で待つよう指示した。三つ目は、犯人が李愛国を何日も尾行しており李愛国の行動パターンを読んでいた。犯人は昨日も李愛国を尾行して、被害者がホテルでトランプをして帰りが遅くなることを知っていたから鳳栖路に待機できていたのかもしれない。今はっきりすべきことは、犯人の一連の犯行が完全に一人によるものか、それとも共犯者がいるかだ」

「どうやって調べましょう」

陳隊長の問いに高棟がすぐさま答える。

「いかなる状況であっても、犯人は犯行前に必ず何度も下見をしているはずだ。県や区の道路に大量に設置されている防犯カメラに、きっと何らかの手掛かりがある」

「早速人を手配しよう」と郭鴻恩が発言する。

「膨大な仕事量なので先に取り掛かろう。これからもっと重要な仕事がある。陳隊長、交通警察から沿海南路と沿海北路にある防犯カメラの映像をもらったか？」

「入手しました。しかし、映像は十五日分しか保存されていません」

「十五日か、十分だ。住宅地の防犯カメラは？」

「それもあります。しかし映像は十日分です」

「十日でもなんとかなるだろう。画質はどうだ？」

「高画質です。あそこは公務員の住宅地であり、中には交通管理部門の上役も住んでいるので、建設当時から自身や周囲の安全を考慮してカメラは三つとも高速道路で使用するのと同等の高画質カメラを使っています。他の地域の防犯カメラより写りが良いです」

高棟はその答えに非常に満足した様子で続けて尋ねた。

「では鳳栖路の夜の明るさはどうだ？」

「非常に理想的です。カメラの両側に二十メートル間隔で街灯が設置されていて、その明るさも他の道より遥かに良いです」

公務員住宅地の周辺設備も整っており、これは捜査に有利に働くと考えられる。

「つまりその三つのカメラは夜でも映像をはっきり写せているということだな」

「はい。映像を見ましたが非常にクリアです」と、ここで陳隊長は言いよどみ、「しかし」と続けた。「事件現場までは写っていません」

「犯人は犯行前にカメラの前を通過したはずだ」

「もし犯人が水路から来ていた場合、カメラには写らないのでは？」

「それはありえない」と高棟は断言した。

「犯人は犯行前に鳳栖路で待ち伏せていた。犯行前の準備が早ければ、犯人が水路から来た場合、通行人から注目されかねない。それに水路の水深は膝の高さまである。犯人のズボンが濡れていれば被害者も警戒するだろう。もちろん、濡れたズボンをどこかに隠して穿き替えたかもしれないが、リスクが大きすぎて、犯人の手際の良い犯行と全く一致しない」

「事件の現場を見て何か気付いた者は？　現場は南北に走る鳳栖路の南側だ。鳳栖路の南端と沿海南路が交わるところに防犯カメラがある。鳳栖路の中間、つまり住宅地の正面の門にもカメラがある。北端と沿海北路が交わるところにもある。現場にはカメラはないが、鳳栖路全体には南北両端と中間にカメラがある。道の一方は住宅地の高い壁でもう一方は田畑だ。犯人が田畑から来ることはないだろうから、鳳栖路は完全な閉鎖空間であると言える」

高棟は会議室全体を見渡したが、まだ誰も自分の考えについて行けていないと気付き、強調して喋った。

「犯人は犯行前に必ずいずれかの道から鳳栖路に入っている。鳳栖路両端と中間にはカメラがあるから、犯人は必ずカメラに捉えられているはずだ。陳隊長は私の部下とともに昨晩六時以降に鳳栖路に入ったところをカメラに写ったあらゆる通行人と車を調べてくれ。そして、その後、時間が経っても次のカメラに写らない、または道の途中で車から降りた人物がいた場合、それは鳳栖路に留まっていることを意味する。即ち、そいつが犯人だ！」

会議室に興奮が走った。高棟はやはり経験豊富な専門家だ。目撃者も証拠も全く見つからない難事件であれ、こんなにも早く捜査の方向性を指し示す。

鳳栖路は大きな道ではなく交通量も限られている。捜査は決して難しくない。

高棟に目標を定められた捜査員たちがやる気に満ちている中、高棟が携帯電話の着信に出た。そして少し話して電話を切った後に押し黙り、全員の方を向いて口を開いた。

「李愛国が所持していた銃がなくなっている。ガンケースだけが車のダッシュボードに残されていた。五、六発の実弾も一緒に奪われている」

郭鴻恩は口を結び、何も言葉を発さなかった。

彼のような階級の人間は他人に動揺を悟られてはいけないのだ。

先ほどとは一転して誰もが考え込む中、高棟が軽く咳き込み言葉を続けた。

「犯人は銃を所持している。一刻も早く逮捕するために、今は五つの業務に取り組まなければならない。まず一つ、陳隊長は人員を手配して私が言った鳳栖路の三つの防犯カメラを直ちにチェックしてくれ。現段階ではこれが最重要課題であるので、みんなには局内に残って数日間交代で残業してもらう。大変だが頼む。二つ、郭局長は県全体の道路の防犯カメラをチェックし、事件発生前に李愛国の車を怪しい車が尾行していないのか調べる人員を手配してください。三つ、張一昂は省公安庁の鑑識捜査の専門家に連絡し、現場にあった遺留物全てをもう一度鑑定し、何か解決に繋がる物がないか調べてもらってくれ。四つ、また陳隊長に頼むが、人員を手配して昨晩李愛国といた友人たちや彼と親しい人物から詳しく話を聞き、交友関係を完全に洗い出してその中からおかしな人物がいないか捜査してくれ。五つ、また郭局長のお手を煩わせることになりますが、現在人手不足ですので下部の各管轄地にある派出所から経験がある警官を選び出し、当日夜に不審な人物がいなかったか周囲に細かく聞き込みさせてください。よし、防犯カメラ、物証、目撃証言、交友関係などから着手するぞ。全警官は全力をもって一刻も早い事件解決を目指して行動してくれ！」

4

徐《シュー》・策《ツァー》は真っ直ぐな姿勢で椅子に腰掛け、手の中で六四式拳銃を弄んでいる。

彼は考えていた。

高《ガオ》・棟《ドン》がチームの指揮を取っているとするなら、一体どこから捜査を始める？

高棟の頭脳ならば、すでに鳳栖路《フォンチールー》が前後中央三つの防犯カメラに囲まれた閉鎖空間であることに気付いているはずだ。

犯人は犯行前に路上で待ち伏せしている。そして鳳栖路は片側が高い塀で、もう片方が田畑になっている。高棟は、犯人がきっと事前に徒歩か車で鳳栖路に入っており、田畑から来たのではないと考えているに違いない。

早く来過ぎた場合、田畑から来たのでは何者かに目撃されてしまう恐れがあり、犯人の鮮やかな犯行とは一致しない。だから犯人は沿海南路《イエンハイナンルー》から、または沿海北路《イエンハイベイルー》や住宅地から鳳栖路に来た。

もし高棟がそう考えているのなら、それは正しい。

実際、徐策は沿海北路から鳳栖路に入ったのだから。

そして、高棟はきっと人員を割いて鳳栖路に入ったあらゆる人間と車を調べ、彼らがそこから離れる姿が三方向からの防犯カメラに写っていないのかチェックするだろう。カメラの前を通過せず、鳳栖路に留まった場合、それが犯人ということになる。

誰かに車に乗せてもらって入っても、車内に何人乗っているかカメラに写らなくても、高棟はきっとあらゆる車をチェックし、どの車が鳳栖路で人を降ろしたか調べるはずだ。

しかし、その結果は高棟を落胆させるだろう。

この点において徐策には自信があった。

さらに高棟は、この道が人目につきにくいことから顔見知りによる犯行と判断し、李愛国の交友関係を重点的に洗おうとするだろうが、それはますます間違っている。徐策と李愛国は赤の他人なのだから。

高棟のことは置いておいて、次のターゲットに移ろう。

時刻は夜九時を回っていたが、そのとき徐策の携帯電話が鳴った。高棟からだった。

「徐策、いま空いてるか？　久しぶりに会ったんだし一緒に飯でもどうだ？　ああ、じゃあ待ってる」

電話を切った徐策はしばらく考えた。高棟はなぜ連絡してきた。まさか昨日の事件に何かミスがあったか。

徐策は昨晩のことを一つずつじっくりと思い返した。

ありえない。いかなるミスもしていないはずだ。

深呼吸をし、心拍数を平常値に戻して拳銃を手に取り納屋に向かった。納屋から出てきたとき、徐策は拳銃を持っていなかった。

中庭にはモスグリーンのヒュンダイと黒いアウディが止まっている。徐策はヒュンダイに乗って公安局からほど近い屋台街へと向かった。その場所に着くと、車を低速にして、窓を開けて外を見てみる。

「徐策、こっちだ」

一番車道に近い屋台に私服の高棟が座っていた。

徐策は車を止め、落ち着いた様子で近付き、席に着く。

「なに食う？　実は一時間ぐらいしか時間取れなくてな。知っての通り朝の事件で忙しくて、局に戻って片付けなきゃいけない仕事があるんだ。でも旧友との十年ぶりの再会だからな。今日、飯を食べなくていつ食べるんだって思って」

「そんなに忙しいんなら申し訳ないな」

「そういうこと言うなよ。こんな偶然ないだろう。長年アメリカにいるお前と毎日事件に追われている俺が会う機会なんてほとんどないんだから。そしてお前は帰国したばかり、俺は事件で白象《バイシャン》県に来たばかり。これも何かの縁というやつだろ」

「確かに長い間会ってなかったな。俺も旧友に会いたいと思っていたところだ」

「そもそもいつ帰って来たんだ？　数年前結婚したとか聞いたけど」

「ああ、妻と子どもはまだアメリカだよ。俺は海外にいるのが嫌になって、帰国して何かできないか考えていたんだ。こっちでうまくいけば、家族も呼ぶつもりさ」

「求職中か？　それとも起業？」

「自分で何かやろうと思って。会社勤めはもうこりごりだよ」

「それが良い。お前、アメリカで投資銀行に勤めていて年収百万ドルももらってるって聞いたぞ。それで帰国してまたサラリーマンじゃつまらないだろ」

「百万ドルってなんだよ。デタラメだよ」

「六、七十万ドルは固いだろ」

　高棟の冗談に、徐策は否定もせず質問し返した。

「お前はどうなんだ？　子どもは何歳になった？　男の子だっけ？」

「息子だよ。六歳になった。毎日俺に会いたいって騒いでる。ずいぶん生意気に育ったもんだ。今回の事件で白象県にしばらくいることになりそうだから、妻から何回も電話がかかって来て、息子がいつ帰って来るんだと騒いでるって言われるんだ。ほんと大変だよ」

「事件に手掛かりは？」

「正直な話、今はない」高棟はばつが悪そうに笑った。「そうだ。事件はもう知れ渡っているのかな」

　高棟の問いに徐策はうなずいた。

「もう最悪だ。プレッシャーが重いよ。現場に目撃者も物証もないのが恨めしい。本当に厄介な事件だ。今まで担当した事件の中で、手口がこんなにも鮮やかなものはなかったよ、マジで」

　公の場所では自然に口調も厳格になるが、旧友と会ったせいかだいぶ砕けた口調だった。

「身内の犯行か？」

「どうして分かったんだ」と高棟が笑う。

「現場を見たら気付くさ。車内で殺されたんだろ」と徐策が平然と返した。

「やっぱりお前を呼んで正解だった」

　徐策は少し驚いた表情を見せた。

「なんだ、お目当ては事件か？」

「いや、昔話と気分転換がしたくてな。お前はカリフォルニア大学心理学部という世界最高峰の学部の博士課程にいて、犯罪心理学をやっていただろ。俺は公安大学に研修しているときに偶然お前が書いた論文を見掛けて、ますますお前への尊敬の念を高めたわけだよ」

　高棟の言葉は本心だ。彼は仕事中、部下に対してたまに優しい顔を見せるが、徐策のことは本当に尊敬していた。

彼と徐策は高校の同級生で、当時の徐策は数学の授業で解けない問題がなかった。同じ浙江大学に通い、高棟は心理学を専攻したが、徐策はその抜群の頭脳を活かして応用数学学科を選んだ。その後、高棟は数理論理学における徐策の伝説的な噂を何度も聞いた。そして徐策はカリフォルニア大学留学の奨学金を全額保証され、その後銀行の幹部になり、同級生の中で一番の有名人となった。

「アメリカで学んだのは犯罪心理学の初歩の初歩だよ。そんなのでいいのか」と徐策が謙遜する。

「いやいや、実際はそんな大したことじゃないんだ。ただちょっと一緒に考えてほしいんだよ。初動捜査の結果では、現場で殺害を犯した人物は一人だけだ。しかし今回の事件では被害者を待ち伏せていることは明らかだ。犯人は被害者が昨晩深夜のその時間に帰宅することを知っていた、または尾行していた、もしくは共犯者がいた、ということだけど、お前はどれだと思う？」

「車から貴重品とかは奪われていないのか？」

「車内には数万元の現金が残されていた。金目当ての犯行ではない証拠だ」

「犯人は一人だな」と徐策が断言した。

「どうしてそう言い切れる？」と高棟が興味を示す。

「この事件の犯人は捕まったら確実に死刑だろ？」

徐策の問いに高棟が「間違いなくな」と笑って答える。

「事件の共犯者には必ず共通の利益がある。犯罪心理学の観点から言うと、物質的な利益は他者同士の利益を結ぶ最高の絆だ。この事件は金銭が目的で起きたものじゃないから、物質的な利益の線はない。そして復讐殺人という観点から言うと、犯人は捕まったら死刑だということを知っている。計画殺人では共犯者がいるという可能性が極めて低い。なぜなのか。それは誰もが本当に信じられる人間は自分一人だけだと思っているからだ。たとえ二人がどちらも被害者に対して恨みを持っていたとしても、普通は一緒に犯罪をしようとは思わない。なぜなら仲間に将来何かがあって犯行をばらされたら最後、一緒に死刑になるということを心配するからだ。今回の事件について考えると単純な復讐殺人で、物質的な利益の共通点がない」

徐策の分析に耳を傾けていた高棟が話す。「お前の言う通り、犯人は一人だと思う。こんな大事件を起こしてしかも犯行に一切ミスがないということは、犯人が綿密な計画を立てているということだ。こういうやつは仲間を探そうとしないし、他人に計画を打ち明けることもない。おかげで一番の悩みを解決できたよ。もう一つ分析してほしいんだが、朝に見つかったアウディのフロントガラスに残されていた文字は知ってるか？　うちの上層部が、犯人が今後も事件を起こすのか心配していてな。犯人が本当にこれからも事件を起こすのか心理分析をしてみてくれないか」

「確率的な話しかできないぞ」

「分かってる。確率の分析は心理学をやっていたお前の得意分野だ。お前の論文はたくさん読んだから分かる」

「犯人は本当に社会を恨んでいてあの文字を残したかもしれない。もしくは犯人はただ今朝の被害者と因縁があっただけで、文字を残したのは警察の注意を引き付けるだけかもしれない」

「それなら問題はない。問題は前者だ。その可能性はどのくらい高いと思う？」

「何とも言えない。本当に社会への復讐なら、手始めに公安局の副局長に手をかけるのは厳戒態勢が敷かれることになり、相当リスクが高い。他の機関の普通の局長なら、お前だって派遣されなかっただろう」

高棟もその意見に異論はなかった。被害者が他所の局長クラスなら、本件の恐ろしさも大幅に低下しただろう。

「犯人が自信家であった場合、自分に捜査の手が及ばないとタカをくくっている。だから最も難しい相手を先に選んで、自分の実力を証明したということだが、これもまた可能性だ。犯人の性格が分からないうちは、この二種類の殺人動機のうちどちらかが判断できない。二つとも可能性があるとしか言えない」

高棟はため息をつき、「この問題は後回しにした方が良さそうだ」とつぶやいてから腕時計を見た。

「そろそろ戻るよ。部下たちに手土産でも持って行こう。徐策、久しぶりの再会で本当ならもっと長く話をしたかったが、この事件が終わったらまた飯でも食おう。どうせお前は国内では一人なんだろうから、暇があれば市に来てくれ」

「そうだな」と徐策はうなずき、高棟に別れを告げた。

徐策は車に戻り、腕時計を見た。今日はもう遅い。ここ数日間は警察がうろついており、夜も辺りを巡回している。しかし、警察の大部分がこの事件に力を割いているということは、以前より手薄になっている箇所があるということだ。

これは逆に絶好のチャンスだ。

5

数人の公安が各部屋で防犯カメラの映像を調べ、照合結果を互いにチェックし合っている。

高棟《ガオ・ドン》はそれらの部屋を抜けていき、最後の部屋に着くと、照合している最中だった張一昂《ジャン・イーアン》を会議室に呼んで鍵を掛けた。

「防犯カメラの調査はどうなってる?」

「二十数人で調査中です。防犯カメラに入ったあらゆる人物と車両を照合し、どれが鳳栖路《フォンチールー》に入り、出なかったのかを見ています。しかし、今のところ何も発見できていません」

「不審な人物は?」

「それもまだです」

高棟は長いため息をつき、額をなでた。「陳《チェン》隊長を呼んできてくれ」

しばらくして陳隊長が会議室に来た。

「お呼びですか」

「まずは掛けてくれ」と高棟は椅子を引き、「午後の会議のときは人が多かったので質問できなかった点がいくつかあった。これからそれを聞きたいのだが」と言った。

「そんなことでしたら遠慮なく仰ってください」

高棟は口を固く結んで陳隊長を見据えた。

「人民警察の拳銃所持規定は知っているな?」

「はい……もちろんです」

「君のところの李愛国《リー・アイグオ》副局長は公務時間外であるにもかかわらず、銃も弾丸も所持していたのはどういうわけだ?」

「それは……部下の我々にはなんとも……」と陳隊長は口ごもった。

「いや、君を責めているわけじゃないんだ。李愛国の仕事態度はひとまず置いておくとして、事件解決のために君には嘘偽りなく話してほしい。君たちの間で李愛国の評判はどうだった?」

陳隊長は少しためらって、「あまり良くありませんでした」と答えた。

「具体的には?」

「副局長は治安維持を担当していましたが、特に風俗や賭博や薬物関係を検挙するのが好きでした」

「アルバイトに精を出していたのか」

うなずく陳隊長に、高棟は笑みを浮かべながら、「君もバイトに参加したのか？」と聞いた。

陳隊長は一瞬口が利けなくなったようになり、気まずそうに高棟を見た。

「心配しなくていい。どこにでもある話だ。私も君らの懐に手を突っ込もうとは思わない。君らが一年でいくら稼ごうか私の知ったことではない。私が興味あるのは事件の解決だけだ。分かるか？」

陳隊長は言葉の意味を悟り、「分かっています。分かっています」と答えた。

「李愛国の熱心な仕事ぶりを見ると、彼の交友関係にはサロンやクラブの人間が多かったのか？」

「はい。大きなサロンの社長たちといつも一緒にいました」

「社長たちにとって、やつのご機嫌を取るのは心中穏やかではなかっただろうな」

「もちろんです」

「賭博店摘発のときに、例えば百万元の賭け金を君らが見つけたとする。もちろん全額没収で、その金は報告されることなく君らで分ける。賭博は賭け金の金額が少なければ拘留されることはない。もちろん彼らが他人にそれを言うことはないし、君らに返してくれと訴えることもない。だから金は全て君らがネコババする。そうだろ？」

「それは……」陳隊長の顔は真赤になり、体をガクガクと震わせた。

「さっきも言っただろう。君らが何をやろうと、それはどこにでもある話だ。何を怖がっているのか分からんが、私は殺人事件の捜査にやって来たんだ。本件を早く解決できれば、私も白象《バイシャン》県に何人もの友人ができるだろう」

陳隊長はようやく高棟の意図を完全に悟った。高棟は自分たちの普段の仕事ぶりをとがめることはせず、ただ事件の捜査に来たのである。事件が解決すれば高棟の出世コースに大きなポイントが加算されるし、自身も高棟のような市局の中心的人物と知り合いになれれば当然今後の出世に多くのチャンスを得られる。陳隊長は一瞬考えてから口を開いた。

「賭博店摘発で百万元に上る件には遭遇したことがありません。多くて十か二十万程度です」

「サロンの社長や摘発対象になったカモたちの中で李愛国に恨みを持っている者は？」

「いますね」と陳隊長は断言した。

「知っているか？」

「数人程度です」

「防犯カメラに写ったら見分けがつくか？」

「白象県はそれほど大きな土地ではありません。著名人はみな見れば印象に残るはずです。間違いなく判断できます」

「分かった。君は引き続きみんなを指揮して防犯カメラを確認してくれ。今の話に出た者たちが写っていたら特に注意してくれ」

「了解しました」

「よし。行っていい」

陳隊長はやる気満々の様子で出て行った。

陳隊長が出て行った後、張一昂が尋ねた。「ボスは復讐殺人だとお考えですか？」

「お前は？」

「私は最初から復讐殺人だと思っていました。今の犯罪者は社会に復讐することばかり考えていますからね。じゃないとあの文章の意味がありません」

「実を言うと、今回の件では少し迷っている。犯人の動機に矛盾が見られるからだ。犯人は李愛国を殺すことに執着しており、現場には一切の証拠が残されていない。犯人が長期間計画を練ったことは明らかだ。決して李愛国に偶然会って、カッとなって殺したというわけではなく、準備万端で殺している。常識的に考えると犯人は李愛国と何らかの因縁がある。だが、犯人が李愛国を私怨で殺したのなら、なぜ殺した後にメッセージを残し、さらに銃まで奪って騒動をより大きくする必要があるんだ」

「それは、犯人が私怨で李愛国を殺し、我々の捜査を攪乱するためにメッセージを残し、我々に犯人は社会に恨みを持つ者と誤解させるつもりなのでは？」

「じゃあ銃を持って行く必要は？　銃の紛失は公安部に報告が行く大事件だと知らなかったとで

も？」

「ではボスの意見は？」

「二つの動機が矛盾していて判断がつけられない。まずは防犯カメラの結果が出るのを待つしかない」

6

納屋から出てきた徐策《シュー・ツァー》が携帯電話を見ると、時刻はすでに夜十一時を回っていた。

ノキアの高級タイプであり、金がコーティングされて、ダイヤモンドがはめ込まれている。

これは徐策の携帯電話ではない。

彼は携帯電話を何度も見返した。

警察は携帯電話の電波で、その具体的な位置を調べられる。どうすれば電波を発しないようにできるか。

携帯電話が通じない場合、理由は二つ考えられる。一つはその携帯電話の電源が切られていること。もう一つはその携帯電話が電波の届かない場所にあること。

相手の携帯電話に電話をかけて、電源が入っていないという知らせを受け取ることは、通信会社がその携帯電話の電源切を知ったことを意味する。そのため、単純に携帯電話の電源を切っただけでは信号が依然として外に発されており、通信会社に電源オフを伝えているということになる。

だから、携帯電話の電源を切っただけでも警察は通信会社を通じて位置を特定できる。

だから、警察に携帯電話の位置を知られないようにするには、バッテリーを抜き取らなければいけない。

エネルギー保存の法則に従えば、携帯電話が外部に電波を発するのにもエネルギーが必要であり、バッテリーがなければエネルギーが供給できず、電波を発せられない。

徐策は携帯電話のバッテリーとＳＩＭカードを取り外した。こうすれば警察にこの携帯電話が見つかることはない。

彼は、先ほどこの携帯電話の持ち主が発した、助けを求める哀れな声を思い出した。

「俺には関係ない！　俺は上からの命令に従っただけだ。俺にだって生活があるんだ」

命令を下す者と命令を実行する者、どちらが悪なのだろう。

命令を実行する者にとって、それが彼の仕事であり、もし実行しなければ彼は罰を受ける。

いくつかの国では権威主義的な思想が喧伝されている。軍令は山の如く絶対であり、兵士は自分の考えで行動してはならず、またその必要もなく、命令を実行するだけでいいのだ。その命令が何であれ、部下は必ず従い、従わなければ罰を受ける。

だが現代の文明国には、上からの命令が人道や法律に反していれば、兵士はそれを執行しなくても良いという決まりがある。

東西ドイツの統一後、裁判所は東ドイツ警察がベルリンの壁を越えた人間を射殺した事件を審理した。警察は、当時は上司の命令に従っただけで、職務を遂行しただけだと弁明した。しかし裁判所は最終的に有罪の判決を下した。裁判官は、上司の命令であってももし拳銃の照準をあと五センチずらしていたら、命令を実行しても誰も傷つけなかったとし、射殺する瞬間に主観的な悪意が存在していたと考えた。

悪事について、命令を下した人間はその後の清算で罰を受けるべきであるが、命令を実行した人間は本来なら適当にお茶を濁すこともできたはずである。だが結果として悪に加担したのだから、罰から逃れられる理由は何もない。

徐策はこの携帯電話の持ち主に対し、同情の気持ちが全く起きなかった。

彼は半年前に起きた惨劇を思い出していた。

子どもの頃に両親が離婚してから、徐策は母親に育てられ、名字も母親の姓に変えた。

今年二月、彼はまだアメリカにいた。白象《バイシャン》県では旧市街地の区画整理が行われ、徐《シュー》家に古くから伝わる実家も立ち退きリストに上がっていた。

徐家の実家は大きくないが、古かった。清朝の西太后の時代から、その住宅には徐の姓が掛けられていた。その後の軍閥混戦の時代になっても住宅は徐のものであり、国民党時代でも住宅はまだ徐のものだった。しかし今、住宅に突然「違法建築」の名が掛けられた。不動産や土地の権利書もないから取り壊さなければならないと言われ、支払われる補償金は一平米につきたったの百元だった。

徐策の母方の叔父が民国時代の土地の契約書を見つけ出し、違法建築ではないと証明したが、旧都市改造維持業務事務所の人間はそれを鼻で笑い、前時代の遺物を持ち出して現政権に歯向かうのかと言い、相手にしなかった。

徐策の母と叔父は別の場所に住んでおり、実家には住んでいなかった。実家は何部屋かに分けて貸し出しており、毎月数百元の家賃収入を得ていた。だから、一平米百元という基準の補償金には同意できなかった。それで彼らは立ち退き作業者の仕事を邪魔し、衝突が起き、徐策の母親は不幸にも梁から落ちた石に潰され亡くなった。

その後、県政府は徐策の母親を「公務妨害中の事故により死亡」と認定して三万元の賠償金を支払っただけで、数人の作業員に形だけの執行猶予を課し、担当者を罰することはなかった。

このことを思い出すたびに徐策は悔しい思いに駆られた。

徐策が問題にしているのはもちろん賠償金の金額ではない。アメリカで莫大な収入を得た彼にとって、数万元だろうが数十万元だろうが関係なかった。彼が重要視しているのは人命だ。『孔子家語』に、木は静かになりたいが風は止まず、子は孝行をしたいが親は待たず、という言葉がある。

長い間海外にいた彼は、小さい頃から女手一つで自分を育ててくれた母親の突然の訃報に後悔の念で押し潰されそうになった。

誰一人この件で責任を取った人間がいない。

ならば彼らは責任を取らなければならない。

帰国前に彼はすでにはっきりと心に決めていた。

彼は外の中庭に止めたアウディに乗って外に出て、沿海北路《イエンハイペイルー》を曲がって鳳栖路《フォンチールー》に入り、さらに沿海南路《イエンハイナンルー》を走らせて県にある五つ星のペニンシュラホテルへ行った。

車を止め、デジタルパネルメーターに表示された走行距離を確認する。

それからまた沿海南路を引き返し、鳳栖路の中間まで来るとブレーキを踏み、再び走行距離を確認した。

二度の走行距離を計算すると、ペニンシュラホテルから鳳栖路まで二千三百メートルあった。

彼はこの数字を記憶すると、またアクセルを踏んで家に帰った。

県内のあらゆる道路には膨大なデジタル防犯カメラが設置され、殺人をより困難にさせている。

多くのデジタル防犯カメラの中から適切な場所を見つけ、カメラの目をかい潜り、計画を実行するのは容易ではない。

ペニンシュラホテルから鳳栖路の住宅地に入る道は、その前方の道の交通量が多いが、鳳栖路には公務員住宅地しかなく、住人の数も決まっているので交通量が少ない。次回の計画を実行するのもやはり目立たない場所がいい。

もちろん、前回の手法はもう流用できない。次はより精密な犯罪技術が求められる。

今は新たに計画を練らなければならない。

デジタルの防犯カメラをどのようにして避けるか。

また前回と同じ手を使うか。

彼は思索にふけった。

唯一の勝算は、デジタル防犯カメラが多い昨今、警察も捜査のために防犯カメラの映像に頼るということだ。防犯カメラさえ騙せれば、警察も騙せる。

完全犯罪で頼れるのは、その思想と大局を見る目である。決してハイテクノロジーではない。

## 7

李愛国《リー・アイグオ》殺害からすでに三日が経過していた。

報告を行う会議室の空気は、呼吸すらしづらいほど重い。

「調査の結果、道で立ち止まった人間は見つからなかったと？」

高棟《ガオ・ドン》の重苦しい言葉に、陳《チェン》隊長は「はい」とだけ答えた。

「全車両、全通行人をみんな調べたのか？　聞き込みは？　漏れはなかっただろうな？」

「本捜査は市局の兄弟たちとともに行ったものです。彼らに聞いてみてください」

怒気を含んだ高棟の言葉に対して、刑事事件を管理する県局の副局長である張相平《ジャン・シアンピン》は皮肉を込めて返事した。

張相平の言わんとしていることは、高棟もすぐに理解できた。この捜査は全員でやったのだから、結果を出せなかったことで県局を責めるのは間違いであると彼は言いたいのだ。

「みんなのここ数日の働きは私も十分に知っている。時々イライラして焦ってしまうんだ。申し訳ない」

高棟がすぐに誤りを認めたことは張相平にも意外だった。高棟のように自分より格上の官僚がすぐに発言を訂正し、それに全くわざとらしいところがない様子に、張相平は先ほどの自分の発言を恥ずかしく思った。そして陳隊長に振り向き、檄を飛ばした。

「高さんは君らを責めているわけではない。具体的にどのように調査したのか説明してくれ。どこかに漏れがないか全員で考えてみよう」

陳隊長が説明する。「我々は映像を確認する際に、通行人と車両の二つをチェックしました。三つの防犯カメラをチェックしましたが、事件当日の夜六時以降に沿海南路《イエンハイナンルー》から鳳栖路《フォンチールー》に来た者、沿海北路《イエンハイベイルー》から鳳栖路に来た者、住宅地から鳳栖路に来た者、それら全員がその後に鳳栖路を出るか住宅地に入る様子が防犯カメラに写っており、鳳栖路に止まった者は一人もいなかったです」

高棟がうなずく。もし沿海南路か沿海北路から鳳栖路に入る、あるいは住宅地を出て鳳栖路に入った者が犯人でなければ、彼らはみな数分後に鳳栖路を出る、あるいは住宅地に入る。

だから、路上に止まり、防犯カメラにずっと写らない者が犯人のはずである。

「車両についてですが、デジタル防犯カメラは車両の前席しか撮影しておらず、後部座席に座っている人間は確認できませんでした。しかしカメラははっきりとナンバープレートを捉えており、住宅地の住人の車両を除き、八百九十一台の一般車両を確認しました。鳳栖路に入ったタクシー、三輪運搬車、電動三輪車などを含む車両に対し、我々は三十人の捜査員を手配して車両の持ち主に事情聴取を行いました。二十五台の持ち主とはまだ連絡を取れていませんが、他はみな当日夜に鳳栖路途中で誰かを降ろしたということはなかったです。持ち主全員の身元も確認しましたが疑わしい者はいなかったです」

「その二十五台というのはなんだ？」

「ナンバープレートのない車と三輪車です」

「屋根付きの三輪車の場合、そこに乗っている人間はカメラには写らないということか」

「はい」

高棟は口を固く閉じてから言った。「分かった。では捜査員をあらためて手配し、どうにかして残りの二十五台を調査しろ。また、数人を手配して事件数日前の防犯カメラを確認し、場所を下見しているような怪しい人物がいないか確認しろ。いれば直ちに調べろ」

会議後、高棟は椅子に座ったまま目を細めて考えていた。

ありえるか？　鳳栖路で立ち止まった人間は誰もおらず、そこで人を降ろした車もいない。では犯人はどうやって鳳栖路に現れたんだ。まさか空から降ってきたわけじゃないだろう。高棟は、犯行の手口から、犯人が単独犯だと信じている。だから事情聴取した車の持ち主は嘘を言っていない。車から鳳栖路で降りた人間がいないのであれば、犯人はいったいどんな方法で鳳栖路にやって来たのだ。

残りの二十五台に答えが？

そばにいる張一昂《ジャン・イーアン》が様子を見ながら慎重に尋ねる。「ボス、もし犯人が来たときにカメラに写っていなかったら？」

身を起こした高棟が質問する。「じゃあ犯人はどうやって現場に来たんだ？」

「現場から逃走したときと同様に、畑の方から来たのでは？」

高棟が首を振った。「ありえない。犯人は犯行前にきっと鳳栖路にいたはずだ。犯行時刻が早まってもし犯人が畑の方からやって来たら通行人の注意を引く。あそこまで用意周到に準備した犯人が他人に目撃されるような行動を取るはずがない。ここ数日間で、捜査員が周囲に聞き込みをして、当日の夜に外出した者を含めて疑わしい人間は誰もおらず、その夜に畑を横切っていた人間も見つかっていないことが分かっている。住宅地の高い壁をよじ登ることはできないし、先日鑑識課の人間に畑一帯を捜査してもらったが、水路から来た新しい足跡は発見されなかった。即ち、犯人は道を通って来たことになり、防犯カメラには絶対犯人が写っているはずだ。我々がまだ見つけられていないだけだ！」

高棟の判断は間違っていないと張一昂がうなずく。

「今やるべきことは、引き続き全ての車両を調査することだ。特に、まだ持ち主と連絡が取れていない二十五台の車両だ。もし犯人が三輪車の荷台に乗って鳳栖路に降りていたとすれば、事件からもう数日が経っている今、たとえ車の持ち主を見つけ出せても、どういう人間を乗せたのか思い出してもらえないだろう。だから、一刻も早く見つける必要がある」

張一昂が頭をかいた。

「今はそうするしかありませんね。犯人の動機も矛盾していますし、現場にどうやって来たのかも謎のまま。はぁ……」

8

二日後の夕方、高棟《ガオ・ドン》は私服に着替えて沿海南路《イエンハイナンルー》から鳳栖路《フォンチールー》を歩いた。ここの環境を見るために彼はもう何度もこの道を歩いたが、価値のある発見は何もなかった。

現場はすでにきれいに掃除され、以前のような静かで寂しい風景が広がっている。公務員住宅地は人の往来が極めて少なく、たまに通る車の風がズボンの裾をはためかせる。

彼の顔には焦慮の色が浮かんでいた。事件のせいで省と市双方のトップから毎日急かされている。事件を引き受けたときは一週間以内で解決すると思っていた。結局のところ県城《シエンチョン》の事件であり、住民の交友関係も都市部より複雑ではない。たとえ一週間以内で犯人を捕まえられなくても、大体の犯人像を特定できると思っていた。

だが今になっても目撃者も証言もなく、動機も矛盾しており、さらに奇妙なことに犯人がどうやって現場に来たのかすらも分からず、何も手掛かりがない。

この驚くべき大事件に対してほぼ全ての警察力が動員された。だから、一週間以内で数千人に事情聴取をし、防犯カメラに写ったあらゆる人間と車両を調べ上げ、三日前には連絡が取れなかった二十五台の車両の持ち主も調査できたが、何も得られなかった。車の持ち主は誰も鳳栖路の途中で人を降ろしていなかった。

県局の警察力どころか、自分が連れてきた捜査課の部下まで、やる気が低迷してきた。

まさか、この件はこのまま迷宮入りになるのか？

上から毎日圧力をかけられている高棟が感じるプレッシャーは大きい。

鳳栖路全体を歩き回っても何の成果も得られなかった。

沿海北路《イエンハイベイルー》に来た彼は猛烈に脳を働かせて思考しながら、目的もなく西に向かって歩き続けた。

道沿いの小さな食堂の前を通ると、ドア付近のテーブルの会話が耳に入ってきた。

「派出所の李愛国《リー・アイグオ》が殺されたって知ってるか？」テーブルに座る四人の中年労働者の一人が喋っていた。李愛国は県局の副局長であるが、組織に疎い庶民にとって派出所でも大差ないのだろう。

別の男も笑いながら言った。「大したもんだ。一突きだったらしいぞ。堂々とした殺しもそうだが、その上犯人は『二十五人の局長を殺し、局長が足りなければ課長も殺す』という文字まで残したそうだ。立派なもんだよ」

高棟は頭を振って笑った。庶民の噂はますますでたらめになっており、十五という数字が今では二十五にまでなっているところを見ると、今後は三十五、四十五、そして百五十にもなるだろう。空腹を覚えた彼は食堂に入り、麺を注文した。

先ほどのテーブルの一人が紹興酒を飲みながら言った。「李愛国が殺されたのも、庶民にとっては嬉しい限りだ」

「あの野郎いつも威張りくさりやがって、あいつを恨んでいる人間も少なくなかっただろう。成金めいた会社の株まで持ってたんだぜ」

「公安局の人間全員を殺そうとするなんて、犯人も大胆だな」

「公務員のやつらがどうなろうと、俺たちには関係ねぇさ」

「あいつが死んでなかったら来年はあいつが局長だったんだろ。白象《バイシャン》県の治安がますます悪くなるところだった」

「李愛国が来年局長になるなんて誰が言ってたんですか？」

注文した麺を待っていた高棟は、振り返って聞いた。

「来年は県委員会の改選があるだろ。今の局長が昇進して省に行ったら、次の局長はきっと李愛国さ」

「副局長は彼一人ではないし、市が局長を派遣するかもしれないでしょうし、そんなに簡単に局長にはなれないでしょう。それに李愛国は地元出身の人間ですから、規定によって局長になれないんじゃないですか？」

「そりゃあんたが知らないだけだ。李愛国は金を持ってるし、コネもある。それに副局長が何人いようとそいつらには回ってこねえよ。もともとあいつで確定してたんだ。でも今じゃ、ハハハ、張相平《ジャン・シアンピン》のやつめ、笑いが止まらないんじゃねぇか」

高棟の全身が震え、脳内に無数の言葉が浮かび上がった。身内の犯行、動機の矛盾、李愛国の死、狂喜する張相平。これほど大きな騒動は白象県の治安の悪さを外部に見せることになる。張相平は確か数年前に市局で賞をもらっており、その能力は悪くないという評判だ。それに張相平は湖州人であり、地元の人間ではないので、外部の人間が最上位になるという規定通り、白象県の局長になれる。そして張相平も鳳栖住宅地に住んでいるから、防犯カメラを逃れられる。

このような考えが浮かぶと、また異なる考えがそのような可能性はないと訴えてきた。警察で働いてから、今まで権力争いで起きた殺人なんか処理したことがない。すでに五十歳になる張相平は局長になっても一回の任期しか務められないし、その後退職せずとも第二線に回されるのだから、リスクを犯す必要がない。

高棟は張相平が犯人であることはありえないと考えていたが、局に戻って本当にそういう可能性がないか確認する必要があると思った。

麺を食べ終え、職場に戻ろうとしていると、案内標識が目に入り、徐《シュー・ツァー》策がこの辺りに住んでいると言っていたことを思い出した。まだ遅い時間ではなかったので、携帯電話を取り出して徐策に電話をかけた。

五分後、向こうからやってくる徐策に高棟は手を振った。「徐策、さっき鳳栖路をぼんやりと歩いてここに来たときに、お前がこの近くに住んでいるってことを思い出したんだ。悪いと思ったが、お前と散歩でもしたくなってね」

「どうした。鳳栖路に行ったってことは事件はまだ解決していないのか？」

高棟は残念そうに首を振った。「毎日上から圧力かけられたり、せっつかれたりで頭がどうにかなりそうだ」

「俺は、お前がいつか事件を解決できると信じてるよ」徐策が曖昧な言葉を述べる。

高棟が言う。「事件の概要でも聞きたくないか？」

徐策が首を振る。「あまり興味はないな」

高棟は少しがっかりした。「お前はプロの警察じゃないが、こっち方面の専門家でもあるんだろ。俺が公安大学で勉強していたとき、教授がいつも犯罪心理学関連のお前の文献を薦めていたぜ。俺のためだと思って分析してもらえないか。俺の考えが間違っているかどうか、答えが聞きたいんだ」

「事件の概要は公安の機密情報だろ。聞けないな」

高棟が笑った。「相変わらず硬いやつだな。はは、何の機密情報でもないよ。旧友に隠すことなんか何もないさ」

「分かった。聞こう」

高棟が口を開く。「この事件の最も頭が痛いところは現場に何の手掛かりも残されていないことだ」

「つまり？」

「指紋、皮膚、犯人の遺留品も何もない。足跡も偽物で、犯人は鉄でカバーされた三十センチの靴を履いていたから身長すら判別できない。事件当日は深夜で目撃者もいないときてる」

「きれいな手口だ」

高棟が恨みがましく話す。「現場は鳳栖路で、道路には防犯カメラはなかったが道の両端にある住宅地の門には防犯カメラが付いていた。道の一方は住宅地の高い壁になっていて犯人が登ることはできない。もう一方は荒れた田畑だ。犯人がやって来た時刻はおそらく事件が起こるよりもずっと早かったはずだから、犯人が田畑からやって来たとしたら怪しまれる。だから、犯人が事件の現場にやって来たとき、絶対防犯カメラに写ってるというのが俺の判断だ」

「確かにそうだろうな」

「当日の夜に鳳栖路に入った人間や車両をくまなくチェックしたが、鳳栖路に留まった人間もいなければ途中で車から降りた人間もいなかった」

やはり思った通りだと徐策は思った。非常に高い判断能力を持つ高棟は、すぐに事件現場が閉鎖空間であり、現場に入った犯人が必ず防犯カメラに捉えられていると気付いた。だが自分がどれだけ堂々と防犯カメラの目を欺いたのか、高棟には永遠に分からないだろう。

徐策はうなずいて返事した。「お前の言っていることは間違っていないだろう。多分、調査が足りないんだ」

高棟が言う。「俺も、きっと犯人を見逃していると思っていたんだが、もう一週間を過ぎた今では、たとえ当時犯人を乗せた車を見つけられたとしても、運転手は犯人の顔なんか覚えていないだろう」

「容疑者像をつくってるんじゃないのか？」

「情報が少なすぎて像も何もない。いま分かっていることは、犯人は被害者と知り合いだっただろうということぐらいだ。犯人は大胆で、捜査を欺く能力も高く、さらに被害者に一突きで致命傷を負わせていてやり口が非常に静かだ。深々と突き刺した箇所からは、緊張のせいで他の皮膚を傷つけたという状況も見て取れない。だから俺は、犯人が偵察兵の兵役に就いていた可能性があると思っている。死者と面識があって兵役に就いたことがある人間だ」

「だったら範囲がだいぶ狭まるな」徐策の言葉は極めて冷静であり、内心の考えを少しも出さなかった。ただ、おいおい高棟よ、お前が犯人を李愛国と面識のある退役兵に仮定したら、解決までの道のりはますます遠くなるぞ、と心中嘆いた。

「そうだとしても被害者の交友関係は複雑だから、兵役を受けた友人だって少なくないだろう」

「じゃあ本当に見つからないかもしれない」

高棟が沈んだ声を出す。「これは機密情報だから他言無用にしてほしいんだが」

「機密情報なら言う必要はないぞ。口封じが怖い」徐策はおどけて手で銃のポーズをつくり、自分の頭に向けて撃つふりをした。

高棟が言う。「冗談はよしてくれ。今は、銃の形を見ただけで頭が痛くなる。というのも、犯人は被害者の銃と弾を奪っている人だ」

「そうなのか？」徐策は目を細め、思案にふけり、しばらくしてから言った。「この前、犯人が犯行を続けるかどうか聞かれたけど、今なら確実にこう答えられるな。絶対やる」

「どうしてだ？」高棟が目を丸くする。

「犯人が被害者に怨恨を抱いていたとすれば、犯行後にメッセージを書いてお前ら警察の注意を引き付ければいいだけで、被害者の銃を持っていかないだろう。銃の紛失は大事件だ。アメリカに長いことといた俺も、自国の事情ぐらい少しは知ってる。銃紛失事件は公安部に行くだろ。単純な怨恨殺人で現場を偽造するのであれば、そんな騒動を起こす必要はない。単純な怨恨殺人ではない以上、銃を持っていくということは、犯人がこれからも犯行を続けるということだろう？」

一瞬にして高棟の身に寒気が走った。次のターゲットは誰だ？　この件が終わる前に、もしまた他のリーダークラスの人物が殺されたとしたら、上からの圧力で自分は押し潰される。

高棟は体を震わせた。時計を見ると、もうだいぶ時間が経っていた。別れを告げたところ、徐策に呼び止められた。「ちょっと面倒事を頼みたいんだが」

高棟がすぐに答える。「なんだよ、言えよ。長い付き合いなんだから、俺にできることがあればなんでも手伝うぞ」

徐策が言う。「張相平副局長と親しいか？」

「張相平？」高棟の目がかすかに光り、先ほどのことを思い出した。「あの人は県の捜査の責任者だ。ここ数日、協力して一緒に事件を担当しているぞ。親しいというほどではないが、何かあるんなら俺から言っておけるかもしれない」

「実はな、去年から県で旧都市改造業務がスタートして、今年二月にうちの母親の古い家が立ち退き対象になったんだが、補償金の話がまとまらなくて母親と叔父が立ち退きを阻止しようとしたんだよ。そしたら衝突が起きてしまって、俺は現場にいなかったから具体的なことはよく分からないんだけど、叔父から話を聞くと、ショベルカーが動き出したとき、ちょうど母親が家の中にいて、崩れた梁や石が運悪く母親に当たってしまったんだ。まぁ……そういうことなんだよ」

徐策の言葉には苦痛が滲んでいた。

「そんなことがあったのか！」高棟も心を痛めた。

徐策は苦笑した。「起こってしまったものはしょうがない。俺は母親たちに、補償金は話し合いを重ねるほど金額が多くなり、話し合えなくなればそれで終わりだから、体を張って立ち退きの作業員たちの邪魔をするなんてことはしないようにって言っていたんだ。結果は最悪だったけどな。事件が起きてだいぶ経ってるから、俺も本当ならこの件を追及したくないんだ」

「じゃあどうしてだ？」

「事件の数日後に叔父の息子、要するに俺のいとこなんだが、技術学校に通っているいとこが家に帰ってからこのことを知り、仕返しをしようと不良仲間を集めて工事現場に行って小競り合いを起こして、作業員を怪我させてしまい、今も留置所にいるんだ。俺の母親は死んでしまって生き返らない。俺は生きている人間に苦しんでほしくないんだ。叔父には息子が一人しかいないから、もし数年の刑でも受けたらどうしようもない。だから俺はつてを頼って事件の担当者を探しているんだ。数年間で貯めた金なんかいくらでも惜しくない。でもお前も知っての通り、ずっと国外にいた俺には国内に知り合いがいないから、打つ手がないんだ」

「その事件は張相平の担当なのか？」

徐策がうなずく。「張相平は刑事事件担当と聞いたし、彼は旧都市改造維持指揮事務所のトップだ。いとこを捕まえたのだって彼だからな。だから彼に一体どうすれば良いか聞きたい」

高棟は額をかいた。「他の事件なら俺が直接お前を助けることは可能だが、これはこの土地の事件だし、張相平の事件でもあるから、彼を無視するのは不可能だな」

「それは俺も知ってる。俺はちょっとしたことで彼と知り合いになって、プレゼントを贈って、要望を聞きたいだけだ。うちだって人が死んでいるんだから、お互い話し合えば簡単に解決できるだろう」

高棟は笑った。「お前、性格も変わったな。長い間アメリカにいたのにまだ中国のことを分かっているなんて思わなかった」

徐策は両手を広げて苦笑した。「しょうがないだろ。こうでもしないといけないんだから。人間は前を見るべきものだし、ずっと過去に引きずられるわけにはいかない」

高棟が言う。「誰を怪我させたんだ。そんなに酷いのか？」

「怪我をしたのは都市建設会社のマネージャーだ。数万元の賠償金をもらって、今はピンピンしてる」

高棟が言う。「でかい事件でもないし、それほど面倒でもないな。じゃあ、俺が戻ってからまず張相平に事情を説明して、タイミングを見てお前と会わせるよ。俺がそばで適当なことを言うから、具体的にどう処理するかは当事者のお前が彼と話し合え。俺の言ってる意味分かるだろ？」

徐策がうなずく。「分かった。何を準備して、何を話すかについては経験豊富な役人様のお前に教えてもらうよ。俺はそこらへん疎いんだ」

# 9

県局に戻っても高棟《ガオ・ドン》の思考は依然として晴れなかった。事件はここに来て行き詰まりを見せて硬直している。目撃者も物証もなく、直接的な手掛かりに繋がる線が全て切れたのは頭の痛いことだった。たとえ今、犯人が誰だか分かったとしても、目撃者も物証もない状況では、犯人にやっていないと言い張られれば裁判に持ち込むことは非常に難しい。

中国の司法システムでは、事件性や量刑などが往々にしてトップ個人の意志によって柔軟に決められるとは言え、裁判まで持ち込めるかどうかはやはり証言や物証が必要だ。

どのみち、海沿いの開放都市のこの土地で発生した事件は省と市両方のトップから注目されている大事件であるため、いい加減にごまかすことは不可能だ。

そして高棟の一番の悩みの種は、徐策《シュー・ツアー》が言ったように犯人の動機が何にせよ、銃を奪っている以上、今後も事件を起こすだろうということだった。犯人を捕まえる前にまた官僚が死ぬことになれば、この事件の責任者である彼にとってこれ以上ない大打撃となる。

彼も李愛国《リー・アイグオ》を殺害したのは張相平《ジャン・シアンピン》かもしれないと疑ったことがあったが、犯人が銃を奪っていることを考えるとその可能性は基本的に除外できる。権力争いから端を発した殺人事件だとすると、事件をさらに大きくする必要がないからだ。

この事件はやはり、李愛国の交友関係から着手した方が良さそうだ。なにせ車中で殺されているのだから、親しい人物の犯行だろう。

高棟は張一昂《ジャン・イーアン》を呼んだ。

「お呼びですか？」張一昂は目を充血させていた。この一週間の業務が相当堪えたに違いない。

高棟はタバコに火を点けて言った。「ここ数日お前らが進めていた、李愛国の親しい友人の捜査状況はどうなってる？」

張一昂が答える。「今は……これと言った進展はありません」

高棟は煙を吐いて言った。「あいつの妻が事件前に、何かいつもと違う様子を察知していたことはないか？」

「ないようでした」

高棟が口を結んだ。「あいつの交友関係の中でここ数日の行動がおかしいやつはいないか？もしくは数日姿を見せていないやつだ」

「それは、罪を恐れて行方をくらませた人間ということでしょうか？」

「ああ」

「現在の捜査結果では怪しい人間も、ここ数日で姿を消した人間も一人もいません」

高棟が苦しげな声を漏らした。「車内での殺人だぞ。知り合いの犯行に決まってる。犯人の気構えは大したもんだ。犯人が見つからない原因はお前らの調査不足だろ！」

張一昂は小さな声を上げ、頭を下げたまま反論しなかった。彼は高棟の判断を否定するつもりはなかった。多くの人間や車両を捜査していると言っても、一つ一つ念入りになどできないので、犯人が捜査の網から逃れる可能性もあるのだ。

高棟は彼を見据えて声を掛けた。「あまりしょげるな。どんなささいな手掛かりも見逃さず、さまざまな人間から情報を繋ぎ合わせて事件前の状況を再現しろ。特に事件当日の晩、李愛国と一緒に酒を飲んでいたやつらだ」

「そいつらにはもう何度も聞きました」

高棟が厳しく注意する。「もっと細かく聞け。ノートを整理して、明日俺に提出しろ」

「はい。分かりました」

「そうだ。省庁の証拠捜査の専門家に連絡を取らせたが、何か進展があったか？」

「それをいま申し上げようと思っていたところです。具体的な結果はまだ検査中ですが、今日新発見がありました」

高棟の目に期待の色が帯びた。「ん？　何を発見したんだ？」

張一昂が答える。「犯人が残した文字です。字はワードアートで作られていたため筆跡を確認することはできませんでした。字が書かれた布は化学繊維のどこにでもある材料で、国内のさまざまな工場で作られていますから、これも出処が分かりませんでした。しかし使われたインクに犯人の手掛かりがありました」

「どんな手掛かりだ？」

「鑑識課が文字からインクを採取して、市場で売られている百種類余りのインクを購入し、一つずつ照合したところ、犯人が使ったのは、浙江省杭州市蕭山の合弁企業メーカーのインクだということが分かりました。今日、陳《チェン》隊長と話し合い、十数人の捜査員を手配し、県内のいくつかの町からも現地の派出所の警官を派遣させ、県全体のほぼ全ての文具店とオフィス用品店を当たりました」

「結果は？」

「このメーカーのインクは、県に一つしかないオフィス用品チェーン店でしか売られていません。店員によると、このインクメーカーはできたばかりで、値段も高く、白象《バイシャン》県には専門的な販売ネットワークがまだできていないため、県内で売っているのはおそらく自分のところだけとのことです。その店は全国チェーン店で、本社から卸してもらっているため商品を置いているのだそうです」

「つまり、このインクの販売数は白象県でも多くないということか」

張一昂がうなずく。「はい。その店の販売記録を見ましたが、そのインクは三か月前から販売を始めており、今まで五回しか購入記録がありません。その中の一つは事件後の今週なので、実際は残り四回を調べる必要があります」

「四回とも誰が購入したのか調べられるのか？」

張一昂が答える。「順調に行けば明日には結果が出ます。その店には二台の防犯カメラがあり、映像は店長のパソコンで見られます。店長が今日外に入荷に行っており、明日朝一で帰ってきます。六十日分の映像を保存しているということですので、犯人が二か月以内にインクを買っていれば、きっと発見できます」

高棟はうなずいた。「今のところ、重要度が高い手掛かりだな」

「もし明日結果が出れば、インクを買った四人のうちの一人が犯人です。これで万事解決ですね」

高棟が軽く咳払いする。「明日は俺も一緒に行く」

高棟は張一昂のように楽観視していなかった。この犯人の緻密な思考を考えると、殺人の行程全体に周到な計画が練られており、どんな目撃者も物証も残していない。それなのに、まさか最終的にインクで足がつくというのだろうか。

しかし、我々警察がインクという些細なものすら見逃さなかったことが犯人の想定外だった、というのであればそれで良い。

だが、使用したインクが白象県で購入した物ではないとしたら、明日の業務はまた徒労に終わるのではないか？

さらにもう一つ疑わしい点がある。犯人はなぜ使用者が少なく、高価なインクを買ったのだろうか。しかも、そのインクを取り扱っているのが白象県でただ一店ということもできすぎている。

大量生産メーカーを使えば、売っている店も多いし、公安が犯人の購入ルートを見つけ出すことも不可能で、当然犯人も見つけられない。

犯人がインクのメーカーに疎く、ただ店員に赤いインクと伝えて、適当に持ってきたものを買ったのかもしれない。

インクという犯罪とは無関係な「必要道具」を犯人も甘く見ており、自身が購入したインクが県で一店舗しか取り扱っていないことに思い至らなかったとは考えられる。

うまくいけば、明日には当時の購入映像を手に入れ、容疑者も姿を現す。

高棟が言う。「明日こそ何か収穫があれば良いんだが。それと、郭《グオ》局長の部下とともに、事件発生までの二週間で、李愛国の車が写った県内の道路の防犯カメラの映像を調べて、彼を尾行していた車がないか調べろ。この事件の犯人は入念に下見をしていて、時間も真夜中を選んでいることから、確実に何日も尾行していて、李愛国があの時間に家に帰るという事実をどこかで掴んでいるはずだ。注意深くチェックすればきっと何か見えてくるはずだ」

「分かりました、ボス。そのようにします」張一昂の顔には憔悴の色が浮かんでいたが、仕事に対する態度は真剣で、高棟の指示は必ず守った。

高棟もこの頼れる助手を気に入っており、「聞き分けが良い」ばかりか脳みその回転も速い人間が自分の腹心であることに安心していた。「張、今回は大変だろうが、事件が終わって市に戻ったら、お前たちを十分にねぎらってやる」

10

二日目の早朝、ジャケットを着た普段着の高棟《ガオ・ドン》は、制服姿の張一昂《ジャン・イーアン》や陳《チェン》隊長と一緒に大きめなオフィス用品チェーン店に来た。

店に入った高棟は、顔を上げたところに二台の防犯カメラがあることに気付いた。ちょうど入口側と奥側の方にあり、取り付け場所も高さも合理的だ。当初、彼はカメラに顔が写っていない可能性を心配した。現在、多くの店舗にある防犯カメラはだいたい、店主が犯罪防止のために勝手に取り付けているだけなので角度が悪く、人の顔なんかほとんど収められていない。しかしチェーン店のここは店内のレイアウトが統一されているおかげで、二台の防犯カメラは店に出入りする全ての人間の顔を正確に収めるよう設置されている。

店長から二台のカメラが百万画素であることを聞いた。店内には光源も十分で、人の顔の特徴もしっかり収められる。

店長は、高棟らをバックヤードの簡易事務室に通し、あらかじめ用意していた販売リストを高棟に渡して言った。「言われたとおり持ってきました。我々の販売記録はいずれも電子スキャンされてデータボックスに入っています。これが四回分の購入リストです」

手渡された数枚のプリントに高棟が目を通すと、四回の購入記録で最も古いのが二か月前となっており、それから二、三週間ごとに一回ずつ売れていた。この四回の購入記録はいずれも領収書が切ってあり、宛名は全て役所の機関だった。

高棟が尋ねる。「買われた四回はどれも領収書が切られているんですか？」

店長が答える。「うちは県政府の指定企業なんですよ。このインクの価格は割と高めで、普通の人は自分用なら国産品を買います。ある機関が何回か前に買い付けに来たときに、うちの店員がこれをオススメしたんですね」

高棟はうなずくと、張一昂にその領収書を持ってこさせた。領収書の宛名は国土局[1]が二つで、他の二つはそれぞれ別の事業機関だった。

高棟は販売リストに記載された四回の購入が、何時何分という時間まで記録されていることに気付いた。これなら、その時間の映像だけ見れば済むので調査が楽になる。

高棟は店長にパソコンを起動させて映像を見る準備をしながら、映像をコピーするよう頼んだ。

一人目は購入日が保存期間を過ぎていたため、残り三人しか見られなかった。

最初の二人はそれぞれ事業機関の人間が買っていった。帰ってからその二人を調べるよう、高棟が陳隊長に指示を出す。

三人目として四十歳ぐらいの男が現れ、大量のインクと紙、そしていくつかの文房具を購入し

1　国土資源局の略称。土地資源などの自然資源を保護・利用する機関。

ていった。

しばらく目を凝らしていた陳隊長が高棟に告げる。「今のは国土局の王修邦《ワン・シィウバン》副局長ですね。なぜ自ら買い物に来たんでしょう？」

「なに？　彼は国土局の副局長なのか？」

陳隊長が何か思い付いたかのように笑って言う。「多分自分の子どものでしょうね」

高棟が問う。「なに？」

陳隊長が付け加える。「数年前に離婚して、確か十歳ぐらいの、小学生の息子と一緒に暮らしているって聞きました。子どものお絵描き用にでも買っていったんでしょう」

高棟がうなずく。王修邦は明らかに機関の領収書を切っており、オフィス用品として精算している。購入した量を見ると、数百元は下らない。副局長の身でありながら、たった数百元の品物のために機関に持って帰って精算するなんて、全く面汚しだと高棟は冷ややかに笑った。

買い物を終えた王修邦が店から出ていったので、高棟が映像を早送りすると、そこに意外な人物が現れ、思わず驚いた。あいつが？

映像には徐策《シュー・ツァー》の顔がはっきり写っていた。彼は店内で店員に話し掛けた後、プリント用紙を一束買って出ていった。

高棟は徐策に疑いを抱かなかった。彼がごく自然に店内に入り、ろくに話もしないで一束のプリント用紙を買って出ていったからだ。彼の当たり前の行為に疑いを抱く者は誰もいないだろうし、実は彼が王修邦を尾行していたことなど誰も想像できないだろう。

　映像の中の徐策を見た高棟は、彼が張相平と会いたがっていたことを思い出した。最近ずっと忙しく、人と会っている場合でもなかったので、数日後に手配することにしようと思った。それから、部下とともに局へ戻った。

## 11

　県局に戻った高棟《ガオ・ドン》は陳《チェン》隊長や郭鴻恩《グオ・ホンエン》局長、刑事事件の責任者である張相平《ジャン・シアンピン》副局長を呼んで話し合った。

　あのオフィス用品店の評判は良く、確かに県内の多くの機関が購入先に指定しており、金額が小さい通常の日常用品はみなそこで購入されている。

　だから、事業機関や役所機関がそこでインクを買っても何らおかしくない。

　現在はっきりさせなければいけないことは、映像に写る二人の職員が本当にそこの事業機関の所属であること、そして、彼らが何のためにインクを買ったかを調べ、購入したインクを他の場所で使用していないかである。

　そして、国土局の王修邦《ワン・シィウバン》副局長の息子が絵画を習っているかどうかも、誰かに確認した方が良い。

王修邦がインクを購入していることに関しては、彼とプライベートでも付き合いがある張相平が知っていた。王修邦の息子は確かに絵画を勉強しているし、そもそも王修邦が李愛国《リー・アイグオ》を殺すことはありえないということだった。

まず、王修邦は非常に保守的な官僚で、おとなしい性格だということ。そして、王修邦と李愛国は会議で挨拶を交わす程度の仲であり、仕事でもプライベートでも付き合いがなく、もし二人が町中で会ったとしても互いを認識できるか分からないということがその理由だ。

残る仕事は、映像に写っている二人の事業機関の職員の身元を特定し、インクの用途を確かめることだけになった。

今に至っても事件の捜査にほとんど何の進展も見られないため、インクという小さな手掛かりにこだわることも止むに止まれぬことだった。とは言え、組織内の他の機関の職員を調査することは難しいし、その機関に知られでもしたらまずいことになる。

調査を開始したことが他の機関に知られ、結果また自分たちの判断ミスということにでもなればさらにまずい。

そのため、高棟は県局の人間と話し合って決めることにした。不本意とは言え、この方法でも犯人の可能性がある人物をふるい分けられる。

そして最終的に、陳隊長の知り合いを使って遠回しに聞くということにした。

こういう手配をしたが、高棟は結果に対して少しの期待も抱いていなかった。機関がインクを買うなど、至って普通なことだからだ。

会議が終わって間もなく、陳隊長から報告があった。「県国土局の職員から今朝、土地執法業隊長の林《リン・シアオ》嘯の行方が分からないという通報が県《シエンチョン》城派出所にありました」

高棟は突如感情が高ぶり、心の中で叫んだ。「二件目が起きたか！」

ここ数日、彼はいつも事件解決前に新たな事件が起こることを心配していた。「十五人の局長を殺し、局長が足りなければ課長も殺す」の言葉通り、次の官僚が被害に遭えば事態はさらに悪化する。

陳隊長に突然告げられた国土局の職員の失踪は、高棟の心に衝撃を与えた。

彼は陳隊長がまだ目の前にいることにすぐに気付き、落ち着きを取り戻した。部下に動揺している様子を見せず、平常を保ち、ゆっくりした声で聞いた。「どういうことだ？」

陳隊長がすぐに答える。「本日、彼らの機関で日常業務を担当する秘書から、執法業の林嘯隊長が三日も登庁しておらず、今日で四日目になるという通報がありました。林嘯の携帯電話もここ数日電源が入っておらず、彼の住所に行ってドアを叩いても反応がないため彼の家族が心配して機関に連絡し、機関の上司が通報させたとのことです。彼らが朝一で県城派出所に行っていたため、私も先ほど知ることができました」

高棟は陳隊長にタバコを寄越し、自身も火を点けると、眉間にシワを寄せながら吸って言った。

「局長は何と言ってる？」

陳隊長は目をしばたたいた。「郭局長は、高さんに全権を任せると仰っています」

高棟は陳隊長を一瞥し、不思議な笑みを浮かべて言った。「郭局長は立件しないのか？」

「全て任せる、と」

高棟が笑った。「李愛国事件を担当している私が失踪事件も担当するのか？　ふふ、何かの冗談か？」

「いえ……」と陳隊長が口ごもる。「それは私には何とも」

高棟にもはっきり分かっている。職員の失踪事件はどう処理しようが小さな事件だ。今、郭鴻恩がこんな事件すら高棟に全責任を任せると言ったのは、ミスすることを恐れているという証拠だ。立件するかどうかも判断できないほど。

もし一般人の失踪なら、ここで立件しても特に問題はない。機関の職員が失踪するぐらい、昔から大きな問題ではなかった。郭鴻恩が心配しているのは、これが失踪ではなく次の殺人の被害者なのではないかということだ。

浪が静まる前にまた新たな浪が起きた。李愛国事件を解決する前に新たな被害者が出たのであれば、これを大事件と言わずして何と言う？

だから、郭鴻恩はこの職員の失踪に対し立件するかどうかをぼかし、ただ高棟に全権を委任した。高棟は強力な後ろ盾を持つ上級専門技術官僚であり、郭鴻恩も自分より道理を弁えていると高棟を信じている。そのため、立件するかどうかすらも高棟に手配させるのだ。

現段階で、この林嘯という課員の失踪が李愛国事件と関連があるか、判断はつかない。高棟はタバコを深く吸い込み、唇を噛み、小声で言った。「今のところは立件するな。放っておけ」

陳隊長は高棟の意を汲み、答えた。「ではそのように伝えておきます」

高棟が問う。「待て。この件を知っている人間は多いのか？」

陳隊長が言う。「国土局と林嘯の家族の他は誰もいないでしょう」

高棟がうなずく。「分かった。本件はゆっくりとやるよう手配してくれ。彼の家族には、焦らず、我々警察が全力で捜査に当たると伝えろ。上司に国土局と連絡を取ってもらって、この件は慎重に処理すると言え。分かったな。そしたら、彼らが早朝派出所に通報した際の書類を持って三十分後に来てくれ」

三十分後、陳隊長が派出所が今朝作成した書類を持って来た。

高棟は適当に数ページをめくって言う。「林嘯の生まれが寧海ということ以外で、知っていることがあれば言ってくれ」

「林嘯は寧海人で、復旦大学を卒業し、三年前に省公務員試験を合格して白象《バイシャン》県国土局に来て以来、ずっと王修邦副局長のところにいます」

「朝話したあの王修邦か？」

「そうです」

「続けてくれ」

「彼は県に自分の家を持っておらず、県城の高級住宅地である文峰《ウェンフォン》マンションに部屋を借りています。火曜日から登庁しておらず、電話も電源オフのままです。彼らの機関は、何か他の用事でもあったのではと思ったそうです。公務員ですし、数日出勤しないのも普通ですからね。ところが昨日、息子の部屋を訪れた両親がドアをノックしましたが、反応はなかったそうです。ただ、彼らは鍵を持っていなかったので、家の中には入れなかったのだそうです。そして今朝、機関の上司に連絡し、話し合って、家にも誰もいないことが判明してようやくおかしいことに気付き、通報したのだそうです」

「こいつの勤務態度はどうだ？　うまくやっているのか」

「調べたところ、勤務態度は非常に真面目で、人付き合いも良く、内部でも評判が高いです。王修邦副局長の右腕とも言われており、よく取り立てられていたそうです。だからこんなに早く執法業隊の支隊長になれたのでしょう」

「李愛国とは知り合いか？」

「全く面識がありません。階級が違いますし、顔を合わせる機会はなかったでしょう。ですが、うちの張副局長となら面識があります」

「張相平か？　どうしてだ？」

「去年、県内で旧市街地の改造が始まり、旧都市改造維持業務事務所が設立されました。王修邦が主任となり、林嘯は彼の右腕として力を発揮しました。また、都市建設局[1]、公安局、都市管理局[2]の三つの組織からそれぞれ副局長をチームリーダーとして派遣することになり、張副局長が公安から派遣されました。だから林嘯と面識があります」

高棟は、おおという声を上げた。徐策《シュー・ツァー》が話していた、彼の叔父の息子が怪我を負わせ、張相平の部下に捕まったという件も撤去関連の話だった。だから、張相平に話を聞こうとしていたのだ。

張相平が刑事事件の責任者だから、怪我を負わせた人間も張相平が捕まえたのだと思っていた。しかし、張相平も旧都市改造維持業務事務所リーダーの一人だった。こうなると話を聞くのはさらに厄介なことになる。

その事務所のリーダーに法執行機関の人間がいるので、都市建設会社の人間を刺した徐策のいとこの判決は極めて重いものになるだろう。道理で徐策のような自制的な人間がコネに頼ろうとしていたわけだ。しかし旧友が困っているのであれば、手を貸すのが普通だろう。

陳隊長の説明を聞き、高棟はこう分析した。林嘯は公安内部でせいぜい張相平ぐらいしか顔見知りがおらず、李愛国とは全く交流がなく、顔を合わせたこともあるか分からない。林嘯の失踪は李愛国の事件と関係ないと見ていいだろう。

1　都市建設管理局の略称。都市計画管理機関。
2　都市管理行政法律執行局の略称。治安維持機関。

だが現在の特殊な事情を鑑みると、林嘯も被害に遭ったとすれば、犯人が純粋に社会に復讐していることになり、公務員を狙う犯行の特徴がよりはっきりするということも考える必要がある。

彼はさらに細かく状況を分析しようと考えた。林嘯の失踪が今回の事件と関連がない場合は対応しなくていいので、県公安局がどう処理しようが、失踪と自分は無関係だ。関連があった場合はそのときになって対応する。少なくとも、李愛国事件がまだ解決できていない今、犯人がさらに誰かを殺したことが上に知られれば、自分の責任追及は免れない。

だから、この失踪事件はやはり伏せる必要がある。たとえ林嘯が失踪ではなく被害に遭っていて、死体が見つかったとしても、今は捜査を一つにまとめることを提案してはいけない。

考えが固まった高棟が口を開く。「誰か林嘯の家に入ったのか?」

「今朝聞いた限りですと、大家に鍵を持って来るよう連絡したようですが、入ったかどうかは分かりません」

高棟が言う。「何人か集めて家の中の状況を見てきてくれ。この件が李愛国の件と関係なければ、しばらくは力を割かなくていい。もし関係があれば、戻ってくるまで誰にも言うことなくそのまま私に伝えてくれ。分かったな」

# 第二章

# 1

徐策《シュー・ツァー》が今日運転しているのは、もう一台の黒いアウディだ。徐策がメーターパネルに目をやると、二キロ走ったというのに車には全く傾いている感覚がない。実験はまた失敗したようだ。

徐策は郊外の人通りが少ない道に車を止めると、車から降りてタイヤをチェックした。車体右側の前と後ろのタイヤには何かが刺さっているが、タイヤの空気が漏れている様子はない。

このタイヤの質は良いようだ。しかし徐策にとってそれは良いことではない。

この実験で次のターゲットを始末しようとしている彼にとって、タイヤは最も肝心なピースだ。

もちろん、実験がうまくいかなくても、まだ銃がある。だが銃声は音が大きく、すぐに周囲の人間に気付かれ、その場から安全に離れるのが難しくなる。やむを得ない場合でもない限り、銃は使用できない。

鳳栖《フォンチー》住宅地外にある鳳栖路《フォンチールー》の南側のペニンシュラホテルが、彼が予定している犯行現場であり、李愛国《リー・アイグオ》の事件現場と約二千三百メートルしか離れていない。

張相平《ジャン・シアンピン》はいつもペニンシュラホテルで接待をし、接待後に自分で自動車を運転して鳳栖住宅地に戻る。彼は李愛国と同じ住宅地に住んでおり、徐策が運転している車両と同型のアウディを運転している。車の重量もだいたい同じであり、張相平のアウディに使われているのがミシュランタイヤだということまで徐策は知っている。

これらは大まかな情報に過ぎず、彼は張相平のアウディの車体裏側まで詳しく見ることなどできなかった。

張相平の車がミシュランタイヤを使っていると知っているのは、以前張相平を尾行していた際、同じ洗車場で洗車した後にそこの店員から聞いたからだ。もとのタイヤが磨り減っていて交換したいんだけど、どのタイヤが良いだろうか、あそこのアウディは何のタイヤを使っている？　と尋ねたところ、店員が、あれはミシュランだ、と答えた。張相平はこの店でタイヤを交換したのだ。

この情報は洗車場の店員から聞いただけで、正確かは断定できない。

店員が単に自分のところのミシュランタイヤを買わせたいから、張相平のタイヤのメーカーなど知らず、適当にミシュランだと言っただけかもしれない。

当初、この不正確な情報のせいで彼の計画には少なからず支障が出た。だが実験によって、ほとんどのメーカーのタイヤは品質に大きな差がないことが分かった。同型車両の重量では、タイヤに穴が開いてから空気が漏れる時間もほとんど一緒だった。

今やっている実験は、計画の肝心要の部分だ。

彼が求めているのは、張相平のアウディがペニンシュラホテルに停車しているときに、そのタイヤの下に釘を設置し、車が発進すると釘がタイヤに刺さり、二千三百メートル運転して鳳栖住宅地の前に来たあたりでひどい空気漏れを起こしているという結果だ。

そのとき、徐策はどうにかして張相平を車から降ろし、空気漏れを伝える。張相平を車から降ろせば、直ちに実行に移せる。

当面の課題はこの二千三百メートルだ。

釘が大きすぎたら、鳳栖路に着く前にタイヤから空気が漏れる音や、空気漏れで車体が傾くことで気付かれるかもしれない。張相平が鳳栖路に着く前に車から降りて修理をしてしまうと、徐策でも手出しできない。

釘が小さすぎたら、空気漏れの効果が十分に発揮できない。その上、今は多くのタイヤにパンク修理剤が入っているので、パンクしてもすぐに修復されてしまう。もちろんそれは穴が小さい場合に限り有効で、穴が大きければ意味はない。

また、空気漏れのスピードは車の速度と関係があり、早ければ空気が抜けるのも速く、遅ければ空気が抜けるのも遅い。

ペニンシュラホテルから鳳栖路までたった二千メートル余りしかなく、三分もあれば着くということも考慮する必要がある。空気漏れの音が聞こえるほど大きな穴は開けられないが、小さな穴では三分間で目に見えるほどパンクするか分からない。唯一の方法は、釘をたくさんつけた仕掛けを地面に設置することだった。具体的に何本の釘で適当な効果を発揮させられるのかは、まだ実験が必要だった。

数回にわたる実験はすでに一定の効果を上げており、徐策はこの数日以内で最終的な結論が出せると考えていた。

力を入れてタイヤに刺さった「釘の板」を取り外し、トランクから新しいタイヤを二つ持ってきて、ジャッキを使ってタイヤを交換すると、パンクしたタイヤをトランクにしまう。

実験でパンクしたタイヤは毎回家まで持ち帰って修理し、新品と交換する。

数回も実験すれば、タイヤは使えなくなり、廃棄しなければならなくなる。

こういうやり方ではコストが非常にかかったが、店に持っていって修理した場合、タイヤに残る奇妙な釘の痕跡が修理工の注意を引きかねない。事件後に万が一警察が修理工場を調査すれば、そこから正体がバレてしまう。

実験に費用がいくらかかろうとも、自分の命と比べたら命の方が当然重要だ。

再び車に乗った徐策は、付近の自動車修理工場へ行き、車から降りて作業員を呼んだ。「ミシュランタイヤありますか？　二つ欲しいんですが」

作業員が不思議そうに聞いてきた。「お客さん、先週も二つ購入されませんでした？」

徐策は眉をひそめ、ようやく気付いた。この工場には確かに先週も来ていて、前回もまたこの作業員にタイヤを売ってもらったのだ。この作業員の記憶力が心底嫌になった。

彼は毎回できるだけ違う店で新しいタイヤを購入しようとしていたが、このような郊外の地理には詳しくないので、うっかり一週間も経たないうちに同じ店を訪れ、記憶力が良い作業員にまた声を掛けてタイヤを買おうとしてしまったのだ。

言葉に詰まりながらも徐策は、しょうもないやつに目をつけられたのか家にもう一台ある車が二回もパンクさせられて、しかも穴がひどくて修理できないのだと説明した。作業員は何も言わなかった。

修理している間、彼は張相平を始末する緻密な計画について再び考えた。高棟から張相平と会う連絡が来ないのは、おそらく李愛国の事件で相変わらず忙しく、プライベートな話し合いをするタイミングがないからだろう。

事件からすでに一週間以上経過しているが、今後数日間、彼らには進展が訪れないかもしれない。だが休むときは休むだろうし、そのときは高棟も力を貸してくれるに違いない。

もちろん、彼の本来の計画では高棟という旧友は登場しないので、たとえ高棟が助けてくれなくても、彼には張相平を引っ張り出し、計画を完成させる方法がある。

高棟がいることが吉と出るか凶と出るか、彼には分からない。

2

高棟《ガオ・ドン》が椅子に座って天井を見ながら考え事をしていると、部屋のドアをノックする音が三回聞こえた。高棟は姿勢を正してから、どうぞと言った。

入って来た陳《チェン》隊長に高棟が問い掛ける。「結果はどうだった？」

「二つの事業機関でインクを購入した人間を確認しました。彼らは機関の事務員であり、普段何もおかしな行動は見られません。インクを買ったのは機関の宣伝業務に使うためで、怪しい点はありませんでした」

予想通りの結果に、高棟は何も言わなかった。

陳隊長が続ける。「林嘯《リン・シアオ》の家に行った派出所の警官から話を聞いたところ、林嘯が住んでいる文峰《ウェンフォン》マンションの部屋には誰もおらず、書き置きの類もなく、物も整頓されていて荒らされた形跡はなかったようです。派出所の所長には、県局トップの判断によって状況を記録して、当分の間は立件するなと伝えました」

高棟は相槌を打ち、しばらく考えて言った。「その文峰住宅地に防犯カメラは？」

「あそこは県城《シエンチヨン》の高級住宅地の一つですから、きっとあります」

「林嘯が最後に家に帰った日と、最後にそこから出て行った日を調べろ」

「分かりました。直ちに取り掛かります」

陳隊長が出ていくと、高棟はまた椅子の背もたれに全身を預けて、天井を見ながら李愛国《リー・アイグオ》事件のことを考えた。

李愛国は深夜にトランプをしてから自分で車を運転し、沿海南路《イエンハイナンルー》を曲がって鳳栖路《フォンチールー》に入り、三、四百メートル走った。それからいったいどういう状況で車を路上に止めたのか？　誰に会ってドアを開けて、犯人を車に乗せたんだ？

解決の糸口は依然としてそこにあった。

一番の問題は、犯人がどうやって鳳栖路まで来て待ち伏せしていたのかという点だ。

防犯カメラにはほとんど通行人しか写っていないので、捜査は簡単だ。短時間のうちに次の防犯カメラに写るかどうかを調べれば、その通行人が道に立ち止まっていないかを判断できる。

犯人はきっと車で来ていて、しかも後部座席に乗っていたはずだ。そうすれば防犯カメラにも写らない。

だが、犯罪心理学の常識から推測すると、犯人は単独犯で仲間はいない。ならば、車の運転手は犯人と無関係の人間に違いない。だが、当日の夜に鳳栖路を通過した車両全てを捜査しても、運転手は誰も途中で人を降ろしていないと言う。これはどういうことだ？

高棟はこの中のどこに矛盾点があるのかずっと分からなかった。

まさか犯人に仲間がいて、それが運転手だとでも？

数百台の車両を調べる仕事は煩雑で、運転手一人一人に詳細な聞き込みができないのも仕方なく、ミスが起きやすいから、捜査中に不備が生じたのかもしれない。

だが、事件発生から十日間経過している今では、すでに捜査の重要な期間が過ぎており、当時犯人を乗せた車両を見つけ出せたとしても、犯人によっぽど変わった特徴でもない限り、運転手が犯人の姿を思い出すことは難しいだろう。

事件発生当初、高棟は五つの方向を定めて仕事に取り掛かった。

一つ目は鳳栖路の防犯カメラの調査であり、これはすでに失敗という形で終了した。

二つ目は、事件発生前に李愛国の車が尾行されていなかったかの調査だ。犯人も尾行時にきっと細心の注意を払って李愛国にバレないようにしていたはずなので、この仕事は厄介で、難易度も高い。現在は、防犯カメラの映像から誰が李愛国を尾行していたのか探さなければならず、これが難易度を増していた。だが、犯人が李愛国を尾行していたのは間違いないはずなので、映像を穴が開くほど調べれば遅かれ早かれ結果が分かる。今は結果を待つしかない。

三つ目は、犯人が残した物証を調べること。現在、価値のある物証はあの文字だけだ。インクの線はすでになくなったため、進展を期待するのは難しい。

四つ目は、李愛国の友人や家族に聞き込みを進め、交友関係を探ること。この作業はまだ進行中だが、現時点で何も有力な情報がない。

五つ目は、事件現場付近の住人から話を聞くこと。この作業は間もなく終わろうとしているが、目撃者や関係情報は出てきていない。

今のところ最も頼りにできるのが、二つ目の李愛国を尾行していた人物の調査だ。これが今最も価値のある作業だ。

そう考え、高棟は張一昂《ジャン・イーアン》を呼んだ。「李愛国を尾行していた人物を調査するために、県全ての防犯カメラをチェックする件はどうなった？」

「ま……まだです」

高棟はため息をついて言った。「李愛国の行動を手に取るように把握していた犯人は、あらかじめ彼を尾行していたとしか考えられん。この業務はとっくに結果が出ている頃なのに、まだ何も有力な手掛かりが見つからないのは、どこかに問題があるからじゃないか？　仕事量が多すぎるか？」

張一昂が目を伏せる。「仕事量の問題ではありません。県局と我々は数日間作業し、県全ての防犯カメラの映像で李愛国の車が写っていれば何度も見ました。しかし疑わしい人物は見つけられませんでした」

高棟が冷たい言葉を浴びせる。「その人物が疑わしいかどうか、見て分かるのか？」

張一昂は少したじろいで言う。「わ……我々は、犯人は李愛国の車に乗っているはずなので、李愛国の知り合いだろうという観点から調査できると考えています。もし犯人が知り合いなら、李愛国を尾行する必要もないのではないでしょうか」

高棟は口を閉じ、眉をひそめて張一昂を見た。「当日の夜に李愛国とトランプをやっていたやつらはシロだったのか？」

「はい。トランプをした後に各々帰っています。他の道路の防犯カメラに彼らの車が通過する様子が写っていて、全員にアリバイがあります」

「犯人が李愛国の知り合いだとしても、そいつらが犯人ではない以上、どうしてその夜に李愛国が遅く帰宅することを知っていたんだ？　必ず尾行しているはずだ。その尾行は、偶然跡をつけたというものではなく、犯人はきっと数日間かけていて、あの晩にようやく機会を見つけたはずだ」

「もし、もしその晩の友人のうちの誰かが、表面上李愛国と仲が良いように装って一緒にトランプをしていながら、実際は李愛国を恨んでいて、殺し屋を雇った可能性は？」

高棟が冷静に反論する。「殺し屋が銃を奪ってどうするんだ？　殺し屋なんてろくでもない連中が、ダッシュボードの中に金があるのを見つけて、なぜ持ち去らない？　金を取らない殺し屋がいるのか？」

そう言われて張一昂は、たちまち二の句が継げなくなった。

高棟が語気を和らげて話す。「捜査に大切なのは問題の本質を見ることだ。自分が犯人ならと仮定して犯行現場を再現してみろ。第三者の目線に立っても事件は解決しないぞ。特に、今回の犯人は捜査を攪乱する能力が異常に高い。正直な話、こういう犯人には今まで出会ったことがない」

張一昂が頭を下げる。「分かりました。ボス」

「誰が李愛国を尾行していたのかを調べろ。直感でどの車が怪しいって判断するんじゃなく、データに基づいて分析しろ。李愛国の車が防犯カメラを通過してから五分以内に通過した電動バイクや電動アシスト自転車、ナンバーのない車でも、李愛国の車に追いつけるスピードが出るあらゆる乗り物を全部記録してリストにまとめろ。一日ごとにそれぞれの道を通過したときの状況の統計を取って、レポートにまとめ、どういう車の出現率が一番高かったのかを調べて、三日以内に報告書を提出しろ」

張一昂は、高棟が説明した方法が、直感に任せてどの車を追跡するか判断する経験頼りの方法よりよほど確実だと悟った。

デジタル時代の今は、事件の捜査にもデータ分析を活用する心構えが必要になる。

事件解決に向けた高棟の思考は、細かい部分で漏れがありつつも、今のところ正しい方向を向いていた。徐策《シュー・ツァー》はそのことに気付いているだろうか。高棟がこのまま捜査を続けた場合、徐策は姿を隠し続けていられるのだろうか。

3

午後、陳《チェン》隊長が慌ただしい様子で事務室にやって来た。高棟《ガオ・ドン》は尋ねた。「林嘯《リン・シアオ》の事件はどうなっている？」陳隊長の顔色を見て、何かあったのだと悟った。

「林嘯は十二月十日夜六時半に住宅地に戻って、翌日から姿を見せていません。彼の車も住宅地の地下駐車場に止まったままです」

「あ？」高棟は眉をひそめた。「つまり、やつは住宅地の中で失踪したと？」

「今のところ、断言はできません。住宅地の正門に付いている防犯カメラの映像を見る限り、そのようです」

高棟はうなずいた。朝から数時間しか経っておらず、人員を割いて防犯カメラを確認しても細かくチェックすることは不可能だ。高棟は考えてから言った。「つまり、林嘯は十二月十日夜六時半に車で住宅地に戻り、その後は車を運転していないということだな」

「はい」

高棟は微かにではあるが、林嘯の失踪と李愛国《リー・アイグオ》の事件に何らかの関連性があるのではないかと予感していた。公務員の失踪など滅多になく、しかも李愛国事件からまだ四日しか経っていない。

高棟はタバコを一本取り出し、火を点けた。「林嘯の車が地下駐車場にあるとして、林嘯は家に帰ったのか？　防犯カメラは？」

「エレベーターの中に防犯カメラがありますが、まだ調べられていません。先程彼の家に行きましたが、どこも整理整頓されていて、誰かが荒らした形跡はなかったです」

高棟は少し考え、腕時計に目をやった。「やつの家の鍵を持っているか？」

「大家から借りて、もう返しました」

「大家は？」

「小さな企業の社長で、ここから遠くない場所に住んでいます」

「分かった。鍵を持って来てくれ。一緒に出るぞ」

「ご自身も行かれるんですか？」

陳隊長は、高棟がこの地位にいるのは義父という後ろ盾があるからで、座って捜査を指揮し、意見を出し、人員を派遣し、捜査結果の報告を分析して仕事を割り振るのが彼の仕事だと思っていた。

陳隊長は知らない。高棟が結婚する前から市警察の中堅捜査員で、警察公務員試験に合格してからわずか三年で次々と大事件の解決に貢献し、上司から高く評価されて課長となったことを。上の方も、能力が高く大事件を任せられる高棟をとりわけ重視していたので、特に後ろ盾がない状況であっても、着実に昇進することができていた。その後、上司の紹介で現在の妻と出会い、有力な後ろ盾を持つことになった。

高棟は女性受けする顔も持っている。それに比べ、徐策《シュー・ツァー》はお世辞にも格好良いとは言えず、顔は中から下のレベルだ。

もし高棟が顔しか取り柄のない人間だったら、市政法委員会書記が娘を嫁がせただろうか。

高棟は現場捜査が細かく機敏で、並外れた能力を持っており、市の監察医に引けを取らない。監察医は実験によって判断を下すが、高棟は自らの経験だけを頼りにおおよその推測を下すことが多かった。普通の若い監察医では到底太刀打ちできなかった。

高棟が現場に足を運ぼうとしたのは、林嘯の失踪と李愛国の事件に関連性があると心のどこかで感じていたからだ。この可能性を排除し、李愛国事件を誤って推理しないようにするために、関係のない失踪事件を引き受けた。

高棟は陳隊長の疑問に答えた。「誘拐の可能性を排除できさえすれば、失踪を彼が自分の意志で消えたということで取り扱える。それからまた李愛国事件に取り掛かれば良い」

一時間後、制服を着た陳隊長が運転し、私服の高棟を乗せたパトカーは、文峰《ウェンフォン》住宅地に着いた。

陳隊長は林嘯の住む建物のそばの空き地に車を止めようとしたが、高棟にきちんと駐車エリアに止めるよう指摘された。

現在は公務中である。空き地に止めたところで他の車の邪魔になるわけでもないし、誰も違反の張り紙なんか貼らないだろうと考えていた陳隊長は、高棟の言うことを理解できなかった。

しかし高棟は、何事も慎むべきだと考えていた。パトカーを外に止めて話のネタにされるよりかは、止めるのに数分かかっても構わないだろうと陳隊長をたしなめた。陳隊長は高棟という官僚の性格を少し理解した。

車を降りた高棟は住宅地を見て回った。ここは県城《シエンチョン》の高級住宅地であり、景色も建物も都市の住宅地とは比べ物にならない。大きく、整然としており、高層マンションが立ち並び、後ろには別荘もあるようだ。

林嘯が住んでいる場所は十階建ての建物で、各階には二つの部屋とエレベーターしかない。

部屋はそこの三階だ。

林嘯の部屋の前まで来た陳隊長がドアを開け、二人で中に入る。廊下を数歩歩くとリビングに着いた。この部屋は一人暮らし用で、七十平米程度しかない、浴室・キッチン・ベランダ付きの２ＤＫだ。リビングは狭く、内装もシンプルな賃貸物件だ。

高棟は部屋を見渡したが、おかしな点は見つからなかった。しかし、ふと先ほど開けたばかりのドアのそばにもたれかかっているモップに目がいった。今ではどこでも使われている一文字型のモップで、水を絞るときにモップの取っ手を摑めば良いだけのタイプだ。

高棟の視線が自然と床に向いた。床には明らかにモップで拭かれた形跡があった。

ドアのそばにはガラスケースがある。使い終わったモップをガラスケースのそばに置くだろうか？　そこに思い至った高棟は、寝室に向かう陳隊長を慌てて呼び止めた。「止まれ！」

陳隊長が不思議そうに聞く。「どうしました？」

高棟はモップに何度も目をやった。モップの裏側は一面真っ黒になってホコリや毛髪がこびりついていた。洗わずにそのまま放置したようで、もともときれいだった床がこれのせいで汚れている。

身をかがめて床を見ると、不明瞭な足跡が残っているが、おそらく警官のものだろう。だが、通常行き来するソファの周りにはモップで拭いた痕跡があるが、何の足跡もなかった。

「ここのドアは今朝開けたのか？」

「そうです」

「今朝、派出所の警官と一緒に林嘯の家族も来たのか」

「はい、両親が一緒に」

「そして一緒に帰った？」

「部屋の様子を見て、特に異常がなかったので」

「両親はそれから来ていないんだな？」

「おそらく。鍵は大家に返しましたし」

高棟は深呼吸して、口を開いた。「床の様子に注意して、できるだけ足跡を残さないよう大股で歩いてくれ」

陳隊長は理解できない様子で高棟について大股で部屋を出て、ドアの前まで戻ると、高棟から指示を受けた。「直ちに陳《チェン》監察医に連絡を取って、鑑識課の人間を連れて来させろ。県局の警察も二人寄越してもらって、管理会社に行って防犯カメラをチェックするぞ」

陳隊長は訳が分からないというように聞いた。「何か見つけられたんですか？」

高棟はガラスケースにもたれかかるモップを指して言った。「誰かが部屋の足跡をきれいに拭き取ってる。林嘯の両親が掃除したとも思えないが、林嘯本人がやったようにも見えない」

4

夜、高棟《ガオ・ドン》の事務室のドアが二回ノックされ、四十歳ぐらいの白衣の男が入ってきた。鑑識課リーダーで、監察医のボスの陳《チェン》だ。

「陳さん。どうだった？」

「ボスの思った通り、誰かが部屋全体をきれいに掃除しています。その人物の足跡も見つかりませんでした。林嘯《リン・シアオ》が掃除したと思えない理由は三つあります。一つ目は、林嘯ならモップをそこに置かないということ。二つ目は、汚れたまま、洗わずに放置されていること。三つ目は、玄関のドア付近まで含め、我々や林嘯の両親以外の足跡がないことです。これは、誰かが玄関まで拭き終わってから家を出て行ったことを示しています」

高棟が口を固く結んだ。「なるほど。やり方が李愛国《リー・アイグオ》事件と幾分似ているな」

「しかし、室内には血痕や争った形跡も見つかりませんでした」

高棟がうなずく。「この失踪事件は今のところ、李愛国事件と関係があると言うには証拠が足りないな」

「他にもおかしな点がありました。林嘯の寝室から大量の衣服や枕までなくなっていました。冬なのにコートもなく、夏用の薄手の服しか残されていません」

高棟が眉をひそめた。「どういう意味です？　着る服まで消えたとでも？」

「室内の金銭やパソコンは残っています」

「パソコンは調べましたか？」

「はい。最後の起動時間は十二月十日夜六時五十分です」

「防犯カメラの記録と一致するな。他に何か手掛かりは？」

「今は特にないです」

高棟はちょっと思案して口を開いた。「分かった。このことは口外せず、我々数人だけが知っていれば良い。先に帰って休んでもらって構わないので、張一昂《ジャン・イーアン》と陳隊長を呼んでくれませんか」

数分後、張一昂と陳隊長が事務室にやって来た。

高棟は二人を座らせ、それぞれに高級タバコ「中華」を渡して言った。「住宅地の防犯カメラの映像は全てコピーしたか？」

陳隊長が答える。「全部入手しました」

「では数人を手配して今から捜査を始めてくれ。このことは県局トップの数人以外、しばらくは他言無用だ」

張一昂が言う。「ボス。本件は李愛国事件と関係があるんでしょうか」

高棟が唇を噛んだ。「今は分からないが、無関係であればそれに越したことはない。念のため先に調査して、もし関係があっても俺の指示があるまで絶対にバラすな」

「分かりました」二人は理解した。李愛国事件が解決していない段階でまた公務員に被害が出たとなれば、本件をコントロールすることが難しくなる。

二人が去った後も、高棟の心には不穏な予感が渦巻いており、林嘯の失踪がかなりの確率で李愛国事件と関係があると感じていた。なぜなら、今回の失踪も李愛国が被害に遭ったときと同様、手掛かりが何も残されていないからだ。室内に争った形跡はなく、足跡すら消されている。

そして、林嘯の冬物の服がなぜか持ち去られている。これはどういうことだろう？

林嘯は十二月十日、つまり李愛国事件が起きた十二月六日の四日後の夜六時半にマンションに帰ってきて、六時五十分にパソコンを点けた。その後の消息は分からない。何も兆候を見せずに、いきなり失踪したのか。

高棟は唇を舐めた。頭痛を覚えたので、この日はホテルに戻って寝ることにした。

翌日早朝、高棟が事務室に着いて五分も経たずに、張一昂と陳隊長が駆け込んできた。

「ボス。林嘯の件でとんでもないことが分かりました」

高棟は少し上を見上げ、目を閉じて呼吸をし、再び目を開いて冷静に聞いた。「どうした？」

張一昂が言う。「ボス。エレベーターの防犯カメラに手掛かりが写ってました。林嘯は事件に巻き込まれたと見て間違いないと思います」

張一昂がすぐさまノートパソコンを開き、動画を再生し、シークバーを真ん中ぐらいまで動かした。「これは林嘯が帰宅したときの映像です。彼は地下駐車場に車を止めて、地下一階のエレベーターから三階まで上って家に帰っています」

防犯カメラはエレベーターの天辺から下を向いており、人間の頭部を写している。

映像はドアが開き、男が入ってきた様子を映し出した。男はボタンを押し、エレベーターを上昇させ、数十秒ほどで出て行った。このとき男は少し顔を上げており、顔がはっきり写っていた。

「こいつが林嘯か?」

陳隊長が答える。「彼の職場の同僚に確認してもらいました。間違いなく林嘯です」

高棟が時刻を見て言う。「つまり、やつは夜六時三十七分にエレベーターに入ったということだな」

「はい。住宅地に戻った時刻が六時半過ぎなので、その前に車が住宅地に入った時刻と一致します」

「それで次は?」

張一昂が動画を閉じ、また別の動画を再生して、シークバーを真ん中ぐらいまで動かす。画面には十二月十一日、つまり失踪翌日の日付が表示されている。時間は深夜の一時だ。

映像には誰も写っていなかったが、そのとき画面が揺れ、エレベーターが動き出した。数十秒後、ドアが開き、また数秒すると何かがエレベーター内に入ってきた。

オレンジ色の大きなフタが付いたゴミ箱だ。ほとんどの住宅地の建物の下に置かれているもので、底には四つのキャスターが付いている。住民が生活ゴミを捨て、清掃員が運んでゴミを処理する。

ゴミ箱がエレベーターに入ってから、しばらくしないうちにドアが閉まった。誰も入って来なかった。

高棟が声を上げた。「止めろ。画面を少し前に戻せ。このゴミ箱が勝手に中に入ってきたのか？」

高棟はまるでホラー映画を見たような、奇妙な感覚に襲われた。夜中にゴミ箱が突然現れて、自分からエレベーターに入ったとでも言うのか。

画面を戻し、スロー再生にすると、エレベーターのドアが開き、ゴミ箱を中に押し入れる手が映った。ゴミ箱がエレベーター内に入ってからも、ドアの外にいる人間は入って来ず、ドアは自動で閉まった。

高棟は画面を巻き戻してその手を見た。両手にゴム手袋を着けており、服の袖は作業着のようだった。だが画面には肘の部分まで映っているだけで、腕全体は画面に入っておらず、その人物の顔も当然写っていない。

高棟がまた動画を再生すると、約一分後に画面が再び揺れ、エレベーターが動いた。数十秒後、ドアが開くと画面に手が映り、ゴミ箱を外に引っ張った。やはりゴム手袋を着けた手で、手の部分しか写っておらず、顔は見えなかった。

高棟がつぶやく。「どういうことだ？」

「これを見てください」

張一昂は今の動画を閉じ、また別の動画を再生した。

時間は十二月十一日の午前一時半。

画面が揺れ、ドアが開き、またゴミ箱が入ってきた。今度は様子が違った。先ほどのゴミ箱はフタが閉まっていたが、今回はパンパンに膨らんだ黒いゴミ袋でいっぱいで、フタが閉じていなかった。

約一分後、また同じような映像が表示され、手がゴミ箱を外に引っ張り出した。映像は最初から最後まで手しか写っておらず、その主は写っていない。

張一昂が言う。「ボス。翌日一日分の防犯カメラを全てチェックしましたが、林嘯はどこにも写っていなかったです。彼が家に戻っている以上、煙のように消えるということはありえません。誰かに誘拐されて、さっきのゴミ箱の中に入れられて運ばれたと私は見ています。深夜に清掃員なんかいないでしょうし、ゴミ箱を運ぶにしても、防犯カメラに顔が写っていないということは、こいつがカメラの位置を分かっていて、顔を見せないようにしていることを意味します。最初にこいつは地下駐車場にいて、ゴミ箱をエレベーターに入れたんでしょう。エレベーターは誰もボタンを押さないとドアが勝手に閉まります。そしてこいつは非常階段を上って三階に行き、『上』ボタンを押してエレベーターを三階に止めて、ゴミ箱を出したんです。それから林嘯をその中に入れて、上にたくさんのゴミ袋を詰めたんです。万一人と会っても、ゴミ箱をひっくり返すやつなんかいないでしょうからね。こいつはゴミ箱をまたエレベーターに入れて、非常階段を下りて地下駐車場で『下』ボタンを押して、またゴミ箱を引っ張り出して、林嘯を車のトランクに入れてさらったんでしょう。だからカメラには林嘯が写っていないんです。住宅地の警備員も異常があったことすら気付いていません」

高棟はタバコに火を点け、吸いながら張一昂の分析について考えた。

林嘯が本当に誘拐されて住宅地から出たのであれば、きっと車が使われており、万全を期すならトランクに入れるだろう。後部座席に置いておくだけでは、気が回る警備員にチェックでもされたら終わりだ。

スーツケースに入れて住宅地を歩くのは、大胆で目立ちすぎる。

防犯カメラ満載の高級住宅地から人間を消す場合、やはりトランクのある車が最も頼りになる。林嘯が家にいるのだから、犯人は林嘯を制圧してから地下駐車場に運ぶことになるが、一番便利なのがエレベーターを使用することだ。

そのまま運んだ場合、時間が深夜で人の出入りが少ないとは言え、万一誰かに遭遇してエレベーターに誰かが入ってきたら終わりだ。ゴミ箱を使うのは方法として確実だ。最初に上まで運んだゴミ箱は空なので、もしエレベーターに誰かが入ってきたとしても、突然ゴミ箱があることを不思議がるだろうが、開けてみたところで中には何も入っていない。中に人を入れて上からゴミ袋をかぶせた状態のものを見られたとしても、今日はよくゴミ箱を見るなと奇妙に思うだろうが、人間の心理から考えて、ゴミ箱からゴミ袋を全部出して中を見ようとする人間はいない。こうして林嘯はスムーズに運ばれた。

林嘯の冬服や枕がなくなっていたのも、冬服の方が体積が大きく、黒いゴミ袋同様ゴミ箱の上に敷き詰めて人の目を欺けるからだ。

この犯人は部屋の足跡をきれいに拭き取り、ゴム手袋をはめていることから指紋も残していない。さらに、ゴミ箱を使った誘拐方法まで思い付いている。

この思考、丁寧なやり方、李愛国事件と似ている。

まさか同一人物の犯行だろうか？

しかし、同一犯だとして、なぜ林嘯を室内で殺さなかったのだろう？　まして、わざわざ連れ去ったのはなぜだ？　いま林嘯は生きているのだろうか？

林嘯の失踪事件が李愛国事件と繋がる直接的な証拠はまだない。だが現場を掃除する手法と高いレベルの犯罪的思考を考えると、高棟は関連があるという結論をますます強めた。

特に、犯行が李愛国事件の後に起きているということが気になる。

高棟は考えた挙げ句、口を開いた。「二人にはこの後一緒に文峰《ウェンフォン》マンションに行って、大家と連絡を取ってもらう。あの部屋は公安に一時封鎖してもらうぞ」

5

早朝、徐　策《シュー・ツァー》はアメリカにいる妻から電話を受けた。

彼は台湾人の妻とアメリカで働いているときに知り合い、結婚した。優しく気立てが良い彼女は結婚後に専業主婦となり、子どもの世話をしている。三歳半になる子どもには主に英語で話し掛けており、時々中国語を使う。歯がまだ生え揃っていないということもあり、妻の台湾なまりによって子どもの中国語は珍妙なものになり、徐策は毎日台湾のバラエティ番組を見せられている気分だった。

今日、子どもにいつ帰ってくるのかと英語で聞かれた。

徐策は心を動かされたが、無理やり笑って、一か月ぐらいだよと答えた。

妻は帰国した徐策が何をしているのか知らなかった。母親の一周忌があり、家の事情を整理し、中国のことが片付けばアメリカに戻り、おそらく二度と帰らないとだけ伝えていた。

家庭の事情は以前妻にも教えていた。徐策には身近な親類が母親しかおらず、早くに離婚して別れた父親はここ数年ほとんど連絡がないので、父親の印象は薄かった。

母親が亡くなった今、中国に未練は全くなく、事が全て片付けばアメリカに戻り、引き続き投資銀行で働き、妻子を養う静かな生活を送るつもりだ。

このことを思い出すたびに、普段表情を全く変えない彼の目にも涙が浮かぶ。いま行っていることが白日の下に晒されればどうなるか分からなかった。中国で捕まれば間違いなく死刑で、永遠に子どもに会えないかもしれない。

アメリカに戻ってからバレた場合、アメリカの法律に従って重大刑事事件の犯人として中国に引き渡される。

彼は帰国前に受取人を妻と子どもにした保険を買っていた。

計画を実行に移す前、徐策の心には常に反対する声がこだましていた。人はもう死んでしまっているのだから、頭を使ってそいつら全員を殺したところでどんなメリットがある？　もし捕まれば、お前の一生も家族も全部終わりだ。お前は恨みだけに囚われて、愛する妻やパパと叫ぶ子どものことを全く考えないのか。

自分勝手すぎるかもしれない。

徐策は天井を見上げてため息をついた。

空にいる母親もきっと反対しているだろう。

だが……

正義の尺度は常に人が判断してきた。

処刑人が善良な人々に刃を振り下ろすたびに、生き残った者がいつも、故人はもういないし、生きているなら前を向かなければならないという態度を取るなら、罪のある処刑人を誰が裁くというのだろう。処刑人が刃の矛先を必ずまた善良な人々に向ける以上、次が自分の番ではないと誰が保証してくれるというのだろう。

法律はすでに敗北しており、道に殉ずる者による死を賭した戦いが必要だ。

暴力には暴力を、という手段は古来からあるやむにやまれぬ手段だ。

母親を思い出すといつも彼は、悔やんでも悔やみきれなくなる。

出国する前は、早く事業を成功させて、母親に楽をさせたいと常に思っていた。しかし、他人の目には成功したように見えても、彼はまだ不十分だと思い、より裕福な人間と比べて自分は何者でもないと思っていた。そのため、彼は事業という終わりのない道を絶えずひた走っていた。

そんなとき、母親がこの世を去った。

出国してから年に一回しか中国に帰っていなかった。妻と息子のビザの関係で、家族一緒に帰国したのは二回しかない。一人で自分を育ててくれた母親に、妻を四回しか会わせられず、孫には二回しか会わせられず、思い描いていた将来の美しい生活が間もなく現実のものになるというときに、突然手の届かないところに行ってしまった。

この痛みをどう形容すればいいのか！

この恨みをどう形容すればいいのか！

徐策は叔父から当時の様子を聞いた。家の前に大型ショベルカーを寄せられた叔父たちは作業者たちに泣きついたそうだ。そのとき、都市管理局の副局長が言い捨てた言葉がこれだ。「強制撤去はもちろん、強姦でもおとなしく受け入れろ！」

すると突然、怒り心頭した徐策の母親が家の前に立ちはだかり、体を張ってショベルカーを止めようとした。

操作を中断した作業員は、どうするかと責任者らに聞いた。

林嘯《リン・シアオ》という職員が電話で国土局副局長の王修邦《ワン・シィウバン》に確認を取り、冷ややかに言い放った。「やれ。きれいに片付けろ。こいつらが、金と命のどちらが大切かを見てやろう」

ショベルカーのアームが先祖から伝わる家の壁を破壊した。重機の強力なパワーによって、家が潰れる前に梁から落下した大きな石が母親に当たり、彼女はその場で死んだ。

このことを考えるたび、徐策の心に、やつらは死ぬべきか？　という問いが生まれた。彼は心中で自分自身にしっかりと答えた。全員死ぬべきだ！

林嘯はすでに手の中だ。次は張相平《ジャン・シアンピン》だ。

そして次が、都市建設局副局長と都市管理局副局長だ。

唯一難しいのはあの旧都市改造維持業務事務所の主任で、事態の張本人の王修邦だ。何事にも注意深い慎重な官僚である。

林嘯の話だと、王修邦には弱みらしい弱みがほとんどない。金に汚いかもしれないが、巨額の大金を横領したことがなく、女好きでもなく、これまでスキャンダルが出たこともない。人間関係は平凡で、企業の社長とほどほどの付き合いがあるだけだ。酒好きでもなく、接待もあまりせず、接待があっても夜九時前には帰宅する。趣味もなく、老練で、仕事で敵を作らず、派手な人間とも付き合わない。

より難しくさせているのは、彼が繁華街に住んでおり、付近に鳳栖路《フォンチールー》のような人通りが少ない道がないということだ。

こういう人間に手を下せる機会はほとんど来ない。三百六十五日の一年間で深夜に外出している状況が数日間しかないのなら、その偶然の機会をつかむことは不可能だ。さらに王修邦の保守的な性格が、知り合って近付くという方法すら破棄させた。

数日間尾行した結果はまさに林嘯の言った通りだった。王修邦は定刻通りに退勤して家に帰る。離婚して数年経つのに女性との付き合いはない。

異常な官僚だ。

もちろん、最悪の状況になっても徐策には銃がある。徐策が命を惜しまずに行動し、何か理由をつけて直接王修邦の事務室に出向き、隠し持っている銃で王修邦を撃てばことは済む。しかしそうすれば徐策は間違いなく捕まり、国外にいる妻子に二度と会えなくなる。

そういう手段を取らないのは、彼が衝動的な人間ではないからだ。彼は今まで、口より先に手が出たということがほとんどない。

王修邦に関しては、引き続きさらに計画を練る必要がある。

今は張相平の相手をしよう。旧都市改造維持業務事務所の責任者の一人で、いとこを捕まえた人間の命日もそろそろだ。

なぜなら、徐策のタイヤのパンク実験はほぼ終わっていたからだ。

6

私服を着た高棟《ガオ・ドン》とともに、制服姿の張一昂《ジャン・イーアン》と陳《チェン》隊長、そして数人の若い警官と鑑識課の人員が再び文峰《ウェンフォン》マンションにやってきた。

今回は車を住宅地の外に止めた。車から降りた高棟は、先に警官を管理会社に行かせて、住宅地の防犯カメラに詳しい警備員を呼ぶように伝えろと命じた。

全員でマンションに向かって歩く。

高棟は、住宅地の入り口全てに防犯カメラが付いており、住宅地に出入りする車両と人間は全て記録されていることに気付いた。

「入り口のカメラに死角はあるのか？」と高棟が聞いた。

「ありません。入り口全体が対象です」と警備員が答える。

張一昂が言う。「ボス。我々も見ましたが、死角はありません」

高棟がうなずく。「住宅地の入り口はいくつある？」

「他に北門がありますが、警備員の数が少ないのでずっと閉めたままです」

「鉄の鍵でロックしているのか？　車両も人間も出入りできないのか？」と高棟が聞くと、警備員が「そうです」と答えた。

「先に北門を見に行こう」

　本当に北門から出入りできないのかを自分の目で確かめなければならない。あらゆる可能性を排除してから、正門の出入りの状況を調べる必要があった。

　住宅地は大きく、北門までしばらく歩いた。その間、高棟は周囲の状況を細かく観察し、大きな曲がり角にも防犯カメラが付いていることに気付いた。

　北門は両開きの大きな鉄門で、その中央に大きな鉄の鍵が付いていた。高棟が見てみたが、鉄門の支柱の間隔はたいへん狭く、人間が通り抜けられそうにない。

　住宅地の周囲を注意深く観察したが、高い壁や通りに面した店舗があり、これらを飛び越えるのは容易ではない。ましてや林嘯《リン・シアオ》を抱えた状態では難しい。

　住宅地には木々が生い茂っている場所もなく、殺害した林嘯を犯人が住宅地に埋めることも同様に不可能だ。

　可能性は二つしかない。犯人が林嘯、またはその死体を運んで正面から出て行った。もしくは犯人がこの住宅地に住んでおり、自分の部屋に林嘯を隠している。

「住宅地のカメラの解像度はどれも一緒か？」

「違います。入り口のカメラが高画質で結構はっきり写りますが、他の路上のカメラの解像度は低いです。エレベーター内のカメラはもともと付いていたもので、解像度も高くありません」

エレベーターのカメラは高棟もすでにチェック済みだった。解像度は高くないが、対象との距離が近く、だいたいはっきり見て取れた。

高棟は警備員の話にうなずき、案内されながら林嘯が住んでいたマンションの地下駐車場に来た。

駐車場は広大で、六つの棟がその上に建っている。

つまり六つの棟が一つの地下駐車場を共用しており、各棟のエレベーターと階段が地下まで続いている。

「ここに防犯カメラは？」

「ありません。エレベーターだけです」

「階段には？」

「ありません」

高棟は不満げにため息をついた。地下駐車場に防犯カメラがあれば、捜査も少しは楽になっていたかもしれない。

事件の概要に関わるため、高棟は警備員たちを先に帰し、陳隊長の案内で駐車場の一番奥へ向かった。そこは林嘯が住むマンションの下であり、エレベーターと階段がある。

「どれが林嘯の車だ？」

陳隊長はエレベーターに近い駐車スペースを指さした。そこにはホンダの車両が止まっている。国土局から支給された車だ。

高棟は車の周りを一周してみたが、変なところはなかった。そして視線をエレベーターのドアに向ける。

事態は非常に厄介だ。犯人の手掛かりが何も残されていないのに、一体どこから手を付ければいいんだ？

やはり防犯カメラか？

だがカメラには手袋を着けた犯人の手しか写っていない。

犯人はゴミ箱を車まで運んだ後、自分で運転したはずだ。住宅地の正門にある高解像度の防犯カメラが顔を写しているかもしれない。

しかし、出て行ったどの車が犯人のものだと判断すればいいのか。

今は犯人がゴミ箱をエレベーターから出した時間しか分からない。夜中に住宅地から出ていく車はきっと多くないだろうから、その時間帯を調べれば犯人の車が特定できるか。

だが、用心深い犯人なら、朝の出社時間に合わせて住宅地から離れるだろうから、結局探し出せないのでは。

「こっちです！」

鑑識課の一人が声を上げた。

高棟が向かうと、階段の隅のほとんど照明が当たらない場所に、オレンジ色をした、底に四つのキャスターが付いている蓋付きの新しいゴミ箱があった。

これがあのゴミ箱だ。

高棟は目を見開き、鑑識課に手袋を持ってくるように命じ、こう指示した。「ゴミ箱が数日間誰にも見つからず放置されていたということは、ここには誰も来ていないってことだ。陳さん、地面に足跡が残っていないのか見てください」

手と足にカバーをつけた陳監察医が懐中電灯を手にゆっくりと前へ進む。注意深く辺りを見渡すとまた戻ってきて、工具箱の中からスプレーを取り出し、地面に向かって噴射した。十数分後、陳監察医が報告に来た。「足跡はありません」

「少しも？」

「ええ。セメントはもともと足跡が付きにくいんです。離れたところからゴミ箱を押し飛ばした可能性もあります。それに数日経過しているので、足跡が残っていても調べる価値はありませんね」

高棟は分かったという意味でうなった。一週間も経っているので、たとえ足跡が残っており、そこから犯人の身長や体重を推測しようとしても、結果に大きな誤差が出るだけだ。

指紋の発見などは最初から期待していなかった。防犯カメラに映った犯人の手にゴム手袋がはめられていたからだ。やはり犯人は指紋を残すことを非常に警戒している。

だがそれでも高棟は手順に則って、手袋を着けて陳と一緒にゴミ箱の蓋を開けた。中には映像と同じく黒いゴミ袋が入っていた。

上のゴミ袋をよけると枕が出てきた。

袋を全部取り出して開けてみると、中には冬用の厚手の服が入っていた。

これが林嘯の服であることは間違いない。

ゴミ箱には血痕もついておらず、とてもきれいだった。

詳しく見ても他に何も見つからない。

高棟は口を固く閉じて目の前のゴミ箱を睨んだ。脳内には、犯人の手がゴミ箱をエレベーターに押し入れて、再び片手で外に引っ張り出す光景が浮かぶ。

何か奇妙な感覚を覚えた。きっと何か大事な手掛かりを見落としている。

手掛かりとはなんだ？

それはゴミ箱と関係があるはずだ。

このゴミ箱と関係があるのか？

だが、脳内によぎった違和感の正体は全く分からない。

高棟は眉をひそめ、全員の方を向いて口を開いた。「状況を見ると林嘯はさらわれたようだ。生死は今のところ不明で、少なくとも血痕は見つかっていない。陳隊長は人員を手配してここを片付け、衣服が林嘯のものかを確認しろ。陳さんはもう一回林嘯の家に行って、何か新しい発見がないか調べてくれ。我々は先に戻って、次に何をするべきか考えよう」

その瞬間、高棟は言いようのない吐き気を覚え、気分が悪くなった。

歯ぎしりをし、目をかっと見開く。最近何かがおかしい。

そうだ。この事件は最初から今まで、犯人に誘導されているのだ。

犯人はまるで自分より一歩先を行き、自分がどう捜査するのかを見通しているようだ。

この袋小路をどう突破すればいいのか。

だが考えても良い方法は浮かばず、高棟は車に戻って目を閉じ、ただ考え込んだ。

## 7

昼食の時間だったが、林嘯《リン・シアオ》はハンガーストライキをしていた。閉鎖された環境に一週間閉じ込められている彼は、精神が崩壊しつつあった。

数日前まで、彼は徐策《シュー・ツァー》に解放するよう泣いて懇願した。自分はただの下っ端であり、王修邦《ワン・シィウバン》の指示に従ったまでだ、と。王修邦が許可を出されなければ、彼は家を壊そうとしただろうか。

あれは体制における集団的決定であり、林嘯は単に最終的に執行する人間に過ぎない。復讐するのであれば、相手を間違えている。

だが徐策はそう考えなかった。

集団とは空虚なものであり、大勢の人間が集団の名の下に悪行を重ねている。もし集団で悪をなせば、誰も罰を受ける必要はないということか。

それは違う。

集団とは個人によって形成されたもので、そこに潔白と言える人間はおらず、ただ汚れの程度が違うだけだ。

上司の機嫌を損ねた誰かを、上司に痛めつけてやれと命じられた人間が半殺しにした場合、その人間に責任はないのか。

自分の将来や仕事のために、犬のように上司の顔色をうかがう。上司から悪事を犯せと命じられても、良心があれば職を辞してでも実行しないはずだ。もしその仕事が自身の家族の生活と関係があり、やむを得ず少しばかりの力を発揮して些細な悪事を働いた場合は、まだ大目に見ることができる。しかしそれでも十分な悪である。

そのような悪党の犬は、命令を下す人間よりさらに悪だ。

数日間の尋問で、徐策はすでに林嘯の人間性を見抜いていた。

林嘯がすでに結婚して子どもがいるにもかかわらず、王修邦の娘との縁談の話が来たら、彼は間違いなく妻と離婚して、権威ある義父にすり寄るだろう。

彼の人間性はまったくもって許しがたいほど下劣である。

それからの数日間、泣いて哀れな雰囲気を出しても徐策が解放しないと分かると、林嘯は希望を徐々に失い、徐策を口汚く罵るようになった。

しかし、徐策にとってこの対応はとても簡単で、少しお仕置きをしてやれば林嘯《リン・シアオ》はすぐに口をふさいだ。

徐策は、こいつには根性のかけらもないなと嘲笑った。

ハンガーストライキを実行した林嘯に、徐策はすぐに良い対応を思い付いた。

彼はノートパソコンを林嘯の前に設置し、アダルトビデオを再生した。そして林嘯に対し、下半身のアレが大きくなれば直ちに切り落とすぞと告げた。

徐策は音量を最大にし、ハサミを持って来て、裸で汚れた格好をしている林嘯のそばに近寄る。

林嘯はすぐに泣き叫び、食事をする、二度と反抗しないと許しを請うた。

徐策は満足げに、林嘯が食事を取るのを見届けてからその場を離れた。

「林嘯は今、自分のことを頭のおかしい異常者だと思っているに違いない」と徐策は笑った。

徐策をよく知らない人間が見たら、感情を表に出さない徐策は極度の恨みで人格が歪み、正真正銘のサディスティックな異常者になったと思うだろう。

だが高棟《ガオ・ドン》なら、徐策が恨みから凶悪殺人鬼になったとは思わない。高棟は論理的で、頭のキレる男だ。

高棟にとっても、論理的な思考で感情をコントロールできる知り合いは、徐策を措いて他にはいない。

徐策のように、理知的で心の底まで冷静になれる人間はいない。

徐策も、林嘯にAVを見せて脅す自身のやり方をとても気持ち悪く思い、吐き気がこみ上げてきた。だが彼には、やむを得ずこのように演じる必要があった。林嘯に、自分が異常だと思わせなければならなかった。彼が考えついた計画にとって、演じることは重要なプロセスだった。

そして、徐策はすでに林嘯の脆弱な性格を見抜いていた。こんな軟弱な人間に、生きて帰れないことに絶望し、舌を嚙んで自殺するなどの方法を取られるわけにはいかない。徐策は人道主義に則り、自分のいないときに林嘯にテレビを見せて暇をつぶさせ、林嘯に生きて帰れる希望を持たせようとした。

林嘯は今はまだ殺せない。林嘯にはまだ使い道がたくさんある。

徐策は密室から離れ、高棟からの電話に出ると、局で話すついでに張相平《ジャン・シアンピン》との会談の打ち合わせをしたいと言われた。

徐策はちょっと考え、すぐ行くと答えた。

8

高棟《ガオ・ドン》は徐策《シュー・ツァー》をデスクの向こうにあるソファに座らせ、ドアを閉めた。そして自分はその反対側のソファに座ってタバコに火を点けた。徐策がタバコを吸わないことは知っているので、最初から渡さなかった。

徐策が笑みを浮かべながら聞く。「浮かない顔をしているが、まだ事件を捜査しているのか？」

高棟が苦笑する。「今は李愛国《リー・アイグオ》だけじゃないんだ。お前の言った通り、犯人はまたやった」

「え？　そうなのか」どうやら警察は林嘯《リン・シアオ》の失踪に気付いたらしい。だが林嘯の死体もなく、家には争った形跡も血痕もないのに、なぜ高棟は同一犯だと判断したのだろうか。

高棟が小声で喋る。「国土局にいる林嘯という職員が一週間前から行方不明なんだ。住宅地にある家から消えていて、現場には何の手掛かりもない」

「行方不明？　死体は見つかったのか？」

「ない。今のところ失踪したことしか分からず、生きているか死んでいるかも不明だ」

「その事件とお前が調べていた事件は関係あるのか？」

「同一犯だと俺は思っている」

「根拠は？」

「現場には何の手かがりも残されていなかった。それに犯人は入念に全ての防犯カメラを避けている。この手口は李愛国事件と一緒だ。もし今回の失踪が他の都市、または全く違う時期に起きていたら、同一犯だと疑わなかったかもしれない。しかし、今、白象《バイシャン》県という小さな都市で、数日間で二件もこんなレベルの高い犯罪が起きたのだから、同一犯だと疑わない方が無理がある」

　徐策がうなずく。「一理あるな。しかし死体が見つかっていないとすれば、どこに消えたんだ？」

「林嘯の生死は分からない。犯人は林嘯を住宅地から連れ出したと俺は見ている。住宅地のカメラで、林嘯が当日夜に帰宅していることは分かっている。犯人はその後、林嘯の家に侵入し、やつを殺すか眠らせるかして、部屋の全ての指紋や足跡を徹底的に消してから、やつを運んで出ていったんだ」

「どうやって？」

「エレベーターだよ。エレベーターの防犯カメラが見ていたんだ。犯人は夜更けに地下駐車場に車を止め、エレベーターのボタンを押し、ゴム手袋を着けてゴミ箱をエレベーター内に入れている。当然、犯人の顔は写っていないがな。それから犯人は階段で林嘯の部屋がある三階まで上がり、再びエレベーターのボタンを押してゴミ箱を持って行った。そして林嘯をゴミ箱に詰めて、同じ方法でゴミ箱を地下駐車場まで運ぶと、林嘯を車のトランクに詰めて住宅地を出たはずだ。なぜそう判断したかと言えば、住宅地には林のような遮蔽物がなくて、死体を隠せそうな場所もすでに捜査済みだからだ。犯人が住宅地に住んでいるという可能性は低い。あの場所で今までこんな事件が起こったことはないからな」

徐策は目を細め、少し間を置いてから口を開いた。「これは手こずりそうだな」

「どこから攻めたらいいと思う？」高棟は教えを請うように聞いた。

徐策はしばらく考えてから言う。「住宅地は広いのか？」

「文峰《ウェンフォン》マンションだ」

「県城《シェンチョン》の大型住宅地なら防犯カメラも意味がない。エレベーターのカメラに犯人の顔が写っていないということは、犯人があらかじめエレベーターを確認し、カメラの位置をチェックしたということを意味しているが、犯人が馬鹿じゃなければ、同じエレベーターに乗ることはせずに、他のマンションのエレベーターで調べるだろう。敷地内の防犯カメラでも、どれが犯人の車両かは調べようがない。犯人がその林嘯を車に乗せたとしても、すぐに住宅地から出ることはせず、出勤退勤のピーク時に合わせるだろうからな」

高棟は徐策の頭の回転の早さに舌を巻いた。もし張一昂《ジャン・イーアン》であればきっと、犯人はエレベーターのカメラの位置を知っていた、だからきっと下見をしたはずであり、ここ数日間でエレベーターのカメラをチェックした人間が怪しいと主張していただろう。注意深い犯人が同じエレベーターに乗るはずがないので、エレベーターを調べても意味がない。さすが犯罪心理学を研究した徐策だ。この点において、高棟の部下の中で徐策というアマチュアに勝てる者はいなかった。

高棟は苦笑した。「防犯カメラは意味なし、遺留品もなし、本当に打つ手なしだな」

「その林嘯と李愛国副局長は関係があるのか」

「何もない。お互い知り合いですらない」

「もしお前の言う通り、本当に同一犯の犯行なら、二人はきっと関係があるぞ」

「犯人の動機が単純に社会への復讐だとしたら？　二人が関係ないってこともありえるぞ」

「社会に復讐するために、全く関係のない役人を二人も殺す事件なんて聞いたことあるか？」

　高棟が眉をひそめて首を振る。「そもそも社会に復讐するなんていう事件に遭遇したことがない。でも、お前がいたアメリカでは銃乱射事件とかあるだろ」

　徐策は笑った。「あれは心の病気を持つ狂人がマシンガンをぶっ放して、鬱憤をぶちまけただけだ。今回のは計画的な殺人事件だろ」

　高棟は心に晴れ間がのぞいたようにうんうんとうなずいた。「その通りだ。こんなに用意周到な殺人事件が、人を殺したいから殺した、みたいな単純な動機であるはずがない。単なる社会への復讐で公務員を何人か殺すだけなら、最初のターゲットを公安局副局長にして自分の存在を世間にアピールしたかったとしても、次からは郊外の辺鄙な土地で探せば良いんだし、面倒なことをする必要はないんだ。でも今回はその場で殺さず連れ去っていて、生死も分からない」

　徐策にとって、自分が漏らした「情報」が今後の展開にどのような結果を生じさせるか分からなかった。自分に有利に働くことも、自分を危険にさらすこともある。

　そこで彼はこう付け加えた。「今お前は直感を頼りにして、犯罪の手口から林嘯の失踪と李愛国事件が関係あると推測しただけだ。先入観を捨てないと判断力が鈍るぞ」

高棟がうなずく。「分かってる。そうだ。今日はもともとあの件について話すはずだったのに、最近の事件のせいでついお前にアドバイスを求めてしまった。いとこを釈放する件を忘れていたわけじゃないが、大事件が起きたせいで、局内の上司とプライベートな会話をする雰囲気じゃないんだよ」

「分かってるよ」

「でも安心してくれ。来週には張相平《ジャン・シアンピン》と食事ができるよう手配するから」

「迷惑かけるな」

高棟が笑って手を振る。「このぐらい全然大したことない。こんな頼みも聞けないんじゃ、他の友人たちからどやされる」

徐策も笑った。「何か持っていった方がいいかな?」

「いや、初対面で物を贈るのはまずい。それに張相平クラスに贈るとしたら、ありきたりな物じゃ駄目だ。お前だから言うが、本当に贈るつもりがあるなら、それこそ破産も覚悟した方がいい。俺が出ていけば、お前もいくらかは節約できるから、これから人に会ったり誰かと付き合ったりするときには、何を持って行こうかって考える前に俺に連絡してくれ。心配すんな、俺に任せておけって」

高棟の言ったことは本当だ。県局の副局長という地位にいる人物は、普通の品物に興味を示さない。李愛国だって、数万元のプレゼントに気を取られたわけではなく、「官界のルール」という社交辞令が災いした結果、命を落としたのだ。

当然、高棟という旧友が表に出なくても、徐策は身銭を切って仲介役を立て、同じように張相平と連絡を取り、手を下すことにしただろう。要職に就いている友人が手助けをしてくれたことで、徐策は確かに節約ができた。

高棟の顔は少なくとも五リットルの茅台《マオタイ》酒に匹敵する。官界の中での助け合いは舌先三寸のテクニックしか必要としない。もし一般人が難題に遭遇し、相手と連絡を取って二言三言話そうとすれば、金銭も時間も体力もどれほど浪費するか分からない。

結果は数日後に出るだろう。それから投資誘致局[1]の人間と関係を持ち、王修邦《ワン・シィウバン》に連絡すればいい。

徐策は数回の会話だけで、高棟が確かに細かいところまで考えが及ぶ人間であり、多くの細部を見落とさずにはっきりさせていることが分かった。一番肝心な部分は見破られていないにせよ、このままいけばどうなるか。

この点に関して、徐策は他にどうしようもない。

彼は高棟の判断が誤るような分析を出すことも、自分の意図を隠して嘘をつくこともできなかった。賢い高棟のことだから、徐策の言葉に矛盾点などあろうものなら、そこから勘付かれる可能性がある。だから彼は嘘をつかず、本当のことを話したのだ。

1　企業誘致機関。

高棟から事件の感想を聞かれた際、事件の肝心要の部分をピンポイントで指摘する方法こそ、徐策の知力に釣り合っている。

もし、高棟に気付かれまいとして、犯人の手段が分からない風を装ったり、あるいは高棟を騙そうとしたりすれば、きっと逆効果になる。

一方の高棟は、徐策との会話で頭の霧が晴れた。調査を進める中で、彼は一体何を見つけるだろうか。

9

高棟《ガオ・ドン》の手には、張一昂《ジャン・イーアン》がまとめた李愛国《リー・アイグオ》の尾行に関する報告書が握られていた。

李愛国事件が発生する一か月前までの、県城《シエンチョン》の高解像度の防犯カメラの映像を専門家に調査させた。李愛国の車が防犯カメラを通過した後、五分以内に防犯カメラに写った電動バイクやオートバイを含む車両全てを対象にしており、集計の結果、一番多く写った車を調べた。

毎日決まった時間に出退勤する人間を対象にした場合、この集計の意味はあまりない。毎日大体同じ時間に車を運転する人間がいるなら、それと同じ時刻に出退勤する人間も同様にいるわけで、そういう人間と防犯カメラに一緒に写る割合も自然と高くなるし、彼らが尾行しているかどうか分からない。

だが公務員のトップである李愛国は決まった勤務時間がないため、家と勤務地を往復する時間に毎日大きな差があった。あるときは昼にようやく登庁したかと思えば、登庁しない日もあり、朝早く登庁して退庁も同様に早かった日もあり、不定期だった。このように時間が一致していないのだから、もしいつも李愛国の通勤と同じ時間に同じ防犯カメラに写る人間がいれば十分疑わしいと言える。

高棟は報告書に一通り目を通し、眉間にシワを寄せた。最も疑わしい車両がモスグリーンの電動バイクだと？

その電動バイクは十一月二十三日から二十六日まで、つまり事件発生二週間前のその四日間、毎日李愛国の車両の後ろにいたという。

その電動バイクはナンバーを付けておらず、車道ではなく自転車道を常に走っていたため、これまで防犯カメラを調査していた警察は全く気付かなかった。

高棟の指示によって、電動バイクを含めたあらゆる車両を調査するということになり、ようやく警察の視界に入ったのだった。

県城という小さな土地の道路は都市より短いため、電動バイクでも自動車を追跡することは十分可能だ。

高棟は静かにうなずいた。どうやらこれが犯人らしい。

彼は張一昂に電話をかけた。「あの電動バイクが写った映像、全て持ってこい」

一時間後、張一昂が命令通りそれらを高棟の事務室に持って来た。

いくつかの映像でははっきり写っていたが、解像度が低く見づらいものもあった。

全てを見終わった高棟は口を閉じ、鼻をかき、タバコに火を点けた。「こいつが犯人だな」

「ボス。こいつはずっと下を向いたままで、しかも帽子とマスク、さらに手袋までしていますが、見掛けは至って普通です。顔を上げたところで特定できないでしょうし、捜査するにしてもどうすればいいか……」

高棟は、うんとつぶやいた。もし今が夏なら、マスクをしていれば怪しまれただろう。だが今は冬だ。帽子とマスクという格好はよくあるので、誰の目にも留まらない。どう調査するべきか。ハンドルを握る手にも手袋をしており、体のあらゆる箇所を見せていない。犯人だと思われる映像を手に入れたというのに、その特徴は杳として分からなかった。

高棟はうなった。「事件当日の十二月六日の夜に、この電動バイクは李愛国を尾行していたのか」

「いえ。当日の夜には現れていません。これはすでに確認済みです」

「林　嘯《リン・シアオ》の車両も事件発生前にこの電動バイクに尾行されていなかったのか調べてくれ」

張一昂が出ていくと、高棟はあらためて考え込んだ。

この電動バイクは李愛国事件発生前の二週間前に四日連続で李愛国を尾行し、それから現れなかった。

その四日間で、犯人は李愛国の住所や日常行動を明らかにし、確認後に尾行を止めた。だが最終日の事件発生当日の夜、李愛国の車が車両に尾行された形跡は見当たらない。犯人は事件発生前の四日間で尾行を止めたのに、どうやって李愛国が当日夜に深夜までホテルにいて、それから車で帰ることを知ったのだろうか。

この問題に高棟は合理的な答えを出せなかった。

彼はまた張一昂に電話をかけた。「引き続き林嘯の防犯カメラを調査するついでに、あの電動バイクの映像を市局の映像分析専門家に渡して、その車両の画像をはっきり表示させる方法がないか聞いてくれ」

今のところ、林嘯の失踪と李愛国事件の関係を示す有力な手掛かりは見当たらない。もし林嘯が失踪前にあの電動バイクに尾行されていれば、事件を同列に扱う必要がある。

## 10

李愛国《リー・アイグオ》事件から二週間、林嘯《リン・シアオ》の失踪から十日が経つが、犯人が電動バイクに乗っている映像以外、何も収穫がない。つまりここ数日間、犯人の犯行ルートを含む多くの謎に対して、高棟《ガオ・ドン》は合理的な説明を出せていなかった。

「社会に復讐するために、全く関係のない役人を二人も殺す事件なんて聞いたことあるか？」

徐《シュー・》策《ツァー》の言葉が高棟の頭に響く。

そうだ。犯人が関連性のない人物を二人も殺す理由はない。最初に公安局副局長を狙って目立とうとしたとしても、なぜ二人目を李愛国と無関係の林嘯にしたんだ？

一人は治安業務を司る公安局副局長。一人は法律執行隊隊長の国土局職員。この二人は業務上、人から恨みを買いやすい。同じ人物から恨まれていた？

「林嘯は誰かから恨みを買っていたのか？」

その問いに陳《チェン》隊長がちょっと考えて答える。「具体的には分かりませんが、林嘯は国土局で法律執行を行っていましたので、恨まれていたはずです。開発業者や工場の土地の違法占拠、立ち退きとかもやっていましたから」

「林嘯を恨み、李愛国を憎んでいる人物を探し出せるか」

「李副局長が国土局と関係あったかはまだ調査しておりません。張《ジャン》副局長なら国土局と親しいので、あの方に聞いてみるのはいかがでしょう」

「分かった。張《ジャン・》相《シアン》平《ピン》のところに行ってみよう」

高棟は少し考えてから、陳隊長の提案にうなずいた。高棟はゆったりした歩みで張相平の事務室におもむき、タバコを差し出した。「ちょっといいでしょうか。国土局職員の林嘯の失踪について、郭《グオ》局長からお話を聞かれましたか？」

「ああ、郭局長がとりあえず立件しないと言っていたアレか。どうした？」

高棟が笑みを見せる。「二つの事件は似通っている点があまりにも多いので、おそらく同一犯によるものと考えています」

「陳もそう言っていたな。私も同感だ」

「白象《バイシャン》県で長年働いてこられた副局長なら、国土局とも親しいかと存じますが、林嘯に恨みを持っている人物に心当たりはありますか」

「それは」張相平は思い出すように答える。「国土局は法律執行という仕事の関係上、恨みを買いやすいが、それほどの恨みはすぐには思い浮かばないな。林嘯は去年から旧都市改造の仕事を主にしていた。県が去年設立した旧都市改造維持業務事務所で働いており、私もメンバーの一員だ。業務中にいくつかトラブルが出たが、後日全て対処した」

「トラブルとは？」

「立ち退きに応じない厄介な居住者による揉め事で、小競り合いはしょっちゅうだったが、大きな事件は一回だけだ。私は当時現場にいなかったんだが、ある女性の不動産所有者がショベルカーの前に立ちはだかって、ショベルカーが強引に解体を進めようとしたらアームが家に当たり、梁の石がその女性に落ちて死んでしまったらしい」

高棟は声を上げそうになった。張相平の言っている事件は、きっと徐策の母親の件だ。

張相平が続ける。「当時立ち退きを実行したのが都市建設会社の人間だ。その数日後にその女性の甥がその人間を刺したため捕まり、現在も留置所にいる。もう半年になるがまだ判決が出ていないな。死者が出たことと人が刺されたことは別問題だ。都市建設会社はその女性の家族に二十万元の賠償金を支払ったが、そこの子どもが人を刺したのなら当然捕まえるべきだ。じゃなきゃ会社も今後仕事がしづらくなる」

「どんな判決を？」

「私の意見だが、彼らの家族が亡くなっているし、我々も事を荒立てたくはないから刑を軽くして釈放しようと思っている。刺したとは言え、そこまで酷くはない。刺された側の都市建設会社は重い刑を求めているがな。この辺りは県のトップに任せているが、結果が出ていない」

高棟が人情に訴えようとした。「私もこの事件のことは知っていて、実は張副局長に便宜を図ってもらいたいんです。亡くなった女性の息子が私の古い友人でして、私も何度も協力を頼まれているんですよ。その息子というのがアメリカで成功したビジネスマンで、母親が死んだのはすでに済んだことで言うことはないが、いとこはまだ学校で勉強している若者で、衝動的な犯行だから穏便に済ませてほしいと。彼らの家族も亡くなっているのですから、私も刑を軽くした方がいいと思います」

張相平が笑う。「君に言われるまでもなく、私だって軽くしたいと思ってるよ。母親が亡くなったのは根本的に会社側が悪い。もし重い刑になって、逆上した家族が上に訴状でも持って行ったら、事態はますますややこしくなる。事件はすでに起きてしまったのだから、双方が一歩引いて民事で解決すればいい、というのが私の意見だ。県のトップも私と同様の考えだが、会社側が譲らない。重い処罰を下さないと社員の今後の安全が保証できないと言っている」

「ではどうするつもりなんですか」

「都市建設会社は国務院国有資産監督管理委員会が管理していて、現在の直接の上司が国土局だ。国土局の王修邦《ワン・シィウバン》副局長は旧都市改造維持業務事務所の主任で、本件を最終的にどう処理するかは王副局長の同意が必要だ。王副局長と私は知らない仲ではないし、ここ数日は本件について話し合っている。王副局長と君の友人の話し合いを手配することができるが、どうだ？」

「はい。張副局長に手配してもらえば確実です。ありがとうございます」

「このぐらいどうということはないさ」

高棟はお世辞を言うのもそこそこにし、本題に戻した。「それ以外で林嘯が誰かに恨みを買っていたということはありますかね？」

「私の考えだと旧都市改造の件は事件と無関係だと思う。まず、確かに我々は旧都市改造維持業務事務所を設立したが、実際の仕事は都市建設会社が部下にやらせただけで、基本的に表に出ていない。林嘯も直接恨みを買っている可能性は小さい。恨まれるとしたら、無理やり工事を強行した都市建設会社の連中だろう。それに、李副局長は立ち退き業務と全く関係がなかった。旧都市改造の関係者はみなそれほど金持ちではないし、李副局長が誰かともめていたなんて聞いたことがない。国土局は法律執行を担当しているから、どこかの企業家の恨みを買っていて、その人物が李副局長も恨んでいたとするなら話はまだ分かる。企業が土地を不法占拠していることはたまにあるし、企業家と李副局長の間に因縁があるということも十分考えられる」

高棟がうなずく。

「愚見を言わせてもらうと、林嘯の失踪事件と李副局長事件を同一犯の犯行だと断定することが私にはできない。同一犯だとしても、李副局長への動機が社会への復讐であるのなら、次に林嘯を選んだのは適当にターゲットを選んだだけだろう。両者に必ずしも関係があるとは言えない」

高棟はそれから二言三言喋って張相平の事務室を出た。彼は張相平に、社会への復讐であれば関連性のない二人を殺すことはありえないと説明しようとしなかった。もし本当に同一犯であれば、林嘯が選ばれたのもきっと意味があるはずだ。

11

「ボスの言う通りでした。林《リン》・嘯《シアオ》の失踪前にも電動バイクが尾行していました」張《ジャン》・一昂《イーアン》が開口一番叫ぶ。

「そうか」しかし高《ガオ》・棟《ドン》は、喜ぶべきか悩むべきか分からなかった。

この証拠によって李《リー》・愛国《アイグオ》事件と林嘯失踪事件が同一犯によるものだと証明されたが、それは二人目の被害者がすでに出ていることも意味している。

三人目はいつだ？

高棟は張一昂に背を向け、タバコに火を点けて考えにふけった。同一犯の仕業とは言え、まだ林嘯の死体が見つかっていないのであれば、まずは李愛国事件と無関係の失踪事件として記録するべきだろう。

李愛国事件からすでに二週間余りが経過しているというのに、全く進展が見られず、その上また新たな被害者が増えたと上層部に知られたら、事態はよりややこしくなる。

「尾行はいつ頃だ」高棟が振り向き、張一昂に尋ねる。

「十一月二十七日から二十九日までで、三日間連続です」

犯人は十一月二十三日から二十六日まで李愛国を四日間追跡して、その行動パターンを調べた後、李愛国に手を出さずに林嘯の尾行を始めている。犯人は非常に大きな計画を描いており、忍耐力もある。

「十二月十日夜に犯人が文峰《ウェンフォン》マンションでゴミ箱を移動させてから、どの車が住宅地から出て行ったか分かったか？」

「犯人は十二月十一日午前一時半に、ゴミ箱を再び移動させています。正門の防犯カメラを調べましたが、一時半以降住宅地を出る車はなく、四時にようやく一台出て行きましたが、調べたところその住宅地の車ではありませんでした。そこから車が増えていき、その最初の数台を調べましたが、犯人の車がいったいいつ住宅地から出たのかまでは特定できませんでした」

犯人はやはり朝まで待って、他の車と一緒に住宅地を出たようだ。あのような大きな住宅地にある多数の車を一台ずつ調べるのは不可能だ。この調査も暗礁に乗り上げた気がした。

「市局の映像分析専門家に画像を見せたか？」

張一昂がパソコンを立ち上げる。「こちらです。比較的鮮明な画像にデジタル解析をしてもらいました。犯人の顔は分からず、身長百七十から百七十五の間、体重は六十キロから七十キロだということしか分かりません。緑色の電動バイクの前には黒いかごがついていて、その左側が少し破損しています。左側面の後ろも数枚の画像を検証したところ、ぶつかった跡が確認できました。テールライトの赤いプラスチックカバーも破損しています。これらが画像処理によって分かった特徴です」

高棟は画像をじっくり見つめた。画像を処理し、車体の色や破損状況などがはっきり分かったが、県全体という大規模なエリアでこれを見つけることは可能なのだろうか。

何であれ探さなければいけない。見つかるかどうかは運次第だが。

高棟は陳《チェン》隊長を呼び出し、電動バイクの画像を見せて、直ちに県内各地の派出所と治安維持ボランティアを動かすよう命令した。彼らに車両の写真を持たせ、家を一戸ずつ当たらせ、見つけ出そうと考えた。また、怪しい車両に注意させることも忘れなかった。なぜなら、車両はすでに塗装を塗り替えられているかもしれないからだ。

車両を見つけられれば、犯人も捕まるか？

二人が出て行ってから高棟はあらためて考えた。林嘯と李愛国の事件が同一犯によるものだということは、証拠が証明している。

もし犯人の動機が社会への復讐であれば、二人目に林嘯を選ぶのはおかしい。しかも現在まで、その生死について全く手掛かりがない。

徐《シュー・》策《ツァー》の言った通り、林嘯と李愛国には何らかの繋がりがある。

だが、彼ら二人に関して、誰に聞いても接点はないという答えしか返ってこない。仕事でもプライベートでも、あの二人に共通点などないのだ。

また、彼らは交友関係においてもほとんど接点がない。

李愛国と交流があるのは官僚か、でなければ会社の社長などだ。林嘯は土地に関する法律の執行を主に行い、旧都市改造業務を担当しており、接触する人物の階級が李愛国とは全く異なる。

彼ら二人に恨みを持っていた人物とは？

そして、殺すまでの恨みとは？

林嘯を例に取ると、彼ら旧都市改造維持業務事務所が恨みを買う相手は、金も権力もない古い住宅に住む一般人で、その多くは中年や老人だ。それに、小さな厄介事で割りを食うのは、いつも一般人の側だ。取れる賠償金が少なくても、耐えればそれで済むので、役人と喧嘩したがる人間はいない。納得できない人間はまず訴状を出し、それが駄目ならさらに極端な方法に走る。他の手段を試さずに、いきなり人を殺すような人間はいない。そうしたところで、多額の賠償金は見込めないし、デメリットしかない。唯一、事件を起こしそうなのが徐策の家だが、彼らと李愛国は全くの無関係だ。

立ち退きは関係なく、林嘯が他の業務で人から恨みを買っていて、その人物がまた李愛国も恨んでいたということか？

しかし様々なルートを調べたが、旧都市改造を含めた国土法律執行業務でここ数年間大事件は起きていない。

大事件ではなく小さな揉め事が原因であったと考えても、権利を主張する人間が金を得たいからという理由でリスクを取るのはおかしい。連続殺人という笑えぬ事件を起こしたところで、何のメリットがある？

一番理解できないのは、犯人が李愛国を路上で殺し、林嘯を現在まで生死不明にしているということだ。もし犯人が本当に林嘯を恨んでいたのなら、林嘯の家で襲って殺せばそれで終わりじゃないのか？　李愛国事件と同様、現場には犯人逮捕に結びつく痕跡が残されていない。

犯人は林嘯をさらった。その理由は？

犯人から連絡がないので、単なる誘拐とも違う。

全く理解不能だ。

犯人はまず李愛国を尾行し、それから林嘯を尾行しているので、この二人を計画的に狙ったのは明らかだ。だが、なぜこの二人を狙ったのかを全く説明できない。

そのとき、鑑識課の陳《チェン》監察医が事務室にやってきた。「ゴミ箱をくまなく調べましたが、何の手掛かりもありませんでした」

この言葉に高棟は口を結んだ。ゴミ箱には何の手掛かりもない。

高棟の脳裏に、ゴミ箱を見たときに浮かんだ奇妙な感覚が再び浮上した。

何か見落としていないか？

刹那、途端にある予想が頭をよぎった。「ゴミ箱の底に毛髪や繊維はなかったんですか？」

「数本ありました。ゴミ箱に詰め込まれた衣類の繊維でした」

高棟が眉をひそめた。「犯人が林嘯をゴミ箱に押し込んだなら、彼の毛髪も落ちているはずじゃないですか？」

「そうですね。犯人はおそらく何かで林嘯を包んで、ゴミ箱に詰めたのではないでしょうか。それなら毛髪が残りません」

高棟は虚空に視線をやり、指で机を叩き、しばらく考えてから首を横に振った。「いや、それはおかしい」

「おかしいとは？」陳は十歳以上年下の高棟に対して、これまで謙虚な態度を崩したことがなかった。

「ゴミ箱は今どこに？」

「階下の検査室です」

「ちょっと実験しましょう」席を立った高棟が陳の肩を叩いた。

陳は高棟についていき、地下の廊下の突き当たりまで来た。この事務室は最も大きな部屋だが、正確に言うと事務室ではなく監察の検査室であり、さらに言えば鑑識課の検査室だ。検死部屋はこのビルにはない。公安の上層部でも、自分の事務室近くにいつも死体があるのは気になる。一般的な監察は常にここで行われる。室内にある様々な実験器具は、本来白象《バイシャン》県のような小さな県にはない代物ばかりだ。高棟が市局から持ってきた物も少なくない。

高棟がドアを開けると、ドアの近くでネットゲームに興じる鑑識課の若い捜査員の姿が目に入った。

彼も高棟が市局から連れて来た捜査員の一人だ。業務時間中にサボるのを高棟が特に嫌っていることは彼も知っていたが、まさか高棟がいきなり検査室に来るとは思っておらず、慌ててブラウザを閉じ、手を揉みながら起立した。

彼の直接の上司である陳は、高棟の背後からとがめる視線を送った。

若い部下は怯えていて、高棟を見ようとしなかった。鑑識課の他の者たちもそばに立ち、戦々恐々とした面持ちで見ている。

高棟は部屋に入ってすぐ、ゲーム画面を視界に入れていた。最近、仕事のプレッシャーが強く、機嫌も自然と悪くなっている高棟に対して、この部下の行動は火に油を注ぐようなものだった。高棟は怒鳴りつけようとしたが、少し冷静さを取り戻し、逆に柔らかい口調で言った。「最近仕事が大変で疲れているだろうから、適時リラックスしてもらって構わない。とにかく心を一つにして、事件を解決させれば大金星だ」

高棟の発言を聞き、全員が胸をなでおろした。

許されたその若い部下は、もし高棟がここにいなければ、胸を何度も叩いて「上が厳しいと生きた心地がしないな」と叫んでいただろう。

ここが高棟の賢いところだ。事件解決へのプレッシャーが日増しに高まっていることを考えると、全員の苦労をいたわることが解決へのきっかけとなり、突破口を切り開く。

メリハリを付けるのも上司の仕事だ。普段の高棟がこんな仕事風景を見たら、間違いなく怒鳴っていた。だが今は事件解決の肝心な時機であり、部下を叱るよりも励ます方が効果を上げられる。もし叱っていれば、全員にネガティブな気持ちが蔓延し、仕事の効率に影響が出る。

高棟はその若い部下に声を掛けた。「王《ワン》。体重は？」

「体重ですか？」王と呼ばれた部下は、質問の意図が理解できないようだった。

「そうだ。何キロだ？」

「六十キロぐらいです」

しどろもどろになった彼を、高棟は手招きした。「こっちに来てくれ」

王が高棟の前まで来る。

高棟は目の前にあるゴミ箱を指さした。「ちょっと入ってくれ」

「入るんですか？」王は訳が分からないという風だった。他の人間も顔を見合わせ、高棟がどんな方法で王を叱るのかと考えていた。

高棟が優しい笑みを見せる。「犯人がどうやって林嘯をさらったのかを実験するんだ。入ってくれ」

王は言われるがままゴミ箱に手をかけたが、体重をかけるとゴミ箱の底についているキャスターが動き出し、ゴミ箱が倒れそうになってしまい、何度やっても入れなかった。

全員が笑っているところ、高棟が他数名に指示を出す。「王を中に入れてやってくれ」

数人の男性が一斉に王を担ぎ、ゴミ箱に入れた。

高棟はゴミ箱に蓋をして持ち手を掴んだが、非常に重かった。力を込めて押してみるも、ゴミ箱は真っ直ぐには進まず、少し前へ動くだけで、何回やっても同じだった。

「ゴミ箱はカモフラージュだ。犯人は林嘯をゴミ箱に入れてはいない。六十キロの王ですら、中に入れたらゴミ箱のキャスターに影響が出るんだ。六十三キロの林嘯ならもっと難しくなるだろう。エレベーター内の防犯カメラには、犯人がゴミ箱をひと押しする様子が写っている。ゴミ箱が移動するスピードも一回目と二回目でほとんど一緒だし、動作もスムーズだ。ひと押しでゴミ箱を奥まで進めている。もし本当に人が入っていたら、こんな真似はできない。つまり、ゴミ箱の中から林嘯の毛髪が一本も出てこなかったのは、もともと人が入っていなかったからだ」

陳監察医は一瞬考えて同意した。「その通りだと思います」

ついに林嘯の誘拐方法が分かった高棟だったが、決して良いことではなかった。

これにより林嘯失踪事件はまた白紙に戻り、事件調査がさらに困難を極める状況になった。

犯人は林嘯を大きな箱か何かに入れ、そのまま階段を下りて地下駐車場へ行き、車のトランクに詰めて運び去ったのである。林嘯の部屋は三階だから、そこまで難しいことではない。深夜であるから、誰かに見られる心配もない。

防犯カメラを使った調査は、もうできなかった。

犯人は林嘯を車のトランクに入れてから、エレベーターを使った誘拐を捏造し、捜査の攪乱を図った。

あるいは、頭のキレる犯人のことだから、先に林嘯を住宅地の外まで運び出してから、誘拐を捏造し、徒歩で立ち去ったかもしれない。こうなると、犯人が再び住宅地から出る際に車に乗ったか歩いたか判断できず、捜査が袋小路に入る。

犯人が誘拐を捏造したのは、警察の捜査を誤誘導し、大量の人員を使って膨大かつ煩雑な防犯カメラの映像を調べさせようとしたからだ。

最も重要な捜査期間に、犯人に引きずり回されて無駄なことに時間を使い、機を逸したかもしれない。

高棟は、李愛国事件発生後も、犯人に警察の捜査を誘導させられて多くの力を使い、防犯カメラの確認作業に大量の人員を割いたことを思い出した。

李愛国の殺害現場には、両端と中央に防犯カメラが設置された鳳栖路《フォンチールー》が選ばれており、高棟は犯人が鳳栖路に待ち伏せていたはずであり、絶対防犯カメラに姿が写っていると考えた。しかし、膨大な労力を割いて三つの防犯カメラを調べ、さらに大量の人員を割いて防犯カメラに写った車両を一つずつ確認した結果、何も得られなかった。

林嘯の事件も同様にしてやられ、大量の時間を費やして住宅地とエレベーターの防犯カメラを確認したが、全て徒労に終わった。

県城《シエンチヨン》の防犯カメラからのみ犯人の映像資料を入手できたが、それも手袋と帽子とマスクを着けている素顔が分からないものだった。

防犯カメラに対する犯人の警戒度は、警察側の捜査能力では太刀打ちできないほどだ。こう言っても良いかもしれない。犯人は防犯カメラ頼りの警察の捜査を逆手に取り、無駄足を踏ませたのだ。

重要な捜査期間に犯人に良いようにしてやられ、機会を逃した。

防犯カメラのチェックは時間がかかる。映画を見るのとは違い、早送りができないからだ。何か起こるかもしれない数秒間を確認するために映像を見るので、次の瞬間何が起こるのか、それとも何も起こらないのか、誰にも分からない。倍速などしたら、決定的瞬間を見逃しかねない。一時間の映像を確認するのに少なくとも三時間を要する。しかも防犯カメラの映像は解像度が悪い場合が多いので、作業者の忍耐力も必要になる。

今回は官僚殺人事件という大事件であり、現場に殺害予告まで残されていたから、多数の捜査員に数十日間残業させ、映像の確認などという面白くもない作業をさせることができたのだ。

今になって高棟は、犯人が防犯カメラを利用して警察の鼻を明かしたことに気付いた。

高棟は唇を噛んだ。捜査は今のところ何の突破口も見出せていない。

やり方を変える必要がある。

# 第三章

# 1

徐策《シュー・ツァー》にとって、規則正しく行動する王修邦《ワン・シィウバン》は、直接手を下す機会が見つけられない、最もやりにくい相手だった。王修邦は女性関係も真っ白だ。林嘯《リン・シアオ》によると、王修邦は腐敗を指摘するなど痛いところをつけない「狡猾」な役人だった。

この日、徐策は高棟《ガオ・ドン》から連絡を受け、ペニンシュラホテルで張相平《ジャン・シアンピン》、王修邦とともに夕食を囲み、事態を改善する機会を得た。

約束の時間、バッグを持ってホテルに着いた徐策は、レストランで予約された個室に通された。数分もしないうちに高棟と張相平も到着し、徐策はまず張相平と握手を交わした。

それからしばらくして、四十歳程度の中年男性が入ってきた。ベージュ色のコートを羽織った中肉中背の姿からは、貪欲さや好色さを感じさせず、官僚の世界に長く身を置きながらも体型を維持している。

彼こそ王修邦だ。

王修邦と徐策は面識がない。母親の事件の対応は徐策の叔父が全て行い、徐策はその数日後にやっと帰国できたからだ。捕まった自分の息子に重い判決が下されることを心配した叔父は、泣く泣く賠償協議に応じた。だが署名してしばらく経つというのに、息子は一向に釈放されない。

叔父は関係部門を何回も訪ねたが、都市建設会社が訴えを取り下げていないことが主な理由だと知った。もし息子が告訴されれば、判決がさらに重くなるので、叔父は他のルートからコネをつくろうとした。都市建設会社の態度が頑なであるため、上層部の意見も分かれ、判決を下すこともできず、この件は半年間も先延ばしされていた。

徐策と顔を合わせた王修邦は、友好的な様子を見せた。高棟が市政法委員会書記の娘婿ということを張相平から聞いていたからだ。常務委員会の主要な上役の娘婿の前では、彼も当然体面を気にする。

四人とも席に着くと、徐策が切り出した。「間もなく鄭建民《ジョン・ジエンミン》局長も来られるので、もうしばらくお待ち下さい」

「鄭局長？」

高棟の疑問に張相平が答える。「白象《バイシャン》県の副県長だ。投資誘致局の局長でもある。徐さんは鄭副県長とお知り合いなんですか？」

「鄭副県長が投資誘致局を担当しているでしょう。ちょうど、中国に投資したいというアメリカの企業の話があったので、お会いしたことがあるんです」

「こいつは大したやつで、アメリカで長年大銀行に勤めていたから、たくさんのアメリカ人の社長を知っているんですよ」

高棟の紹介に、張相平と王修邦が「なるほど」と声を合わせた。

王修邦は、大きな後ろ盾を持つ高棟という官僚と張相平を引っ張り出してきた徐策に才覚があるのは間違いないと思った。都市建設会社の態度とはつまり王修邦の態度であり、彼はもともと釈放に反対していたが、いま二人から話を聞いた王修邦の気持ちはすでに釈放に傾いていた。常務委員会の上役の娘婿が、わざわざあのガキのことで出向いてきたのだから、応じないわけにはいかない。

しかも徐策は副県長まで連れて来るのだから、メンツを立てるべきである。

この件については、鄭副県長らが話題を出す前に、自分から進んで言った方が良いと王修邦は考えた。自分より階級が高い人間から、あのガキを許してほしいと先に頼まれては体裁が悪いと思ったからだ。

しばらくして、鄭建民がやってきた。起立して席へ案内しようとする四人を、鄭建民が手を振って留める。張相平から高棟を紹介された鄭建民は、高棟の義父が市で高い地位にいることを知り、慌てて高棟とグラスを重ねた。「あなたが高棟さんでしたか。まさか徐さんの旧友だとは。今日は良い日だ。まずは一杯」

これに高棟も笑顔で応えた。五人はそれぞれ挨拶をした。徐策と高棟は友人同士であり、鄭建民は徐策に招かれた客で、鄭建民と王修邦と張相平はもともと面識があったので、場がぎこちなくなることはなく、それぞれグラスを重ね合い、親交を深め合った。

挨拶が終わると、王修邦が真っ先に姿勢を正した。「徐さんのいとこさんのことは、張副局長から聞いております。お母様のことは我々も大変遺憾に思っており……」

「済んでしまったことを仰るのはおよしください。どのみち前を向いていかなければいけません。これからまた何かありましたら、王副局長のご厄介になるかもしれません。まぁ、まずは乾杯しましょう」

全員が酒を飲み干してから、王修邦が話を続ける。「いとこさんの件ですが、都市建設会社の方は問題ありませんのでご安心ください。釈放の仕方は、張副局長が詳しいでしょう」

それに高棟が続ける。「徐策、安心しろ。それについてはうちが手配する」

王修邦と高棟の言葉に徐策が笑顔を見せた。「それは良かった。王副局長、もう一杯いかがですか？　今日は飲みましょう」

王修邦の隣に座っている徐策は、王修邦のグラスに酒を注ぎ、自分のグラスにもなみなみと注ぐと、二人で飲み干した。

このとき、徐策は左手側にあった酒瓶を、自分の左足側の床に置いた。そして身を屈めて、ひそかに酒瓶を倒した。中から酒がこぼれ、床を濡らした。

だが、誰も気付かなかった。

全員が飲みながら歓談している中、徐策が高棟に言った。「帰国して起業するって話をしたよな」

「そうだ。何か考えているのか？」

「銀行勤めをしているときに、アメリカで工場を運営している台湾の社長と親しくなってね。二人で話し合って、白象県に一緒に工場を造ることにしたのさ。向こう側には技術と資金が、こっちには資金を引っ張れる能力がある。そのおかげで二千万ドルの先行投資が可能になったよ」

「へぇ。そんなに投資して、何をしようって言うんだ？」

「半導体材料の製造さ。主に飛行機や大型設備に使われる材料なんだけど、今のところ中国では完全に輸入頼りなんだよ。大きな市場だってことは調査をして分かっているから、もし工場が完成したら、一年で二、三億元の生産額も十分可能だ」

徐策はそう言うとバッグから黒い棒のようなものを三本取り出し、高棟と張相平、王修邦に渡した。鄭建民はすでにこの話を知っていた。でなければ徐策の招きに応じたりしない。

その棒を見てみると、外側はタイヤのような真っ黒いゴムで覆われており、中には鉛筆の芯のようなものが入っている。工業用品に詳しくない彼らは、ハイテクを使った何かだとしか思わなかった。見たことないものであったが、そもそも飛行機のパーツ自体あまり見たことがなかった。

サンプルまで用意しているのだ。徐策の投資話を疑う人間はいなかった。

徐策は三人から棒を返してもらい、またバッグに入れた。「アメリカ政府の製造批准書が現在審査中です。機密保持技術を使っているわけではないので、もうすぐ審査をクリアするでしょう。資金もだいたい揃っていて、私も十パーセントを出し、さっき話した台湾の社長や私の知り合いのアメリカ人投資家も出します。関連文書はすでに鄭局長に目を通していただきました」

そう言われて鄭建民はうなずきながら微笑んだ。「徐さんの手腕には恐れ入る。来年の企業誘致と外国資金導入のノルマが半分ぐらい達成できそうだ。ハハハ」

「徐策。お前は大したやつだな。お前が外国の銀行業務で知り合った社長は、俺たちが普段会う社長たちとはランクが全然違うだろう」

張相平も王修邦もうなずいて同じように笑った。

徐策が謙遜する。「王副局長。来年春にはプロジェクトが固まりますので、工場用地などの面でいろいろお世話になると思います」

鄭建民が続ける。「我々投資誘致局は良い土地をあまり持っていないので、時が来たら県で会議を開きます。王副局長にはその辺りもよろしく頼みますよ」

「いやいやそんなに、そのときになったらもちろん仰る通り手配します」

徐策が鄭建民に話し掛ける。「鄭局長。来月にはアメリカの批准書が発行されると思いますので、アメリカまで文書を取りに行って、その他の業務を手配してきます。他にもいろいろあると思いますので、来年もよろしくお願いします」

「それは当然ですよ。徐さんにもうちのノルマ達成を手伝ってもらいますから。では乾杯」

食事が終わり、会計に行こうとする徐策を高棟が止めた。「ここは払う必要ない。張副局長、お会計お願いします」

張相平が言う。「ああ。節約できるところはそうしよう。徐策さん、ここは私が払います」

徐策が首を何度も横に振った。「それじゃ申し訳ない」

高棟が笑う。「一緒だって、みんな仲間なんだから。市で食事するときは俺が会計するし」

こうして徐策は食事の代金を出すことなく、張相平が領収書を機関で処理することになった。

今回の食事会に徐策は非常に満足していた。投資銀行がよく使う勧誘の手口で、鄭建民という仲介役を引っ張り出し、張相平と王修邦の二人に顔を売れた。

全てが徐策の計画通りに進行している。

計画を知る者は誰もいない。

もともと、張相平を殺すのはいとこが出てきてからだと考えていた。だが、都市建設会社を問題にする必要はなくなった。あとは釈放を待つだけだが、それも手続きを済ませればいいだけ。公安や検察関係者と深い関わりを持っている高棟がうんと言えばルートができるので、もはや張相平は必要なくなった。

張相平に用がなくなった以上、殺しても良いだろう。

張相平を処理するのは、予定を早めても良いだろう。

## 2

張一昂《ジャン・イーアン》が慌てた様子でやって来た。「電動バイクが見つかりました！」

「なんだと？」こんな小さな県──城に高い警察能力があるとは高棟の予想外だった。写真があるとは言え、県内には少なくとも何万台もの車両がある。また、車と違って小さいので、まさに大海から針を探し出したようなものだ。高《ガオ・》棟《ドン》はこの意外な知らせに喜んだ。

「どこでだ？　容疑者は？」

「容疑者も一緒です。運転手は一貫してその車両が自分のものであると認めています」

高棟は疑問を持った。その犯人はどうして素直に認めているんだ。他の証拠がないと分かり切っているからか。

「どうやって見つけたんだ？」

「陳《チェン》隊長によると、偶然だったそうです。特徴をはっきり写している車両の写真は、印刷されて各派出所に配られました。そして、県城派出所に勤めている同志二人がパトロール中に電動バイク修理店で、偶然止まっている車両を見つけたそうです」

「修理店？」高棟は眉をひそめた。「そいつはどこにいる？」

「階下で尋問しています」

張一昂とともに尋問室にやってきた高棟に、中にいた二人の警官があいさつする。

「何か喋ったか？」

「最初は、電動バイクは自分の物だと主張していましたが、その後人から買った物だと言い出しました。しかし、その人物がどういう顔だったかは覚えていないということです」

「分かった。ご苦労。二人ともちょっと外してくれ。私が質問する」

二人が出ていくと高棟は椅子に腰掛け、ステンレスの鉄柵の向こう側にいる人物を見つめた。だいたい四十歳ぐらいの男で、身に着けている物はとても野暮ったく、髪もボサボサだった。

高棟は直感で、こいつは絶対に犯人ではないと断定した。

高棟の考えている犯人像は、全てにおいて抜け目なく、捜査を攪乱する能力があり、知能も高く、着ている服もきっと他人の目を気にした物であり、目の前の姿とはかけ離れている。

尋問室には電動バイクも置かれていた。高棟はそれに目を向けたが、かごは壊れ、車体左後部に凹みがあり、テールランプが破損しており、間違いなく写真と同じものだった。

高棟は調書に目を落としながら男に声を掛ける。「顔を上げてください」

男の顔を見ると唇が切れており、血がついていた。目には怯えの色が浮かんでいる。

「最初にあの電動バイクは自分の物だと証言されたようですが、その後誰かから買ったとも言っていますね。誰から買ったんですか?」

「本当に覚えてないんですよ。ですからもう殴るのはやめてください」

高棟は哀れな声を出す男を見つめた。「自白を強要されたんですか?」

「はい。私は何も悪いことしていないのに、なんで捕まったんですか。あの人たちに殴るのをやめるよう頼んでください」

「張、出るぞ」

「え、どうしてです？」

高棟は張一昂の質問に答えず、そのまま尋問室を出てそばの事務室に入った。そこにはちょうど陳隊長もいた。高棟は先ほど尋問室にいた二人の警官を睨みつけた。「さっきあいつを殴ったそうだな！」

二人は顔を見合わせた。適当なことを言っていた男を教育してやったのは、二人にとって当然のことだったからだ。二人は、男がまさか高棟に訴えるとは思わず、厳しい表情を崩さない高棟に対して何も言えなかった。ただ直属の上司である陳隊長に助けを求める視線を送った。

陳隊長は高棟の目を直視できず、ただ申し訳なさそうに口を開いた。「高さん。彼らはあの男が捜査に非協力的だからやったわけでして……」

「だから、殴ったと？」高棟は冷たく言い放った。

誰も返事しない。

「誰が顔を殴れと教えたんだ？」

みな、高棟の言っている意味が分からなかった。

高棟の口調が幾分柔らかくなる。「今は事件の瀬戸際だ。世論はもとより、内部の風当たりも強くなっている。捜査が全然進展してないのに、これ以上新たな厄介事を増やそうとするんじゃない。あの男が事件に無関係だった場合、釈放してからメディアに、警察に自白を強要されたと訴えられたらどうするんだ！」

「では、口を割らない場合はどうしましょうか？」陳隊長がか細い声で聞く。

「怪我を負わせず、余計なことを喋らさないようにしろ。さっさと尋問して結果だけ寄越してくれ」高棟はそう言うと事務室から出て行った。

「どういう意味でしょうか」二人の警官はまだ把握しかねていた。

彼らより経験豊富な陳隊長はすぐに理解した。「あいつがこれからも強情だったら、もっとひどい仕打ちをしていいが、外傷を負わせてはいけない。自白を強要されたなどと絶対に言わせないように、徹底的に怖がらせてやれってことだ。分かったか？」

二人はようやく理解した。高棟は最初から彼らが自白を強要したことに怒っていたのではない。ただ、男に怪我をさせ、しかも脅迫されたと言わせたことを怒っていたのだ。高棟はやはり上層部の人間だ。自白の強要を許可するのにも、回りくどい文学的な表現を使う。

3

しばらくして、高棟《ガオ・ドン》のところに陳《チェン》隊長がやってきた。「被疑者は、電動バイクは江西省出身の人間から購入した物で、それを自分の修理店で売っていたと白状しました。買ったばかりの中古品ですね」

「なぜ最初からそう言わなかったんだ？」

「その江西省出身の人間というのが窃盗団で、男はいつもそうやって電動バイクを入手して、自分の店で売りさばいていたそうです。盗品売買がバレて捕まるのと、その窃盗団にバレて報復されるのが怖かったようです」

窃盗団から持ち込まれた物であるということは、窃盗団は犯人の電動バイクを盗んだのか？　しばらく考えた高棟の背筋に冷たいものが走った。そんな偶然はありえない。

まずはその窃盗団を捕まえるべきだろう。彼らが盗んだのであれば、どこの家から盗んだのか覚えているはずだ。

「その男は閉じ込めておけ。次にその江西省の人間だ。すぐに男の供述に基づいて人員を手配し、窃盗団を一人残らず捕まえろ。捕まえた後、多少であればマスコミにアピールしてもいい。殺人事件はまだ未解決だが、窃盗団を取り押さえたという報告は市局にしておいても問題ないだろう」

この件はすぐに終わった。白象《バイシャン》県で二年間も暗躍していた七人の窃盗団は、半日もしないうちに全員逮捕された。

夜、食事中の高棟のもとに陳隊長から電話があった。「全員捕まえました。ご自分で尋問しますか」

「分かった。すぐ行く」

勾留室に入った高棟の背後で、陳隊長が耳打ちする。「こいつがあの修理店の社長に電動バイクを売った男です」

高棟は鉄格子越しに男を見た。二十歳にも満たないような青年だが、まるっきりとぼけた様子で首を傾げ、高棟を睨んでいる。

高棟は、気に入らないなと思いながら青年に質問した。「名前と年齢と住所と仕事は？」

青年は口を曲げて答えた。「身分証に書いてあるだろ。俺に聞くなよ」

「おい！」陳隊長がまさに凄もうとしたのを高棟が制止し、言葉を続ける。「いい根性してるな」高棟は鉄格子の外に止めてある電動バイクを指差した。「あれは君のか？　それとも盗品か？」

青年は高棟を一瞥した。「あんなもん初めて見たよ。お前らいったい何の用だよ！」

高棟はぐっとこらえ、質問を続けた。「こっちの質問にちゃんと答えてくれれば、悪いようにはしない。あれはどこから持ってきた？」

青年は少し気を削がれた様子で静かになり、うつむいた。「だから知らねぇって」

高棟はため息をついた。殺人事件でケツに火がついているときに、こんな馬鹿に優しい顔を見せている暇なんかない。高棟は陳隊長の方を振り向いた。「こいつはここに来るのが初めてのようだ。しっかり教えてやってくれ」

高棟が事務室に戻って五分もしないうちに、陳隊長から青年が喋りたがっているという旨の電話があった。

高棟が口を固く結びながら再び様子を見に行くと、青年はしっかり教育を受けたようで、目は充血し、顔には怯えの色が浮かんでいた。

「あれはどこから持ってきたんだ？」

「俺が盗んで来た」青年がうつむきながら答えた。

「どこからだ？」

「建設路《ジェンシャールー》のそばにある帝景園《ディージンユエン》の歩道で」

「帝景園とは県にある高級別荘地です。あそこには高級マンションが三、四棟あって、裕福な人々が生活しています」陳隊長が高棟に説明する。

高棟は思った。裕福というステータスは自分が想像している犯人像と近い。厄介なのは、眼の前にいる青年が、よりによって犯人が犯罪に使用した道具を盗んだことだ。でなければ、警察が犯人を捕まえられるチャンスは十分にあった。

「盗んだ車両の持ち主の顔は？　見れば分かるか？」

「持ち主は見てねぇ」

高棟は眉をひそめた。「どこに止めてあったんだ？」

「歩道の隅っこだよ。あの日は、もともと盗みをしようなんて思ってなくて、ネットカフェに行く途中であのバイクを見つけたんだよ。鍵がささったまま止まってて、抜き忘れたんだなって思って、数分待っても誰も来ないから乗ってったんだよ」

「鍵がささったまま？」高棟は眉間にシワを寄せた。

「ああ。俺は乗っただけだ。盗んだわけじゃねぇ」

「鍵がささったままだったというのは本当か？　お前の話は我々がしっかり調査するから、嘘を吐いていることが分かったら、ずっと閉じ込めてもおけるんだぞ！　もう一度質問するからよくよく考えて答えるんだな。鍵はお前が開けたのか？　それとももともとささっていたのか？」高棟が冷たく問う。

「本当だって。鍵がささったままだったんだよ」青年は泣きそうになって答える。

高棟の気持ちが一気に沈んだ。鍵をさしたままにするヘマなど、犯人がするわけない。犯人はきっとわざとさしたままにしたのだろう。車両が遅かれ早かれ警察に見つかることに気付いた犯人は、壊すか隠すかはリスクが高く、すぐにバレると考え、鍵をさしたままにして誰かに盗ませるという最良の手段を取ったのだ。

電動自転車の盗難なんて日常茶飯事だ。しっかり鍵を掛けていても、人けのない場所に止めたら半日も経たずになくなっていることもある。

さらにこの車両はぽつんと鍵をさしたまま止めてあった。これでは乗っていけと言っているようなものだ。

この青年が盗まずとも、きっと別の誰かが盗み、乗っていっただろう。

犯人に繋がる線がまた途切れた。

高棟が最後の質問をする。「盗んだのはいつだ？」

青年は必死に記憶を振り返って、自分がいつ車両を売ったのか尋ねると、ようやく答えた。

「売る前日の十一月三十日です」

高棟はそれ以上質問せずに拘留室から出た。十一月三十日。犯人は十一月二十三日から二十六日までに李愛国《リー・アイグオ》を尾行し、二十七日から二十九日に林嘯《リン・シアオ》を尾行している。それを終えた翌日に、鍵をさした車両を路上に止めて盗ませている。

高棟は長いため息を吐いた。どの道もふさがってしまったようだ。


ここ数日間で、県全域の各鎮や各通りに懸賞金の書かれた張り紙が貼られた。

張り紙には、帽子とマスクをつけた人間が電動バイクに乗っている写真が掲載されている。写真の人物は耳以外、体のどの部分も露出しておらず、男か女かの判別さえ難しく、外見など全く分からない。張り紙には、この人物が殺人事件の容疑者であり、極めて危険であること、そして、心当たりがあれば付近の派出所まで来るようにということが書かれ、事件が解決すれば二十万元の報酬を支払うと約束していた。

だが、数日経っても一件の情報も寄せられなかった。

これは高棟の予想通りだった。冬に電動バイクに乗るのに、帽子とマスクを着けるのは普通であり、誰も気に留めない格好だ。さらに、この電動バイクの男が出現したのは十一月末だが、現在はもう十二月末だ。一か月前のことを誰が覚えているというのだ。

林嘯の方も何の手掛かりもなく、生死すら分からなかった。林嘯失踪が発覚してから、高棟は直ちに携帯電話メーカーに行って携帯電話の信号を確認させたが、現時点でメーカーの通信システムは林嘯の携帯電話から何も受信していなかった。携帯電話の信号の発信と受信の原理を知っている高棟は、現在の状況下で可能性を二つに絞った。一つは、携帯電話のバッテリーが犯人によって抜き取られていること。もう一つは、携帯電話が電波カバーエリア外の場所にあるということ。何にせよ、林嘯失踪事件も進展がなかった。

高棟は途方に暮れていた。そもそも義父が高棟にこの事件を担当させたのは、彼らが本件を復讐殺人だと考え、簡単に解決できると思っていたからだ。簡単に解決できる大事件を高棟に渡すことで、高棟の政治成績に一筆添えることになる。機会があれば、高棟は来年に市局の副局長になり、それからしばらく仕事をすれば四十歳前に副庁級[1]の地位にまで上り詰めるはずだった。高棟は若さという資本と生来の有能ぶりで、退職前に正庁級[2]の地位にまで行ける力を持っていた。

唯一の計算ミスは、本件が迷宮入りしかねないということだ。この手を焼く仕事を解決できなければ、自身の未来に悪い影響しか残らない。どうやら来年の出世はてこずりそうだ。

1　日本の警察における、警視正に相当。
2　警視長～警視監に相当。

4

徐策《シュー・ツァー》はここ数日忙しかった。

今日も数日前と同様、ペニンシュラホテルの六階の客室の窓側に座っていた。

五つ星ホテルであるペニンシュラは三十数階建てで、一階から三階はレストランになっており、四階が会議室として提供され、五階以上が客室だ。

彼がこの客室に泊まって今日で四日目になる。

部屋はライトを消していて真っ暗だ。

後ろのパソコンで音楽を流しながら時間を潰す。懐かしい曲調の歌は彼の好きな一九八〇、九〇年代の古い歌だ。

窓際に腰を下ろし、腕時計を見ると、間もなく夜六時になるところだった。再びナイトビジョン機能搭載の望遠鏡を手に取り、分厚いカーテンの端をめくり、下に見える広場を覗く。

忍耐力がいる仕事だが、辛抱強く続けることで完璧な仕事が保証される。李愛国《リー・アイグオ》のときのように。唯一違うのが、今回のターゲットが張相平《ジャン・シアンピン》であるということだ。

十分間ほど待っていたら、張相平が運転する車がホテルの広場に入っていくのが見えた。

徐策が中古で買ったのと同じ車種のアウディだ。

張相平は広場の端に車を止め、車から降りてホテルに入っていった。

張相平が友人から食事に誘われたのだということを徐策は知っていた。そして食事後には大抵、トランプで賭けをする。李愛国と同じ流れだが、李愛国の方がよりギャンブル好きだった。

張相平がホテルに入っていった後、徐策は望遠鏡を置いた。今すべきは待つことだけである。張相平が今晩遅くまで遊ぶことを望んだ。

殺人のチャンスは毎日来るわけではない。待つことが必要だ。

この三日間で、張相平は二日もペニンシュラホテルに来たが、どちらも八時にならないうちに帰ってしまった。そんなに早くては徐策も手出しができない。

徐策はパソコンの前に座り、時間を潰した。

夜八時になり、徐策は腕時計を見てからあらためて窓辺に座り、望遠鏡を持って張相平の車がまだあるか確認した。

三十分後、再び窓辺から望遠鏡を覗いてみたが、張相平の車はまだあった。

徐策は心中微かに興奮した。張相平は今日だいぶ遅くまでホテルにいそうだ。徐策はまだ待つことにした。待つことは苦痛だ。特に、切り株の前でウサギが来るのを待ち構えている猟師ならなおさらだ。散々待ってついにウサギが近付いてきたのを見ればどんな猟師も興奮するが、最終的にその狩りが成功するか否かの鍵は忍耐にある。

慌てて捕まえようとして、ウサギが罠に掛かる前に姿を見せれば、長時間待った苦労も全て水の泡だ。

十分に待って、ウサギが罠に飛び込んだ瞬間を逃さず動く。それでようやく獲物は自分の物になる。

徐策は自身に言い聞かせた。慌てることはない。まだ待つんだ。もう九時だが、張相平がいま出てきたらどうする？　この時間もベストとは言えない。

一番良い時間は十時以降だ。そのときには鳳栖路《フォンチールー》から人や車がほとんどなくなり、誰にも見つからない確実な安全が保証される。

たとえ今日、貴重なチャンスを逃したとしても、次の機会まで待つことができる。だが、自分の姿が見つかれば、計画を進める機会を失う。だから、張相平を少し生き延びさせても、自分の姿が人目にさらされないようにすべきだ。

時間は静かに過ぎていった。

徐策が再び腕時計を見ると、針は九時四十分を指していた。車はまだ外にある。

徐策は小さくうなずいた。よし、今だ。

彼は少しゴワゴワしたジャケットを脱ぎ、薄手のベージュ色のジャンパーを羽織った。実行時には柔軟さが求められる。徐策はバッグを持ち、エレベーターを降り、ホテル地下のホールにまでやって来た。駐車場はとても大きかったが、防犯カメラは車両の出入り口にしかなく、車を探すふりをしなくてもいいので徐策にとって好都合だった。

駐車場には誰もいなかった。徐策は張相平のアウディの右側にまでやってくると、靴紐を結ぶふりをして、迅速に釘を付けた鉄の板を車体右の前輪の下に敷き、それを静かにタイヤに押し付けた。車が発進すれば、タイヤは必ずこの釘を踏みつける。それから徐策は同様の方法で釘の付いた板を車体右の後輪の下にも敷いた。

タイヤの下に置いているので、左側の運転席のそばに立っても見つかることはない。

全ての作業は数十秒で終わった。

準備を終わらせた徐策は立ち上がり、駐車場から離れ、以前と同様の方法を使って防犯カメラを避けて、鳳栖路の計画地点に来て張り込みを開始した。

## 5

鳳栖路《フォンチールー》の南側にあるこの場所は、李愛国《リー・アイグオ》事件が起きた場所から約二百メートル離れている。

当然のことだった。李愛国事件からすでに二十日以上経過しているとは言え、同じ場所を現場に選べば張相平《ジャン・シアンピン》に警戒される恐れがある。

徐策は木の後ろに隠れ、望遠鏡を手にしながら南側を観察する。

徐策から遠くない車道の右側にはビール瓶の破片が散乱しており、その数メートル後ろの車道の左側にも破片がばら撒かれていた。

アウディを運転する張相平は、沿海南路《イエンハイナンルー》から鳳栖路に入り、鳳栖住宅地に帰るところだった。彼は今晩、それほど酒は飲んでいない。一晩中「十三張」というポーカーをしていて、体にタバコの臭いが染み付いており、少し眠たかった。彼は空調の設定を「強」にし、車内を温めた。そのとき、前方にビール瓶の破片が散乱しているのを見つけ、どこの馬鹿が捨てたんだと一人で悪態をついた。

彼はブレーキを踏み、車道の左側を走ろうとした。

だが、左側に車線変更した先に見えたのはまたもやビール瓶の破片だった。

過積載のトラックの仕業か？　クソ！

彼は再びブレーキを踏み、注意深く車を車道の右側に寄せた。そのとき、前方にバッグを抱えた人物の姿が目に入った。あれは高棟《ガオ・ドン》の旧友で、副県長の知り合いの徐策じゃないか？

張相平は窓を開けてあいさつする気はなく、そのまま車を進めようとしたが、徐策が自分に向かって大きく手を振ったため、車を止めて窓を開けた。「徐さん、どうしたんですか？」

徐策は少し驚いた表情を見せた。「張副局長？　私はここの住宅地に住んでいる友人の家から帰る途中だったんですけど、走ってる車のタイヤがパンクしているのに気付いて、止まってもらおうとしたんです」

「タイヤがパンク？」張相平が意外そうに聞いた。ガラスの破片を踏んだからと言っても、こんなに早くパンクするだろうか？

徐策が車に近寄る。「ほら。右側の前輪と後輪がパンクしていますよ。車が傾いていましたが、気付かなかったんですか？」

徐策に言われて、張相平は運転中、車が右に傾いていた感覚があったのを思い出した。

「さっき歩いているときに、右に傾いている車を見掛けて、よく見ると右側のタイヤがしぼんでいたので、運転手にパンクを知らせようと声を掛けたんです。まさか張副局長だったとは」

張相平は徐策に感謝を述べ、眉をひそめながら車体右側を見てみると、前後どちらのタイヤもすっかりしぼんでいた。

「これは厄介だな」張相平はタイヤを見つめながら独り言を言った。「スペアは一つしか持ってないんだ。修理を呼んでタイヤを持ってこさせないと」

徐策も車の右側の後輪に近付き、屈んで確認する。「ひどいですね」

そのとき、二人を強烈なライトが照らした。一台の車が沿海南路から鳳栖路に入ってきた。

徐策は心中毒づいた。まずい。誰かに目撃され、チャンスがないとなれば、今晩は張相平を諦めるしかない。だが今回のように長い間練りに練った計画が潰されると、次の殺害方法を考えつくまで少し手間がかかる。

徐策はこのようなケースも事前に想定していたが、もし目撃者に自分の顔を見られたら今晩は殺人を実行できない。

徐策はとっさに身を縮めて車の背後に隠れ、タイヤを検査している風を装った。

張相平は徐策のそばでやって来る車を見ている。

車は前方のビール瓶地帯を通過し、張相平と同様にスピードを落としてゆっくりと曲がり、徐策たちのそばに停車した。窓が開かれ、男が顔を出した。「張副局長、どうなさったんですか？故障ですか？」

張相平は力なく笑った。「タイヤが二つもパンクしてね」

「二つもですか？　あのビール瓶のせいですか？」

張相平はうんと言えなかった。パンクした音は聞こえなかった。しかし先ほどガラスの破片を踏んだことぐらいしか原因が見当たらない。「多分な」

「何か手伝いましょうか？」

「いや。タイヤが二つもパンクしたんだ。交換することもできないし、明日修理の人間を呼ぶよ」

「じゃあ私は先に帰ってますので、御用があれば電話してください」

「分かった」

男はアクセルを踏み、あっという間にカーブを曲がって鳳栖住宅地に入っていった。

徐策は胸を撫で下ろした。作戦は続行しても良さそうだ。

「張副局長。このタイヤですが、誰かが故意にパンクさせたようですよ」

「なんですって？」張相平は驚いた。

徐策は少し身を起こし、腰を屈めながらタイヤを指差した。「タイヤに何かが刺さっています。取ることはできなかったですが、多分誰かのイタズラでしょう」

「本当ですか？」張相平はしゃがみ込み、徐策が指差すタイヤを見ようとした。

だが、彼はしゃがんでから二度と立ち上がることはなかった。

## 6

深夜零時半。

公安局が契約しているホテルのシングルルームで、高棟《ガオ・ドン》がシーツにくるまって眠っていたところ、携帯電話が鳴った。

高棟は忌々しく携帯電話を取ったが、画面に表示された陳《チェン》隊長の名前を見て眠気が吹っ飛んだ。

彼が深夜に何の理由もなく電話をかけてくることはない。きっと何かあったに違いない。

高棟は慎重に通話ボタンを押し、電話を耳元に当て、低い声で尋ねた。「陳隊長。どうした？」

電話の向こうで沈黙が一、二秒間続いた後、陳隊長の声がした。

「張副局長が死にました」

「張相平《ジャン・シアンピン》が？」高棟の眉間にしわが寄った。

「はい」

「場所は……分かった、すぐにそっちに行く」

電話を切った高棟は、鼓動が跳ね上がった。手汗がにじみ出て、呼吸が早くなり、目が熱を帯びて涙が溢れ出しそうになった。

もちろん、張相平を思ってのことではない。自身の今後を考えたのだ。

今回の件で、部や省からの問責は免れず、義父が自身をかばえるかどうかも分からない。

官界という生態環境を彼はよく分かっていた。

深呼吸して心を落ち着けようとし、まだかすかに震える指でタバコに火を点けた。

そのとき、ノックの音が聞こえた。高棟がドアを開けると、制服に着替えた張一昂《ジャン・イーアン》らが立っていた。

高棟は閉口して、うんざりしたように手を振った。「しばらくしたら行くから、先に行ってくれ」

喉のかすれを覚えた高棟は、彼らを追い払うとまたベッドに座り、タバコを消して携帯電話を手に取り、しばらくそれを弄んだ。だが、やがて意を決したように電話をかけた。「お義父さん。夜分遅く失礼します」

電話の向こうから、義父のしわがれた声が聞こえてきた。「棟君、どうした?」

高棟は下唇をなめて口を開いた。「張相平が死にました」

数十秒間、電話から何も聞こえなかった。「いつ死んだんだ?」

「今晩、数時間前に李愛国《リー・アイグオ》と同じ道路でです」

「分かった。君は慌てず、落ち着いていなさい。君らの局長に電話で話を通してから、省の友人に事情を聞いてみる。今一番すべきことは何か、分かっているか?」

「情報封鎖です」

「その通り。直ちにやりなさい。電話にはいつでも出られるようにしなさい」

「はい。すぐに現場に向かいます」

電話を切った高棟は拳を握り、「なるようになれだ」とつぶやいた。そして速やかに制服に着替え、部屋を出た。

鳳栖路《フォンチールー》はすでにパトカーでいっぱいで、遠くの方で外地から来たと思われる五、六人の労働者がこちらを見ながら騒いでいる。

高棟が車を降りると、陳隊長や張一昂らが駆け寄ってきた。

辺りを見回しながら、高棟が陳隊長に話し掛ける。「局長は?」

「郭《グオ》局長は、やることがあるのでそれが終わってから向かうと言っていました」

高棟は瞬時に悟った。郭鴻恩《グオ・ホンエン》もきっと誰かに連絡を取って状況を把握し、問責処分のために退路を確保しているのだ。

「至急現場を封鎖しろ。あそこにいる労働者、そう、あそこに立っているあいつらも全て追い払え。陳隊長、直ちに鳳栖路全体に交通規制をかけろ」

　遠くから嗚咽が聞こえた。見ると中年女性が泣きながら、数人に支えられるように立っていた。

「あれは張相平の妻か？」

「はい」

「局に連れて行け。鳳栖路全体は公安以外誰一人入れないようにしろ！　そして、事件を担当した警官は全員、今晩のことを外部に漏らすのはもちろん、一言も喋ることを禁ずる。喋ったらクビどころか、情報漏えいで検察院が起訴する。これは冗談ではないぞ！」

　陳隊長は怒りに燃える高棟の目を直視できず、恐々としながら、その言葉を頭に叩き込んでうなずいた。

「局長か副局長に連絡して、県委員会宣伝部の人間にこう言うように頼め。今後数日間、もしメディアに今晩のことが取り上げられたら、市委員指導者会議で県委員会宣伝部の責任を問う、とな。インターネットに今回の件をアップする人間がいたら即刻事情聴取だ。分かったか？」

「はい。そのように手配します」

「よし。現場検証だ」高棟は腕時計を見た。「今は一時十五分。五時前には検証を終わらせろ。太陽が昇る前に現場をきれいに片付けるんだ。分かったな？　じゃあ早速取り掛かれ」

7

高《ガオ》・棟《ドン》は手袋と足カバーを身に着け、陳《チェン》監察医と数人の若い監察医とともに現場に入った。

最初に彼が注意を向けたのは二箇所にばら撒かれたビール瓶の破片だ。

こんなに大量のビール瓶が一体どこから？　高棟は少し違和感を覚えた。ビールを運ぶトラックから落ちたのか？

高棟はビール瓶の散らばり方がやや不自然に見えただけで、事件と関係があるかまでは断定できず、作業員に「地面の写真を撮ってからきれいに掃除しろ」と命じた。

黒いアウディが車道の右側に止まっている。ライトが点いたままで、赤いテールライトとハイビームになったヘッドライトが光っている。車体は右に傾いていた。

右側のタイヤが完全にパンクしていた。

高棟は車の右側に来て、タイヤに目を向けた後、視線を張《ジャン》・相《シアン》平《ピン》に移した。

車道そばの歩道で、仰向けに倒れている。手足を大きく広げ、目を見開いた死体は心臓部分が大量の血で濡れていた。

高棟は目を細め、死体に近付こうとはせず、先に地面の上をくまなくチェックし、何か証拠がないか探した。

「ボス。見てください」

高棟は陳監察医が指し示した方に視線をやり、目を大きく見開いた。「足跡か！」

泥道に足跡が残されていた。李愛国《リー・アイグオ》のときと同様、道の先は水路に繋がっている。

だが今回の足跡は本物であり、サイズの大きな平底靴の足跡ではなかった。

「急いで記録して検査に回してくれ」

「ボス。これは手掛かりになりますよ。この足跡は泥道をはっきり踏んでいるせいか、とてもくっきりと底の模様まで残っています。犯人の正確な身長や体重も分かるはずです」

高棟は声を漏らした。なぜ今回、犯人は現場を整理せず、それに鉄底靴も履かずにそのまま歩いたのか。

まさか……。

高棟の目がかっと開いた。おそらく犯人は今回、最後の最後で予期せぬトラブルに見舞われ、現場を片付けることができず立ち去ったに違いない。

考えられるのは、そのときに誰かが来たという状況だ。

今までの犯人のやり方を振り返ると、痕跡すら残さず現場を片付けていた。

前回、李愛国を殺した際、車は自然に路肩に止めてあり、車内外からは指紋も足跡も皮膚組織も何もかも徹底的になくなっていた。だから死体も翌日の朝まで発見されなかったのだ。

林嘯《リン・シアオ》の部屋も、同様にきれいさっぱり掃除されていた。

だが今回、張相平の車はライトが点けっぱなしで止まっていて、張相平も車外に放置されている。人や車が通り掛かったらすぐに異変に気付き、警察を呼ばれる。警察も直ちに現場に駆けつけるだろう。

警察が来るのが早ければ早いほど、犯人の不利になる。

犯人に十分な時間があれば、車のライトを消し、張相平の死体を人目のつかない場所に移動させただろう。そうすれば、翌日ようやく誰かに発見されたときには、多くの手掛かりが消え失せている。

しかしこの状況を見ると、犯人が残したのはきっと足跡だけではない。もっと予期せぬ発見があるはずだ。

陳監察医は足跡の測量と撮影を命じながら、身を屈めて細かく観察している。しばらくするとまた何かを見つけたようだ。「ボス。今回の足跡は前回と違いますよ」

「どういうことです？」

陳監察医は地面に残ったいくつかの足跡をペンで差した。「これらの足跡は半分しかありません。しかも足跡の間隔が、前回より少なくとも十数センチは離れています」

「つまり？」

「前回、犯人はゆっくりと現場から離れていますが、今回の犯人は走って逃走しています。歩幅から、犯人が慌てて走ったのだと断言できます」

高棟の目が輝いた。「そうそう、その通りだ。犯人が今回現場を片付けていないのは、きっと肝心なときに何かが起こり、慌てて逃げたからに違いない。おそらく……うん、多分片付けようとしたときに車が来たんじゃないか？　張一昂《ジャン・イーアン》、最初の通報者を連れてきてくれ」

陳監察医が張相平の衣服を脱がし、死体を調べた。「初見では、殺害方法は前回と一緒に見えます。ボスが予想したように、最初にスタンガンで失神させ、銃剣で心臓を一突きです。見てください。首に焦げ跡があります。いや、二箇所ある」

「二回もですか」

「間違いありません。スタンガンで二回です」

高棟の心中がざわめき立った。犯人は今回、実行から逃走まで慌てていたらしい。今回の殺人は、犯行後に何かが起こったというだけではなく、その過程や犯行前に、すでに障害となる状況が発生していたのかもしれない。

高棟はこのときまだ知らなかった。確かに当時、突然やって来た車に徐策《シュー・ツァー》が驚き、犯行を続けるか止めるか躊躇したことで犯行にミスが生じたことを。そして徐策が現場をきれいにしようとしたとき、またもや車がやって来たため彼の計画に狂いが生じ、慌てて逃走するしかなかったのだということを。でなければ、徐策は張相平を目立つ場所に放置することも、車のライトを点けたまま止めることもしなかった。今、徐策は家で居ても立ってもいられないほど不安だった。果たして今回、ＤＮＡなどの致命的な証拠を残していないか確信を持てなかった。

陳監察医が続けて話す。「他の場所には今のところ目立った外傷はありませんね」

高棟はうなずき、ゴム手袋をはめた手で張相平の手を取り、念入りに調べた。

「陳さん。懐中電灯でこっちを照らしてくれないか？」

陳監察医は言われるまま、懐中電灯を高棟の方に向ける。

高棟は目を細めながら、手を後ろに差し出した。「周《ジョウ》。ピンセットをくれ」

ピンセットを手にすると、張相平の指の爪に注意深く差し込み、軽く探ってみた。

何回か同じことをやり、ついに爪の間から毛の繊維を発見した。

「見てくれ」

その言葉に陳監察医は喜んだ。「衣服の繊維ですね！」

「間違いないですか？」

「見れば分かりますよ。絶対そうです」

高棟がうなずく。「張相平はスタンガンで失神した後、心臓を突き刺されて三十秒もしないうちに死んだはずだ。死ぬ前の二十秒間で犯人を摑むということが可能でしょうか？」

陳監察医が答える。「可能ですね。そのとき、被害者は失神させられていますが、心臓を刺されたときにきっと目を覚ましたはずです。大脳組織は酸素も豊富で、全く損傷しておらず意識もはっきりしています。そういう人間は反射的に抵抗します。張相平は犯人を摑める力があったはずです。見てください。張相平の服は黒ですが、この繊維は淡い黄色です。間違いなく犯人の上着かズボンの物でしょう」

高棟の表情が徐々に穏やかになっていった。「衣服の繊維だけなのが惜しい。皮膚でも引っかいていれば良かったんだが」

「皮膚組織があるかは分かりませんが、持ち帰ってゆっくり調べましょう」

高棟は心中、今回は何であれ物的証拠がある、と思った。犯人は今回、鉄底靴を履く暇もなく、上着かズボンまで張相平が死ぬ前に摑まれている。

だが服や靴の証拠だけで犯人を特定できるだろうか。

爪の間にある繊維を取り除くのは難しく、何か道具を使って爪を削ったとして、時間をいくらかけても完全には取り除けない。一番確実な方法は、被害者の指ごと切り落とすことだ。

なぜ犯人は張相平の爪に繊維を残したままにしてしまったのか。可能性の一つに、犯人が犯行時に緊張していて張相平に摑まれたことに気付かなかったことが挙げられる。人間である以上、どれほど残酷だとしても殺人時は酷く緊張するものだ。特に、犯人が今晩、スタンガンを二回も張相平に押し当てていることは、犯人の緊張状態を物語っている。

二つ目の可能性は、犯人は張相平に摑まれたことに気付いたが、爪から繊維を取る方法をすぐに思い付つかなかったというものだ。犯人はナイフの類を持っていなかったため、爪を削ぐことができなかったのではないか。犯人が使用している銃剣ではもちろんのこと、ナイフを所持していても爪を削ぐのは難しい。包丁のような物があれば指ごと切断できただろうが。

三つ目の可能性は、犯人は指を切り落としたかったが、大量の血液が噴き出すことで自分に付着し、他人の注意を引いてしまうことを心配したというものだ。

四つ目の可能性は、犯人が予期せぬトラブルに遭遇し、急いで現場から離れる必要ができたため、あまり多くのことを考える暇がなかったというものだ。犯人が残した足跡、ライトが点いたままの車、目立つ場所に放置された張相平のことを考えると、これは理屈に合う。

まずは、死体の第一発見者である通報者から詳しい事情を聞いた方が良さそうだ。通報者が犯人を目撃した可能性もある。

高棟は立ち上がり、もう一度車の状況を確認しようとした。タイヤが二つもパンクしているという異常な状況には、きっと何かが隠されている。これが突破口になり、新たな発見があるかもしれない。

そのとき、高棟の携帯電話が震えた。

高棟は手袋を脱ぎ携帯電話を取り出した。義父からだった。

彼は口を閉じ、現場から離れて誰もいない場所まで行くと、通話ボタンを押した。「はい」

「棟君、今回は厄介だ。一か月で副局長が二人も死んだ悪質な官僚殺害事件ということで、北京は政権の基盤が揺らぐことを心配している。部の副部長が数時間後に飛行機に乗って午後から杭州で会議を開く。これから会議の通知が届くから、君と郭鴻恩《グオ・ホンエン》で行きなさい」

「その会議の内容は？」

「主に問責だ。しかし心配はいらない。君らの局長や省の友人とはすでに話し合いが済んでいるから、君は守られる。郭鴻恩だって姚《ヤオ》副庁長派の人間だから、きっと誰かが守ってくれるだろう。まぁ、彼の局長の椅子まで守られるかは分からないがな」

「じゃあ大したことありませんね」高棟は笑った。

「省の友人から聞いたんだが、今回は王孝永《ワン・シアオヨン》が君と郭鴻恩に噛み付く気でいるらしい」

「王孝永？　省庁のあの所長の？」

「ああ、やつは父親が最高人民裁判所の前副長官で、妻が現在の紀律検査委員会の李《リー》書記の娘だ。聞くところによると、やつをここ数年のうちに地級市[1]に行かせて、公安組織のメンバーにするという計画があるらしい。経験不足ということで、現在は政治業績を積み重ねている段階だ。以前から君らの捜査が遅々として進まないことに意見を出していて、自分が担当すると何度も申請していたそうだ」

「あいつが？」高棟は失笑した。「毎日パソコンと向き合って文書を何遍も読んでいるような、刑事事件を一件も担当したことがない青瓢箪に解決できるわけないでしょう」

「やつは手駒が揃っている。もちろん自分が捜査するわけではなく、大勢の腕利きの捜査員を手足のように使うことが可能だ。午後はやつの口出しに気を付けろ」

「何をすれば良いでしょうか？」

1　中国の行政単位の一つ。地区レベルの市。

「焦る必要はない。まず事情を整理して、資料を揃えてから朝までに市に来なさい。私が君らの局長と一緒に対応方法を教える。昼には一緒に杭州に行こう。とにかく、午後の会議は問責が主だから、会議の論調が事件捜査中心になるように切り替える手段を考えなければならない。そうだ、君は郭鴻恩としっかり話し合いなさい。もし君らが責任のなすり合いなんかしたら、それこそ王孝永の思う壺だ。まずしっかり準備しなさい。午後の会議は非常に重要だ。公安や検察関係者以外に、省の上役グループも来るとのことだ」

電話を切った高棟は、もうアウディを調べようという気が起きず、全ての調査を陳監察医に任せた。

高棟はいつの間にか現場入りしていた郭鴻恩の姿を見つけたが、彼も心ここにあらずという顔をしていた。同様の連絡を受けたようだ。

高棟は郭鴻恩をそっと引っ張り、目立たない場所に連れて行った。「郭局長、午後の会議の件をご存じですか？」

郭鴻恩は弱々しい笑みを浮かべた。「ああ、たったいま聞いた」

高棟が眉間にシワを寄せながらうなずく。「李愛国事件を解決する前にまた事件が起きるなんて思ってもいませんでした。我々二人にとっては、見たくなかった光景ですね」

郭鴻恩はうんとしか言わない。

「省庁の王孝永所長はご存じですか？」

郭鴻恩は高棟を見て、その肩を叩いた。「分かってるよ、高棟君。我々は同じ船に乗った同志だ。外野の思い通りになんかさせてたまるか」

高棟は笑い、郭鴻恩と少しだけ喋ってから張一昂を探した。

「ボス。今後はどのように捜査しましょうか？　防犯カメラを再度チェックしますか？」

高棟はしばらく考えた。「お前が決めてくれ」

「えっ、私ですか？」張一昂が驚いた。

高棟が笑った。「あらゆる証拠を集めてしっかり保管しておけ。どう捜査するかは戻ってきてから話す」

「どこかに行かれるんですか？」

「部のトップが午後に杭州に来て、俺と郭局長が会議に参加することになった。こんなことになったんだ。問責は避けられない。戻ってきても、俺は事件を担当できないかもしれない」

「え？　では我々はどうすれば？」

高棟が声を潜める。「先に関係ありそうな手掛かりを集めろ。だが捜査状況は漏らさないようにな。ひとまず、自分たちの捜査だけをやっておけ。捜査は細かいほどいいが、捜査の結果は県局の人間を含め誰にも言うな。我々市局の人間だけ知っていればいいんだ。俺が戻って来てから捜査チームのリーダーを外されていた場合、証拠品をどう移動するかはそのときに指示する。この件は、陳監察医以外には俺の指示だと決して言うなよ。お前と陳監察医の二人が決めたことにしろ。分かったな？」

張一昂は悟ったようだ。「分かりました」

高棟が一番憂慮しているのは、この事件の担当者から外され、新しく来たリーダーが事件の情報や証拠の数々に徹底的に目を通すだろうということだ。もし自分たちが今日までの捜査で集めた証拠に重大な手掛かりがあり、新しいリーダーが何の苦労もせず事件を解決してしまったら、自分たちの立つ瀬がない。

二十日間以上リーダーをやったが、実質的な進展は何もなかった。もしリーダーを替えてたちまち事件が解決してしまったら、高棟は今後どの面を下げて生きればいいのだ。

だから高棟は張一昂に、事件解決には全力で当たるべきだが、情報を部外者に渡すなと指示を出したのだ。高棟はまだ、捜査を他人ではなく、自分主導で行うことを考えている。

だがこのような指示は、自分の長年の腹心である張一昂と陳監察医にしか伝えられない。他の部下では不安だ。

最後に高棟は再び張一昂に言いつけた。「これから市に行くから、お前は現場の捜査を離れて、一連の事件の公文書や記録、資料を全て用意してくれ。あと、今日は携帯電話にいつでも出られるように県局で待っていてくれ。資料に何か不備があった場合、すぐに連絡取れるようにな」

8

高棟《ガオ・ドン》はドアを二回ノックし、取っ手を回して部屋に入った。

「お義父さんも局長もお待ちでしたか」

広い事務室は豪華な内装をしていた。重厚な木製の机の後ろに、金縁の眼鏡を掛け、整った髪型の五十歳ぐらいの男性が座っている。

眼の前のソファには、頭頂部がはげており、側頭部に蓄えた長い髪を逆側にまで垂らした、同じく五十歳ぐらいの小太りの男性が座っている。

机の後ろに座っているのが高棟の義父の李茂山《リー・マオシャン》で、ソファに座っているのが公安局局長の張国盛《ジャン・グオション》だ。

張国盛が高棟に笑い掛ける。「高棟、最近疲れてないか？」

昨晩満足に寝られなかった高棟は目が充血していたが、元気に笑ってソファに腰掛けた。「まぁまぁです」

義父の李茂山が席を立ち、高棟にペットボトルの緑茶を渡す。「しっかり気力を養わないとな。今日の会議は長引くぞ」

高棟は二人にタバコを差し出した。「大丈夫です」

「若いのは良いな。私なんか朝にもう一眠りしたというのにまだ眠いよ」と張国盛が笑った。

李茂山はほっとため息をついた。「それは良かった。昼に車中で仮眠でも取ったらいい。今は午後に向けて状況を整理して話をすり合わせておかないと」

「高棟。状況はどうなってる？」張国盛が尋ねる。

高棟はうなずき、苦笑いを浮かべた。「事件が始まって三週間経ち、今度は張相平《ジャン・シアンピン》が殺されました。この結果について覚悟はできています」

「大したことない。張局長とも話したが、我々が君を守る。省の上役たちもきっと君をかばってくれるだろう」と李茂山が慰める。

「では今回の問責は、誰の責任を問うものなんですか？」

李茂山が口を曲げ、数歩下がった。「今のところ、会議がどういう結末を迎えるのかは誰も分からない。省の動向を探ってみたが、どうやら郭鴻恩《グオ・ホンエン》の過失という処分を下し、県公安局長の職務を取り消すそうだ」

「郭鴻恩を降ろしたら誰が局長になるんですか？」

「今降ろすことはしないだろう。今が正念場だ。事件がまだ解決していないのに局長がクビになったら士気に関わる。会議は最終的に、しばらく郭鴻恩を局長のままにし、事件が解決してから彼を降ろして局長を換えるという結論になるはずだ。要するに、目下のところ具体的な問責は行われない」

「では私は？」高棟が尋ねた。彼は郭鴻恩の行く末になど興味がなく、ただ自分の将来が気がかりだった。

李茂山が唇を噛んだ。「捜査チームのリーダーが王孝永《ワン・シアオヨン》になり、君はサブリーダーになる。君のところは、今回の件で長いこと捜査をやったのに結果を出せず、それどころか副局長を死なせたということで上が怒っている。市局には良い指揮官がいないとまで言われているぞ。おそらく、来年の改選は面倒なことになる」

本来は李茂山と張国盛の手配で、来年の改選で高棟が市局の副局長に昇格するはずだった。市出身である高棟は市の局長に就くことはできないから、副局長として数年間経験を積み、それから省庁や部の職に就く予定だった。機会次第で、さらに重点都市の公安のメンバーになれれば上出来だ。

この計画は順風満帆と言ってよかった。高棟本人の能力が高いことに加え、まだ若いというのが特に重要だった。高棟はいま三十六、七歳であり、四十歳前に副庁級の地位にいれば、前途が無限に広がっていると言っても過言ではない。

張国盛も高棟を重用してきた。結婚も張国盛の仲介によるもので、市局で数々の大事件を解決してきた高棟に対する張国盛の信頼は厚かった。

もちろん、張国盛は高棟を強く推している。その礼として、李茂山は張国盛の娘や息子を協力機関に手配してきた。ただ、彼らに能力がなかったため、開発区管理委員会主任のような職務しか担当できず、実権を握れる職務には就けなかった。

事件を解決できないどころか新しい事件の発生まで許し、今に至るまで何も明らかになっていないということは、高棟についた汚点であり、来年の改選にも影響が出てくるだろう。

高棟は冷ややかに笑った。「私をリーダーから降ろすなんて。はっ、王孝永に何ができるのか見てやりますよ」

「王孝永は人脈が広い。有名な捜査の専門家を数名呼んで、事件捜査に当たるそうだ」と張国盛が説明する。

「無駄ですね。王孝永はこの事件の実情を理解していません。あいつがどうやって事件から手を引くのかが楽しみです」

張国盛は李茂山と顔を見合わせ、高棟に尋ねた。「我々も今回の事件に関して、具体的な展開ははっきり分かっていないのだが、王孝永では無理なのかね？」

「私の捜査能力は局長もよくご存じでしょう」

「もちろんだ。君が解決した局の大事件の数々は、他の者では解決できなかっただろう」

「私が警察に入ってから十年間、今回のような犯人には会ったことがありません。何の証拠も残しておらず、犯罪の手口もまだ分からない点が多数あります。証人や物証もなく、動機も不明です」

「何か捜査に漏れがあるんじゃないか？」犯罪捜査に疎い李茂山が慎重に尋ねる。

「現場や防犯カメラはくまなく捜査し、周辺の聞き込みも行いましたが、何の手掛かりもありません」

李茂山は行ったり来たりしつつ、張国盛に目配せした。「王孝永に進展が見られなかったら、我々も他の手段を考えよう。張局長はどうです？」

張国盛が笑う。「その通り。王孝永が駄目ならそれで上手くいく。我々市局の能力が低いなどと言うやつはいなくなるだろう」

「王孝永ではいつになっても解決できないという見込みがあるんだな？」李茂山があらためて確認する。

「犯人が今までと同様何もミスをしなければ、王孝永では永遠に解決できません」

張国盛が笑う。「王孝永が解決できないのならば、君の方も大きな問題にならない。来年の改選でくだらない話をするやつは誰もいなくなる」

李茂山がまとめる。「よし、では二段階に分けることにしよう。まず最初に、今日の会議ではなんとかして問責の雰囲気を変え、事件解決に目を向けさせるようにする。そして事件がいかに複雑なのかを重点的に分析して、上が持っている市の警察能力への疑いを晴らすんだ。もちろん、一番大事なのは、部のトップにこちらの状況を信用させ、我々の政権の基盤が安定していることを伝えることだ。次に、しばらくは王孝永に合わせて彼の意見に従うこと。我々は高棟の部下を白象県《バイシャン》に残し、彼の捜査を助けるんだ。だが高棟、君の配下が何か重要な手掛かりを見つけた場合は、まず君に報告させるよう言い聞かせろ。それから、その情報を王孝永に渡すかどうか君が考えるんだ。王孝永に簡単に事件を解決させてはならんぞ。やつの打つ手がなくなるまで耐えるんだ。王孝永がいなくなれば、君がまた引き継ぐことになる。我々の市で起こった事件なのだから、どのみち解決しなければならない。ならば君がすべきだ。そうだろう？」

高棟は笑みを浮かべた。「来る前にすでに部下に伝えております。何か発見したらまず自分に知らせて、しばらくの間誰にも話すなと」

李茂山と張国盛が笑い合い、高棟の注意深さを褒めた。

自分の連続殺人事件が、政客たちの権力闘争の道具にされてしまったとは、真犯人である徐策《シュー・ツァー》も夢にも思わないだろう。

高棟は、王孝永に事件を解決させるつもりはなく、自分の手で必ず解決しなければならないという覚悟を持っていた。さもなければ、彼の今後数十年の未来における最大の汚点となる。

犯人が徐々に馬脚を露わしていると確信した彼は、間もなく捕まえられることだろうと信じていた。

一方徐策は、未来に対してどのような準備をしているのだろうか。

9

二日後、白象《バイシャン》県に戻って来た高棟《ガオ・ドン》が事務室に入ったところ、張一昂《ジャン・イーアン》がやって来た。「ボス。交代させられたって本当ですか？」

高棟が力なく笑う。「上の命令で、王孝永《ワン・シアオヨン》所長が一一六連続殺人事件の捜査班リーダーになった。俺はしばらく第二線に下がるよ」

「それは……」張一昂は高棟の表情の真意が分からなかった。「我々は市に戻るんですか？」

「いや。俺たちも王所長の捜査に協力するから、全員このまま残る」

張一昂はさらに分からなくなった。「じゃあ、もし……万一、王所長が事件を解決したら、ボスは……」

高棟が声をひそめる。「王所長の捜査に協力するとは言ったが、事件解決に手を貸すとは言ってないぞ」

「ボス……ということは、我々はどうすれば？」

「この前言った通りだ。何か手掛かりが見つかればまず俺に伝え、俺たちだけで情報を共有するんだ。もちろん、王孝永が聞いてきたら答えれば良いが、何も聞かれなければ言う必要はない。王孝永は今晩到着し、そのときに決起会が開かれるから、具体的に何をするかはその後に伝える。

ところで、張相平《ジャン・シアンピン》の方はどうなってる？」

「陳《チェン》さんを呼んできますので、一緒に話しましょう」

「分かった」

数分後、陳監察医が来た。高棟はドアを閉めるように目配せした。「手掛かりはどれくらい見つかりました？」

「足跡はもう確認済みです。犯人は身長百七十から百七十五センチ、体重は六十から七十キロ、靴は革靴です。張相平の爪に残っていた繊維にも化学分析を行いました。カシミアの含有量が非常に高いウールです。アパレルメーカーの専門家に見てもらいましたが、生地が非常に高品質で、軽くて薄く、保温性に優れた欧州からの輸入品です。中国では現在この生地は生産されておらず、製作した場合売値は少なくとも四、五千元になるとのことです」

高棟はうなずいた。「やはり思った通り、犯人は少なくとも貧乏人ではないということだな。俺が考えていたイメージと一致する」

「死体の傷は李愛国《リー・アイグオ》のものと一緒です。死体からは、他に有力な手掛かりは見つかりませんでした」

「張相平の爪からは服の繊維しか見つからなかったんですか？　皮膚組織は？」

「はい、おそらく分厚い冬服を着ていたからでしょう。犯人は露出の少ない服を着ており、なおかつスタンガンで失神させるという手段を取っていたため、張相平が犯人の身体と直接接触するということなく、犯人の皮膚を摑むこともできなかったようです」

「車からは何か？」

「車体右側の前後二つのタイヤがパンクさせられていました。これです」

陳監察医は二枚の鉄板を見せた。板にはトゲが一面に刺さっている。これでタイヤをパンクさせたのだ。

高棟はそれを手にし、じっくり観察してしばらく考えた。「これは犯人のお手製ですか？　それともどこかで売っているんですか？」

「犯人が自分で釘を付けたのかと」

高棟は彼らに背を向け、逡巡した。「犯人はなぜ車の右側のタイヤを二つともパンクさせたんだろう？」

陳監察医が首を振る。「それは分かりません」

「ところで、割れたビール瓶は事件と関係がありましたか？」

「今のところ、関係があるのかどうか何とも言えません。我々も防犯カメラを調査して、ビール瓶を運んだ人物や車両が鳳栖路《フォンチールー》を通ったか調べていますが、ビール瓶がどこから来たかは調べられても、事件と関係あるかは判断できません」

「つまり、今のところ、手掛かりはそれだけということか」高棟は不満気な声を出した。

それに張一昂が答える。「通報者にも話を聞きました。鳳栖住宅地に住む交通警察隊の人間で、当日夜はちょうど友人と食事に出掛けていて、帰宅途中に車で鳳栖路に入ったところ、ライトが停車中の車を照らし、その車体が傾いていたので注意深く見てみたところ、車の右側に人が倒れているのを発見し、すぐに通報したとのことです。防犯カメラの映像によって、張相平の車は夜十時二十五分に鳳栖路に入ったことが分かっています。そして、通報者の車はその六分後の十時三十一分に鳳栖路に入っています。そのとき犯行はもう終わっていましたが、誰かが来ることに気付いた犯人は、現場を掃除する暇もなく、証拠も残したまま急いで逃走したのでしょう。だから張相平の爪に衣服の繊維があり、地面にも足跡が残っていたんです」

「通報者は人影は見なかったのか？」

「前方に人が倒れているということしか気付かず、他には注意していなかったとのことです。犯人は、鳳栖路に車が入ってきたのを見て、急いで田畑の方に逃げたのかもしれません。しかし、今回は目撃者がいます」

「目撃者だと？」高棟の目が光った。

「交通警察隊副隊長の李《リー》という者が当日夜に車で鳳栖路に入ったところ、路肩に止まった車とそのそばに立つ張相平を見ています。李が車を止め、窓を開けてアウディの右側を見ると、誰かがうずくまってタイヤを検査していたそうです。何が起こったのかと張相平に尋ねたところ、張相平は、タイヤがパンクした、と答えています。李は手伝おうかと尋ねましたが、タイヤが二つもパンクし、スペアも一つしかないので、明日修理屋を呼ぶしかないと張相平は言いました。そのため、李は先に家に帰ったそうです。李の供述では、彼はそのとき車から降りておらず、タイヤを検査していた人物もずっと背中を向けていたので顔は見ていません。彼の記憶によると、その人物は黄色っぽいジャケットを着ていたそうですが、張相平の爪に挟まっていた繊維もクリーム色です。その人物の髪型は長くも短くもなく、背中から感じた印象では四十歳程度だったそうです。そして張相平と一緒にいたその人物は、いくら調査を重ねても捜査線上に一向に浮かんできません。そのため、我々はこの人物こそ犯人だと判断しています」

張一昂の話を聞いた高棟は、犯人が四十歳前後で張相平と面識があるということを考えた。事件の顛末は李愛国事件と酷似しており、その人物は李愛国とも面識がありそうだ。つまり、犯人は李愛国とも張相平とも面識があり、失踪した林《リン・シアオ》嘯とも知り合いだった可能性がある。

林嘯のことを思い出し、高《ガオ・ドン》棟はまたもや心中で祈った。林嘯は失踪ということで片付けたのだから、くれぐれも死体となって発見されてくれるなよ。現在、郭《グオ・ホンエン》鴻恩と自身の部下を除き、上の人間は被害者が公務員二人ではなく、三人になるかもしれないということを知らない。もし知られていたら、前日の会議は簡単に終わらなかっただろう。

犯人について考えてみると、どの程度かは分からないが裕福な人物で、少なくとも貧乏人ではないことが分かる。貧乏で文化レベルに乏しい人間が起こした単純な犯行や、社会への復讐とは完全に異なる。

そして、犯人は李愛国や張相平のような階級の人物と知り合いであるため、社会的地位のある人物だと言える。そのような人物がどんな理由で、死刑に相当する大事件を起こすのか？

この点はいくら考えても分からなかった。

再び張相平の事件を考えてみる。

高棟はもともと、アウディの車体が傾くほどタイヤがパンクしていたのは、犯人が犯行後になんらかの理由で行ったものと見ていた。

だが目撃者の証言によって、張相平の生前、すでにタイヤがパンクしていたことが明らかになった。

分厚く硬いタイヤに釘のついた板を刺すなら、人間の力でタイヤに押し込むのは困難だ。

おそらく走行中の車がこの仕掛けを踏んで、タイヤがパンクしたのだろう。

犯人はいつタイヤに釘を仕掛けたのか？　これには一体どのような目的があるのか？

さらに地面に散らばったビール瓶の破片は本当に事件と無関係なのか？

高棟は一瞬で迷路に迷い込んだが、若干嬉しくもあった。

犯人は今回の犯行でいくつかの物証を残しているものの、決定的な証拠は落としていない。この犯人を捕まえるのはやはり容易なことではない。

犯人の動機も依然として不明であり、なぜタイヤをパンクさせたのか、どうやってパンクさせたのかなどの行動も謎のままだ。

高棟は、自分でも分からない問題が王孝永に分かるわけがないと信じていた。

現在最も重要な課題は犯人を捕まえることではなく、王孝永に犯人を捕まえさせないことだ。

高棟は、最後に犯人を見つけ出すのは自分であり、自分しかいないと信じて疑わなかった。

# 第四章

# 1

徐策《シュー・ツァー》はこの二日間ずっと落ち着かなかった。張相平《ジャン・シアンピン》を殺したのは若干急ぎ過ぎだったと考えていた。

もう一度計画を実行するかどうか選択できるなら、おそらく手を出さなかっただろう。まず、十時半という時間が問題だった。確かに路上に人けがなかったとは言え、十一時だった李愛国《リー・アイグオ》のときは、十数分にわたって人影も車の姿も見えなかったのだ。あと少し忍耐力があったら、張相平が十一時以降に帰宅する機会を数週間以内に確実に捉えていたはずだ。そのときに行動すれば、リスクもだいぶ少なく済んだ。

当日の晩には、他にもアクシデントがあった。

張相平にパンクのことを教えて彼を車から降ろしたとき、偶然通り掛かった車が徐策の動揺を誘ったのだ。徐策は犯行前に心の準備をし、たとえ途中で誰かが来てもどのように対応するのか考えていた。しかし、徐策もやはり普通の人間であり、死を恐れない殺人鬼の心理には至っておらず、いくら周到に準備したとは言え、本当にアクシデントに遭遇した際、予定通りに落ち着いて行動できるわけではなかった。

アクシデントのせいで、その後の徐策はどうしても落ち着かなかった。しかも車の運転手は張相平の知り合いで、車を止めて状況を聞いてきたのだ。徐策はタイヤのそばにうずくまり、パンクを検査しているふりをしていたが、背中を見られてしまっている。その人物が自分の背中をどれだけ覚えているのか不明だ。

また、徐策は張相平の殺害時にも動揺を引きずり、スタンガンを押し当てるときに手が震え、張相平に叫び声を上げさせてしまった。すぐさま二撃目を加えてようやく彼を失神させた。それから心臓を突き刺し、現場を半分ぐらい掃除したところで、遠くから車が鳳栖路《フォンチールー》に入ってくるのを見た彼は直ちに田畑へ逃げ、振り返ることなく真っ直ぐ走った。

その車の主が何をしたのか、彼には知る由もなかった。現場に証拠をどれぐらい残してしまったのかも覚えておらず、状況をほとんど把握できていない。

この数日間、彼は当日の行動を細部まで必死に思い出し、何か致命的なミスがなかったかを確かめようとしたが、時間が過ぎれば過ぎるほど記憶が曖昧になり、多くの想像が混じった。テストで、答えが分からない選択問題を適当に埋めてから正答を確認しても、自分が選んだのが果たしてAだったかBだったか、思い出そうにも思い出せないときと似ている。

徐策の一番の心配は、張相平が死んでいないという可能性だ。

前回の李愛国殺害では、翌日には県城《シェンチョン》全体がその話題で持ち切りだった。だが今回の張相平の死は、今に至るまでどこにも話題が上がっていない。ただ、派出所の警官が深夜に鳳栖路で襲われ、その生死が不明だという話を聞いただけだ。

噂に出てくる派出所の警官とはきっと張相平のことだろう。一般人は県公安局のトップの名前など知らないし、公安局も一律に派出所と呼ぶ。

徐策は一度、張相平は死んでいないのではと疑った
徐策は、内臓の位置が普通とは反対の「内臓逆位症」の人間がいる、という医学知識を持っていた。もし張相平の心臓の位置が通常と違っていたら、死んでいないのではないか？

鳳栖住宅地に行って、葬式のために張相平の家に親戚縁者が訪れていないか確認したかった。だが、今そのような行動を取ればリスクにしかならない。

徐策はもう一度考えてみた。張相平はおそらく死んでいる。もし張相平が生きていればとっくに自分の名前を口にし、家が警察に囲まれているはずだ。

張相平殺害の情報は、噂が広がって事件解決のプレッシャーにならないようにするために公安が統制したのだろう。

犯行の一部始終について徐策が断言できることは、当時張相平と皮膚の接触は完全になく、DNAなど犯人に直接結び付く手掛かりを残していないということだ。

犯人に結び付く手掛かりさえ残していなければ、慌てたために処理できなかったその他の細かい証拠は脅威にならない。

不利な出来事ではあるが、致命的というわけでもない。

徐策は口角を上げて笑みを浮かべた。

まぁいい。張相平のことはしばらく放っておき、さっさと次の準備に取り掛からなければ。

ターゲットはあと三人いる。

全ての元凶で、最も罪を償うべき人間が国土局の王修邦《ワン・シィウバン》だ。内向的で規則正しい生活をしている王修邦は、毎日車で帰宅する。住んでいる場所は人通りが多く、直接手を下すのが難しい。李愛国の銃を使って心中覚悟で王修邦を殺すこともできるが、妻子がある徐策にそのような無茶はできない。

王修邦に対しては混乱状況を何度も作り、大きな仕掛けを使って一瞬で殺すつもりだ。

他二人は、都市建設局副局長の胡生楚《フー・ションチュー》と都市管理局副局長の邵剛《シャオ・ガン》だ。

安徽省生まれの胡生楚は白象《バイシャン》県に十数年おり、白象の庶民からは「胡畜生」と呼ばれている。彼の息子と県長の馬鹿息子が共同で会社を設立し、県の都市行政工事の依頼を引き受けたため、多くの欠陥工事の建物を生み出し、大儲けしたとのことだ。旧都市改造の撤去チームメンバーの一部は彼の息子が手配したのだと言う。彼は当然死ぬべき人間だ。彼は人付き合いを嫌い、年齢のせいだろうが大酒を飲んで接待を受けるということも、愛人を囲っているということもない。健康に気を遣い、毎日夜六、七時には住宅地でウォーキングをしている。手を下すならその時間帯だろう。

邵剛は白象県に都市管理局を設立した際にやってきた人間で、早くから法律執行チームの隊長をやっていた。凶暴な性格で、誰も近寄ろうとしない人間だが、一体どういうわけか副局長にまで昇格した。一見裕福だが、その金がどこからやってきたのかは分からない。徐策が知っているのは、邵剛が自分の家でなく、常に県郊外の高級住宅地で夜を明かしているということだ。おそらく愛人を囲っているのだろう。彼の家は人通りが多いため、犯行を実施するのはその愛人宅がふさわしそうだ。

そして林嘯《リン・シアオ》をどう始末するのか、徐策はすでに考えがあった。

獣が人間に暴虐を加えるのは彼らに爪や牙があるからだ。爪や牙を抜かれた獣は人間を害しない。

悪人と手を組み、悪事を働く人間は、その悪事のツケが来ないと思っている。酷吏は汚職役人よりさらに憎むべき存在だ。

暴力を受け、日々を惨めに過ごし、正義と公平を渇望する人間が、なぜいつも自暴的な手段で訴えるのか、徐策は常に考えていた。なぜビルから飛び降り、車に轢かれ、ガソリンを浴びて自身に火を点けなければいけないのか。

彼らの訴え方が幼稚であることは言うまでもなく、徐策は彼らに論理的な思考の鍛錬が足りていないと考えた。

彼らは、自身を苛む下層役人が悪者で、上の高官は善人だと思っている。上の梁が真っ直ぐでなければ下の梁は曲がる、という言葉を知らないのか？

弁証法的思考で論証してみよう。

上が清廉潔白な役人であれば、なぜ極端な方法で自分を犠牲にしてまで訴えるのか？

上が汚職役人であれば、そのような方法で自分を犠牲にして何の意味があるのか？

だから、自殺ではいかなる問題も解決できない。

『老子』に、民は死を恐れないのに、どうして死をもって怖がらせるのか、とある。

自分たちの明日の希望を破壊する者がいたら、どうすればいい？　簡単だ。彼らを殺せば良い。省部級以下の役人ならば、自分の生死を二の次に考えさえすれば、百パーセントの確率で彼らと心中することが可能だと徐策は考えている。自分に子どもがいて、心中という手段を取るとその子どもが相手の子どもに復讐される可能性を心配するなら、家族全員皆殺しにすればいい。

だから、世界中の権力者に伝えたい。悪事は徹底的であってはならず、良心を持たなければいけない。永遠に頂点にいる人間はいないし、たとえいたとしても自分に父母や妻、現在小学校に通う子どもがいる場合、絶望した人間が放課後に校門の前でその子を待っているかもしれないということを覚えておいてほしい。

徐策は笑った。自分は現在、誰かがやりたがっているのに、自分のように高い知能を持っていないからできないことをやっているのだ。

徐策は彼らに「ツケ」を払わせようとしているだけであり、道連れにしようなど考えていないのだ。

2

王孝永《ワン・シアオヨン》の年齢は高棟《ガオ・ドン》より何歳か上だが、行政階級は同じで、内部での役職は高棟より上だった。

いったいどういうブレーンからアドバイスを受けたのか、それとも政治的資本を寄せ集めて昇進することに必死なのか、刑事事件など担当したことのない王孝永は、一二六事件に着手するために市から五、六人の指導員を引き連れてきた。

担当者のうち数人の名前は高棟も聞いたことがあり、それぞれ管轄内で多くの大事件を解決してきた人物だ。しかし、事務室に座っているだけの官僚が連れてきたところで、今回の事件を解決できるはずがないと高棟は確信していた。

今日の業務動員会では、張一昂《ジャン・イーアン》と県局の陳《チェン》隊長が王孝永一行に事件の一部始終を詳細に報告し、より細かい点を高棟が補足した。

現在把握している手掛かりや証拠を全て王孝永に話したところで、彼らが事件解決にこぎつけられるわけがないと高棟は考えた。しかも高棟は、自分が行った捜査の流れや手段に自信を持っており、王孝永らがその瑕疵を見つけて自身の仕事の不備を責めることもないと思っていた。

捜査チームのリーダーが王孝永になり、高棟はサブリーダーに降格したが、少なくともチームの半分は高棟が市局から連れて来た部下であり、白象県《バイシャン》も彼が所属する市局の管轄であるので、実際のところ高棟は王孝永より発言権を持っていた。

分をわきまえ、引き際を知っている高棟は謙虚な態度を崩さず、王孝永を持ち上げ、上司として尊敬しているように見せた。結局は上による配置換えなので、最初から非協力的だと自身に悪影響しか及ぼさない。

逆に、王孝永に媚を売っておけば、彼が事件を解決できずにコソコソと撤収することになっても、高棟が非協力的だったからという理由にはならない。だから最終的に利益を受けるのはやはり自分になるのだ。

郭鴻恩《グオ・ホンエン》は会議でほとんど口を開かなかった。彼は「罪ある身」であり、事件が解決しようがしまいが、あと数か月で局長の任を解かれる。今は全員の士気を維持するために暫定的に局長の座にいるだけだ。来年の昇進はスムーズにいかないだろう。

他にも、県局には退職間近の副局長が二人いたが、どちらも会議に参加しなかった。郭鴻恩から聞いた話だと、県局で二人も副局長が死んでいるので、一線を退いているその二人は、次は自分の番だと恐れ、体調不良を理由に休み、子どもが住んでいる他の都市に避難したとのことだ。

会議後、高棟は一人で鳳栖路《フォンチールー》に来た。夜はすっかり冷えるようになり、寒風が絶えず吹いており、高棟はジャケットで体をしっかりと覆いながら考えた。

一つずつ頭を使って分析を進めるべきだ。

犯人が、経済力も一定の社会的地位もある人物だとしたら、連続殺人を犯す理由はなんだ？　異常者か？　公務員に異常な恨みを抱いているのか？

異常者とは違う。犯人の殺害方法は、スタンガンで失神させてから心臓を一突きという手際の良いものだ。残忍ではなく、変態的な趣味嗜好とは言えない。

公務員に異常な恨みを抱いているのであれば、例えば生活に困窮して失う物がない人間なら、死刑覚悟で犯行を繰り返すだろう。だが経済的に余裕があり、社会的地位もある人物は決してそんなことをしない。そういう人物は社会に復讐などしない。復讐するにしても、目立つ危険を冒して続けて副局長を殺したのはなぜだ？　公安を恨んでいるなら、林嘯《リン・シアオ》という国土局の法律執行隊長に関わった理由はなんだ？

そう。最大の可能性は私怨だ。

李愛国《リー・アイグオ》が殺され、林嘯が行方不明になり、張相平まで殺された。

李愛国と張相平は同僚で、張相平と林嘯には面識があり、李愛国と林嘯は全くの無関係。

どういう人物がこの三人に恨みを抱いているんだ？

まさか林嘯が犯人で、人を殺して身を隠しているのか？　だが彼は無関係の李愛国に恨みを抱きようもない。

部外者には分からない何かが林嘯の身に起きて、李愛国に恨みを持ったのか？　だが林嘯と張相平の間に問題はなかった。

高棟の脳内には、この三人の名前が三角形の各頂点に書かれていたが、李愛国と林嘯を結ぶ線がなかった。三人のうち、張相平だけが彼ら二人と関係がある。

突破口は張相平にある。

張相平のタイヤを検査している犯人が目撃されている。犯人と張相平は知り合いだ。いったい誰だ？

ポイントはやはり、張相平事件の犯行の一部始終を把握することにある。

張相平は当日夜にペニンシュラホテルでトランプをし、ホテルを出たのが十時二十分過ぎだ。友人の証言によると、張相平は一人で車に乗ったとのことだ。防犯カメラでも、少なくとも助手席に誰も座っていなかったことが分かっている。

二キロの行程を経て、張相平は鳳栖路に入り、犯行現場で停車した。

車体右側の前後のタイヤに刺さっていた釘の板は、ペニンシュラホテルから出て犯行現場に着く前に刺さったものだろう。

道路に釘の板を設置し、張相平の車の前後両輪どちらも踏むことなど期待できない。そんな仕掛けをしたところで、車の進行状態を予測することなどできず、仮に大量に設置したからと言って必ず踏むというわけでもなく、別の車が踏む可能性もある。自動車修理店に聞き込みに行った高棟の部下によると、釘の板は手製であり、他で見たことがなく、ここ数日間で同じ被害に遭った車もなかった。

高棟の目がかっと見開いた。唯一の可能性は、張相平が車をペニンシュラホテルの地下駐車場に止めているときに、何者かがタイヤの下に板を仕掛けたというものだ。そうすれば張相平の車は必ず罠に掛かる。

そうだ、きっとそうだ！

次は、犯人が釘の板を設置した理由、そしてそれが、張相平を殺害する上でどのような役割を担っていたのか考えなくては。

高棟はちょっと考え、明日自分で実験してみることを思い付いた。

3

翌日、高棟は陳監察医《ガオ・ドン チェン》と一緒に複製した釘の板を持って、県局で適当に見つけたホンダの車を運転し、ペニンシュラホテルの地下駐車場に向かった。

二人とも人目を引かないよう、私服だった。

車から降りた高棟は釘の板を取り出し、タイヤの前に置き、細かく観察した。もしタイヤの下に直接置けば、車が発進した圧力で釘が曲がり、正確にタイヤに刺さらないだろう。犯人は最初から釘の先端をタイヤに刺し、発進させることで完全に押し込んだのだ。

高棟は考え通りに板を設置し、改めてエンジンをかけて車を発進したが、釘が完全にタイヤに刺さったときもパンク音は全く聞こえなかった。張相平《ジャン・シアンピン》が気付かなかったのも無理はない。

それから二キロ余りを走り、鳳栖路《フォンチールー》で停車した。

二人とも車から降りて観察したが、釘がタイヤに埋まってはいるものの、現時点では車が少し傾いているだけで、じっくり注意しなければタイヤが二つもパンクしていると気付かない。

「ペニンシュラホテルから鳳栖路まで二キロしかない。その間で釘が十分な効果を発しなかったとしたら、張相平はなぜパンクに気付いたんだろう?」

「パンクと殺人は無関係かもしれませんよ」

「ありえない。必ず関係があるはずです。釘の板が手製で、周辺の修理屋がこんなもの見たことないと言っていた。目撃者も、タイヤがパンクしたと張相平が言っているのを聞いており、検査している人物も見ている。この二点から、パンクと殺害には大きな関係があることが分かる。犯人はパンクに乗じて張相平を車から降ろしたのだろう。しかし、ペニンシュラホテルから鳳栖路まで二キロの道のりで釘が効果を発揮しないのなら、張相平は違和感を覚えなかったはずです」

「ホテルに来たときにすでに釘が刺さっていた可能性は? それなら釘が効果を発揮するのに十分な時間があり、張相平もおかしいことに気付くでしょう」

「それもありえない。張相平の友人は、ゲームが終わる時間はいつも不規則で、ときにはその後お茶を飲むと言っていた。犯人は張相平がいつ帰宅するか事前に分からないはずです。もし先に釘を刺していたら、張相平がホテルから出発するときにはすでに車体が傾いていて、怪しまれかねない。そうなると、犯人の入念な準備が台無しになるし、張相平の警戒心も増し、犯行を行うのがより難しくなる」

「うーん。そう言えば、我々が乗ってきた車はホンダですが、張相平の車はアウディでしたね。アウディは車体が重いと聞きます。同じ釘が刺さっても、車種によって空気が漏れるスピードも違うんじゃないんでしょうか？」

高棟は少し考え、陳監察医の意見が正しいと判断するや、張一昂《ジャン・イーアン》に電話をかけ、県局から張相平のものと同じタイプのアウディを持ってくるよう頼んだ。

そして、再び実験をした結果、大きな収穫を得た。

アウディは二キロを走り、鳳栖路に着いた段階で、車内の人間が僅かに感じられるぐらい車体が傾いた。はっきり感じるほどではなかったが、車から降りて車体を見ると明らかに傾いており、パンクしたとすぐに分かる。

この発見に高棟は絶句し、犯人に対し強烈な恐怖を抱いた。

犯人による手製の釘の板は、ホンダの車両では二キロ走っても車体の傾きを視認できず、ある車種のアウディのみがはっきりと傾きを感じられるように作られているのだ。

高棟はまた、釘の長さや数もきっと考え抜かれていると推測した。

高棟は自分の心臓の鼓動が急に跳ね上がったのを感じた。犯人の手口は常人の理解を超えており、今まで自分が担当したどんな犯人よりも巧妙だった。しかし同時に、犯人の全体像がより鮮明になり、おそらく理系の思考を持つ人間だと考えた。

このような事件を起こすには、実験を何度も繰り返す必要がある。そうである以上、犯人もアウディを持っており、その過程でタイヤをいくつも購入したはずだ。

そうだ。修理店を当たらなければ。

4

高棟《ガオ・ドン》は、警察が自動車修理店を調べることまで犯人に予想されているとは思わなかった。

徐策《シュー・ツァー》は常に最悪な状況を考えている。最悪な状況とは、張相平《ジャン・シアンピン》の車のタイヤがパンクした原因を警察が突き止め、犯行前に何度も実験を行い、多くのタイヤを無駄にしたという事実に気付くことだ。それに、使用した釘の板は特別製であり、修理店でパンクを直せば修理工の注意を引く。警察が聞き込みをすれば、数週間前に不自然なパンク跡のあるタイヤを直しに来たアウディがあったこともバレる。しかも、正規の修理店のほとんどは、車の修理や洗車で持ち主とトラブルが起こらないように防犯カメラが付いている。警察が調べれば真相が明らかになる。

徐策が取った方法は、自分で修理するということだった。彼はパンク修理の道具や設備を買い揃え、自宅の庭で修理した。同じタイヤを何度も修理すれば、パンク跡も増えて実験に影響が出るので、そのときは新しいタイヤを購入した。

高棟は、今回の捜査も収穫ゼロという結果で終わるとは思わなかった。犯人の特徴がますますはっきりしたにもかかわらず、特定するにはまだ足りなかった。

もし徐策が最初に林嘯《リン・シアオ》を誘拐し、次に張相平を殺していれば、高棟は確実に旧都市改造維持業務事務所の事件に思い至っただろう。だが最初に殺されたのは、それとは無関係な李愛国《リー・アイグオ》だったため、高棟はまだ犯罪の動機を絞れないでいた。

犯人は四十歳ぐらいの男で、一定の経済力と社会的地位を有している。アウディを持っているはずだが、借り物である可能性もある。そして理系出身で、知能が高く、捜査を攪乱する能力を持ち、実験を繰り返す忍耐力や能力を持っている。

このような人間は、一見目立つ特徴を持っているように見えるが、それらはどれも人物像の輪郭に過ぎず、対象をはっきりと把握するには材料が足りない。だから今になっても具体的な手掛かりが見つからないのだ。

高棟は修理店の捜査にある程度の期待を抱いていて、今回の捜査で犯人の姿が見えてくると信じていた。

高棟は、いま事件を解決して、王孝永《ワン・シアオヨン》の手柄にしてやろうなどとは当然思っていない。張一昂《ジャン・イーアン》に命じて密かに陳《チェン》隊長と相談させ、盗難車捜査の名目で、県城《シエンチョン》内及び郊外付近の自動車修理店でパンク修理をした車がなかったか人員を割いて捜査した。

捜査チームのリーダーは王孝永だが、陳隊長は白象《バイシャン》県の警察であり市局の管轄に属するので、当然高棟の命令に従った。彼は命令を受けると直ちに派出所の民警を派遣した。

犯人がどうやって張相平のタイヤをパンクさせたのか明らかにしてから、高棟は事件の一部始終の分析を続けた。

当日夜、犯人はペニンシュラホテルの地下駐車場で釘の板を張相平の車にセットした。張相平の乗車後、タイヤが釘を踏んだ。このとき、彼は異常を感じなかった。ではその後、二キロ以上走って鳳栖路《フォンチールー》に来たときに車から降りたのはなぜか。

車体が傾いていると感じたのだとしよう。だが自分たちの実験では、その感覚は軽微なもので、車内の人間には気にならないものだった。自宅まであと数百メートルの場所で車から降りてタイヤを確認したのも理にかなっていない。普通なら家に着いてから調べるだろう。

なぜ停車して車を降りた？

そうだ。犯人が車の前に現れ、タイヤがパンクしていることを教えたのではないか。だが常識的に考えて、それが見知らぬ人間なら、張相平は車から降りなかっただろう。安心できる知人からパンクを教えられたから、車から降りて検査したのだ。犯人はその機に乗じて彼を殺した。

そうだ、きっとそうだ。

張相平事件の流れには、まだ二つの疑問がある。

一つ目は、犯人はどうして張相平が当日夜遅くに帰宅することを知っていたのか。

彼の妻の説明によると、張相平が外で人と会うときは帰宅時刻がばらばらで、大体が九時前後で、十時以降になる日は多くないとのことだった。張相平の友人も、トランプが終わる時間は決まっていないと証言している。犯人が張相平の帰宅時刻を予想する手段はなかったはずだ。

犯人が釘の板という手段を使ってタイヤをパンクさせたのは、事件の夜が初めてだということは、張相平の友人や同僚の証言からも分かっていた。今までそういうことは起きていなかった。

犯人は張相平が夜遅く帰ってくるタイミングを狙っている。これは偶然ではありえない。

二つ目は、事件発生現場付近でビール瓶が二箇所に散らばっていたことだ。これは事件と関係あるのだろうか?

高棟は警官に話を聞いてからペニンシュラホテルの地下駐車場を調べたが、防犯カメラがないため、誰が釘の板を設置したのか調べることはできなかった。

鳳栖路の車道には高解像度防犯カメラが三つある。

事件発生後、高棟は陳隊長に命じて三つの防犯カメラを調査させ、人間と車両をチェックし、鳳栖路で立ち止まった人物を探した。

今回の事件は李愛国事件と多くの共通点があると言える。犯人が鳳栖路に現れているのだから、きっとその道を通っているので、防犯カメラに写っているはずだ。

前回の李愛国事件では、防犯カメラの調査を開始したときはすでに一日以上の時間が経過していたので、運転手の何人かは客を乗せて鳳栖路で降ろしたことを忘れていたかもしれない。

今回は事件発生数時間後に捜査を開始しているので、路上にいた人物を見つけられる可能性が高いと高棟は思っていた。

だが現在に至るまで、数百台の車両を捜査しても、鳳栖路の途中で人を降ろした車は出てこなかった。

犯人は二つの事件で一体どうやって鳳栖路に来たのか、いくら考えても合理的に解釈できなかった。

高棟は口を一文字に結んだ。そして、徐策に話を聞いた方がいいと考えた。これまでも彼の意見からヒントを得ていた。聡明でアメリカの犯罪心理学を学んでいた徐策なら、より建設的な意見を出してくれるだろうと思った。

## 5

「最近どうだ？」新しい一年が始まる元日、茶楼の個室で、高棟《ガオ・ドン》が徐策《シュー・ツァー》にお茶を注ぎながら尋ねた。

「普段通りさ」徐策が答える。

「あのプロジェクトは進展があったのか？」

「アメリカで手続きをしている最中だ。数週間後に終わるから、一回アメリカに戻るよ」

「数週間後？　旧正月とかぶるんじゃないか？」

「ああ。でも旧正月前に終わらせて、アメリカで家族と一緒に過ごしたいよ。子どもは中国の旧正月にあまり思い入れがないから、ちょっとは勉強させないとね。旧正月が終わったら自分の仕事を始められるから、そのときに家族のビザ手続きを済ませて中国に戻ってくるよ」

「昔は数学科にいて、留学先では心理学を学ぶほど成績が良かったお前のことだから、てっきり研究に没頭して、帰国したら心理学者にでもなると思っていたんだぜ。まさかそれから投資で活躍して、商売もやろうっていうとはな」

徐策は控え目に笑った。「投資だろうが商売だろうが、俺からすれば心理学研究の一端だよ。学校での勉強はいつも本の中の死んだ知識でしかなかった。本物の生きた心理学は社会の中にこそある。投資とは実際のところ、心理による意思決定だ。商売するにしても、まずは自分の心をより強くして、人付き合いの心理学的方法を磨かねばならない。それもまた研究だ。昔学校にいたときは、話すのが苦手だったが、長年勤めたおかげで幾分かマシになったんだ。でも他人と比べるとまだまだ言葉の表現能力が弱いけどね。仕事には影響しないよ。投資だろうが商売だろうが、舌が回るってのは商談成立には二の次で、人間の心理状態を把握するのが取引の肝だよ。家を買うのも車を買うのも、ほとんどの購入者は、営業マンの口車に乗せられて購入を決定するわけじゃない。取引の最終的な決め手は、購入者の購買欲と価格のラインを見ることだ。購入者の心の動きを把握して、彼らが本当に求めているものを提供できたら、口下手な人間でも商談が成立するよ」

高棟は口を閉じて頭を振った。「お前と取引するのは本当におっかないな。どこにでも奸計が張り巡らされていそうだ」

徐策が笑う。「もしハメる気でいたら、こうして喋らないよ。そうだ、いとこの件はどうなった？」

「安心してくれ。手続きに従って処理している最中で、元旦休暇が終わればすぐに出てこられる」

「何か用意した方が良いかな？」

徐策の問いに高棟は笑って首を振った。「別に大したことじゃない。国土局と都市建設会社が認めたんだから何も問題ない。俺にも何も贈る必要はないって」

「それは……もう言葉がないな。なんて感謝して良いのか分からない」

「水臭いこと言うなよ。社会は社会で、友人は友人だ。借りがあったら返すのが社会だけど、友人っていうのは純粋な助け合いの関係だろ」

「何年も公務員やってるっていうのに、まだ友人を思う心が残ってたんだな」

徐策の冗談に高棟が大きく笑った。「まぁつまりだ、商売をやっていようが政治をやっていようが、人間の本質というか、人間には誰しも心の中に純真な部分があるんだよ。表面上は人付き合いが悪い人間でも、一部の人物だけに本当の優しさを見せたりな。俺だってひどい性格をしているわけじゃないし、本当の友人は大切に思っているから、社会関係を考えた付き合いはしないし、俺個人を『高棟』という旧友として付き合ってほしいと思っているよ」

「お前の言うとおりだ。心理学を学んだ者同士、周囲の人間への見方がだいぶ似ているな」

「そうだな。じゃあお茶で乾杯といこうか。実を言うと、俺はお茶の方が好きなんだ。酒はいつも接待さ」

他愛もない話をする中、先に徐策が切り出した。「そうだ、今日は元旦だろ。お前は市に戻って家族と過ごさないのか？　まさか李愛国《リー・アイグオ》事件がまだ終わっていないのか？」

高棟は苦笑した。「李愛国だけなら良いけど、張相平《ジャン・シアンピン》も死んだんだよ」

「ホントか？」徐策は驚いたふりをした。「張相平も？」

高棟が力なくうなずく。「本来ならお前のいとこは元旦前に出て来られたんだ。それが、張相平が死んで誰も引き継がなかったんで、俺が思い出してせっついたんだ」

「ウソだろ？　張相平が死んだなんて大ニュース、どこからも聞いてないぞ？」

その言葉に高棟は少し驚いた。「噂も流れていないのか？」

徐策は、思い出した、という表情を見せた。「確か派出所の警官が、深夜の鳳栖路《フォンチールー》で誰かに襲われて重傷を負ったって話は聞いたな。まさかそれが張相平だったとは。しかも殺しか」

「そうなんだよ。事件は深夜に起きて、俺はすぐに現場に駆けつけて急いで情報封鎖を命じたんだが、人の口に戸は立てられないな。もうしばらくすれば、県城《シエンチョン》の連中全員が知るようになるぜ」

徐策は心配そうな表情を浮かべた。「李愛国事件が終わっていないのに張相平が死んだんじゃ、お前のプレッシャーもかなりのものなんじゃないか？」

「プレッシャーは少なくなったかな。捜査チームのリーダーの職を解かれてサブリーダーになり、別の人間が担当することになったんだよ。今は手持ち無沙汰だ。事件が解決しても俺の手柄じゃないし、解決しなければスケープゴートにされずに済むだけさ」

「自虐的な発言で心を慰めようとしているだけで、実際は不愉快極まりないんだろ？」

「分かるか？」

「俺たちの出身学科を何だと思ってるんだ」

高棟が笑った。「たかが中国の心理学の修士号持ってる俺じゃ、アメリカの有名校出身の博士には太刀打ちできないか。他のやつは騙せてもお前だけは騙せないな。うん、実際のところ今は解決してほしくないな。俺が集めた証拠で、いつか自分で解決してやるさ」

「利己的な功名心を持つのが人間だからな、理解できるよ。それで、何か証拠を見つけたのか？」

高棟はうなった。「難しい。李愛国事件は目撃者も証拠もほとんどないし、張相平事件は犯人の足跡や犯人が着ていた服の繊維は見つかったが、他に有力な手掛かりは今のところ見つかっていない」

「犯人の服の繊維？」徐策の目がピクリと動いた。

「専門家に見てもらったんだが、その服は海外から輸入した生地を使っていて、高級カシミアのコートにしか使われない生地なんだと。卸売値でも最低数千元と言うから、犯人はきっと経済的に裕福な人間だろう」

「だけど、そんな物証だけじゃ犯人を特定できないだろ」

「ああ、証拠を結ぶ線が細すぎる」

「今見つかってる証拠の中で、犯人を特定できるような目撃者や物証はないのか？　指紋とかDNAとか」

「具体的なものはない」高棟は首を振った。

「じゃあ仮に犯人が誰だか分かっても、決定的な証拠もないし、犯人が罪を認めなければ裁判所も判決を下せないってことか」

その言葉に高棟は笑った。「まだアメリカ式でものを考えてるな。国の事情が違うんだから、司法の判断基準も違うんだよ。アメリカの裁判所には、陪審員がいて、検察は確実な目撃者や物証を提示しないといけないんだろ。DNAみたいな間違えようのない証拠があってはじめて、ようやく陪審員を納得させられて、犯人に有罪を下せるんだったな。俺らのところは柔軟にやって、証拠の一つ一つに不備があっても、供述がしっかりしていれば良いんだよ」

「犯人が口を割らなかったら？」

「逮捕されて口を割らない犯人はいないぞ」

「要するにごうも……」

「いや、捜査の一環だ」

「分かった。犯人が自供したとしても、その自供が嘘で、裁判で供述内容と事実が違っていた場合はどうするんだ？」

「俺はそんなことを起こさない。逮捕さえしてしまえば、喋らせたいことを何でも喋らせられるんだ」高棟は意味ありげに答えた。

その答えに徐策は身震いした。「じゃあ、何か別の事件で誰かを捕まえて、こいつの仕業だって言うのか」

高棟は真面目な様子で首を振った。「それは駄目だ。そんなことをやるのは、内陸地区の田舎の小さい事件を担当する馬鹿な役人ぐらいだ。大事件は、正式な検証を経ても問題のない証拠が必要になる。じゃなきゃ、もし将来に事件の再捜査をして、遡って責任を追及することになったら面倒になるだろ。確固たる証拠が必要だから、適当にはできない。なんでもかんでもデタラメだったら、この国はもたないぞ。今の役人の世界じゃ、小さな事件にはいつもデタラメが起きるが、大きな事件だとみんなデッドラインを分かってる。ラインを踏み越えれば、将来に影響が出るばかりか、同僚や上司すら怒らせて、調査の対象になる。事実、お前が言った通り、俺たちが把握している物証だけなら、もし犯人が分かっても、自供がなければ、裁判所も刑を下せない。だが、俺は今までそんなやつにお目にかかったことがない。さっき俺が言ったように、逮捕さえしてしまえば、喋らせたいことを何でも喋らせせられるんだ」

徐策は心にさざなみが立ち、うなずくことしかできなかった。「いま切迫しているのは、一体誰が犯人なのか探すことなんだな」

「そうだ。目撃者や物証では犯人の特定に至らない。捜査範囲も限られているから、そいつを見つけるのは海の中から針を見つけるぐらい困難なんだ。それに、この一連の事件に対する犯行の多くが全く俺の予想の上を行くもので、今日お前をお茶に誘ったのも、実は個人的な理由で犯人の動向を分析してもらいたかったからなんだよ」

事件を分析してほしいという高棟の言葉を聞き、徐策は目を微かに細めて、頭を猛烈に回転させる。高棟が自分を試しているのか、それとも本当に分析してもらいたがっているのか判断していた。

まぁいい。何か裏があっても、本当にただの分析でも構わない。依頼を受けて、これからの話には十分に気を配り、事実と矛盾するようなことを言わないようにしよう。でなければ、高棟はすぐ異変に気付く。

「聞かせてくれ」

高棟は自身が知る張相平事件を細部まで説明した。喋り終え、しばらく経ってまた口を開いた。

「まだ分からないところがある。張相平の被害現場のそばで二箇所もビール瓶の破片が散らばっているところがあったんだ。あれは犯人がばら撒いたのか、それともどっかのトラックから落ちただけのものなのか」

じっと黙っていた徐策が口を開く。「李愛国も道路で殺されたんだろ？」

「ああ。現場は三、四百メートルしか離れていない。犯行も似ている部分が多々ある」

「でも李愛国の車はパンクしてなかった」

「うん。異常はなかった」

「じゃあ、犯人が李愛国と張相平を車から降ろした方法は、それぞれ別ってことだ」

「そうだな」

「李愛国の殺害現場のそばに、ビール瓶の破片は散らばっていたのか？」

高棟ははっと悟った表情を見せた。「待ってくれ」と言い、携帯電話を取り出して陳《チェン》隊長に電話をかけた。「陳隊長。李愛国事件のとき、付近にビール瓶が散らばっていたか？」

「私は最初に現場に駆け付けたわけではないので、他の者に聞いてみます」電話の向こうで陳隊長が答える。

しばらくして、携帯電話が鳴った。「李副局長事件で、通報を受けて最初に現場に到着した同僚に思い出してもらいましたが、当時、現場から十、二十メートル先にビール瓶が散らばっていたそうです。彼らは事件と無関係だと考え、当時その場にいた清掃工に掃除させて捜査に向かったとのことです」

高棟は電話を切り、ため息をついた。「お前の予想通りだよ。李愛国事件のときもビール瓶が散らばっていた」

「へぇ？」徐策が微かに目を光らせた。「その写真はあるか？」

高棟は次に張一昂《ジャン・イーアン》に電話をかけ、現場の写真をメールで送るよう指示した。数分後、高棟は携帯電話で張相平事件の現場写真を一枚ずつ徐策に見せた。

徐策はゆっくり見てから考えた。「この二箇所が張相平の車の後ろということを考えると、張相平の車はこの箇所を通り過ぎたということだな」

「そうだな」

「写真を見ると、ビール瓶は二箇所ともひとかたまりで散らばっている。もしトラックから落ちたのなら、こんなに集中してないし、もっと細かくバラバラになっているだろう。もちろん、ビール瓶がトラックから落ちたものかどうかは力学の専門家の分析が必要かもしれないから、俺は常識的な状況に基づいてしか言えないけどな」

「ああ、その通りだな」

徐策は写真を眺め続け、鼻をかき、しばらく経って「分かった」と言った。

「分かったって何がだ？」高棟が慌てて聞く。

「この二つの事件は、犯人がもともと車内に座っていたんじゃなく、車外から現れて李愛国と張相平を車から降ろさせたんだろ。深夜、通行人がおらず、見通しが極めて良い道路を想像してみてくれ。鳳栖路の街灯は特に明るかったはずだ」

「あの道は公務員住宅地に通じているから街灯も新しい物が使われてるし、狭い間隔で設置されているから夜でも明るいんだ。だから防犯カメラで歩行者や通行車両も特定できたんだよ」

「深夜、見通しが良く、灯りも十分な道路で、李愛国と張相平が運転していたのはどちらもアウディだ。スピードもきっと速かっただろう」

「ああ、遅くはならないな」高棟がまぶたを上げて続ける。「今は冬だし、夜だったから、二人ともきっと窓を閉めていただろう」

高棟は徐策の意図が少しだけ分かり、声を潜めた。「続けてくれ」

「深夜、スピードを出して窓を閉めている車だ。犯人が二人の知人だったとしても、道の先で呼び掛けたところで、前にいる人間を知人と気付くとは限らない。見掛けたとしても車はすぐに通り過ぎてしまう。スピードを出して運転しているときに、知人を見掛けて車から降りる人間は少ない」

「言われてみれば確かに」

「深夜にスピードを出している車を止められる方法は二つしかない。一つは犯人が何か行動を起こすことだ。道路の真ん中で道を塞いで、車を止めざるを得ない状況を作ったりな。だがそうして車を止めても、運転手に警戒されるだけで合理的ではない。もう一つは別の方法を使って車を停止させるということ。ビール瓶の破片がその役割を果たしたんだ。車を運転してるとき、ビール瓶の破片が大量に散らばっていたら絶対曲がって避けるだろう。散らばっていた二箇所を見て

みると、最初は右側の車道全体に散らばって、左側にまで及んでいる。車はこれを避けるために
ブレーキを踏み、スピードを落として左側へ曲がる。左側へ避けると、それから七、八メートル
先にまたビール瓶がある。そして車は再びブレーキを踏み、右側に寄せる。このときになると車
もスピードがだいぶ落ちているから、ここで知人を見掛けたら停車するだろう」
高棟は何度もうなずいた。「言われてみたら確かにそうだ。きっとその通り、ビール瓶の破片
があったから車は停車したんだ」
「犯人は右側の田畑から逃げたって言ってたろ？」
「ああ。張相平事件のときも一緒だ」
「それも当然だ。犯人はビール瓶の置き方にもこだわって、最初に右側、後に左側に置くことで
車を右側の車道に停車させたんだ。こうすれば犯行後の逃走がさらに安全になる」
高棟はほうっとため息を吐いた。「全く、この犯人の知能はお前といい勝負だな！」
徐策は一瞬たじろいだが、すぐに気持ちを落ち着かせ、微笑んだ。
「車を止めさせる方法は分かったが、犯人はなぜ二回ともビール瓶をばら撒いたんだ。張相平は
刑事事件を担当しているんだ。李愛国事件後に警察がビール瓶に注意していないと安心して、張
相平のときも同じ手口を使えたのはなぜだ？　張相平が李愛国事件のビール瓶の意味を知ってい
たら、当日夜にそれを見た張相平が警戒する可能性もあったはずだ。犯人はこの点を考慮しなか
ったのか？」

「実験をして犯罪を実行する犯人なら、きっとその点に思い至っただろう。おそらく、犯人は李愛国を殺した後、野次馬の中に身を潜めていて、警察がすぐにビール瓶を片付けたのを見ていたはずだ。また、張相平が最初の現場にいなかったことも知っていたから、安心して同様の手口を使ったんだ」

高棟は現場の様子を思い返した。あのとき、犯人が野次馬の中にいるとは断言できなかったが、期待を抱いて怪しい人物がいないか周囲を見渡したところ、徐策を見つけたのだ。

まさか、徐策の言う通り、あのとき犯人が本当にすぐそばにいて、警察の動きを監視していたのだろうか。

そこまで徹頭徹尾冷静で、理性的で、経験豊富な犯人は今まで出会ったことがない。高棟の背筋が凍った。

犯人は犯行後もそこにいて、警察の一挙一動を客観的にチェックしていたのだ。

一方、「自白」を終えた徐策は急に恐ろしくなった。あのとき、人混みの中にいたところを高棟に見つかった。高棟は自分に疑いを抱いているのではないか？　今の話は高棟の疑いをさらに深めただけじゃないのか？　徐策は、もし捜査チームのリーダーが高棟ではなく、自分と見ず知らずの他人であれば、手掛かりがあっても絶対に疑われないという確信を持っていた。だが高棟というやり手を相手にするのは、デメリットの方が大きい。

すぐに行動に移さなければ。あと数日、あと数日くれれば、残りのターゲットも全部始末できるのに。あと数日何事もなければ、全て片がつく。

それにこちらには銃があり、必要ならすぐに使える。

話を聞いた高棟は深呼吸をし、徐策を見て笑った。「やっぱりお前は凄いな。俺が何日も悩んでいた問題をいともたやすく解決するんだから。まるで犯行を間近で見て、何から何まで把握してるみたいだな」

徐策の背筋に冷たいものが走り、一瞬呼吸ができず、黙って茶器を持った。徐策がどれほど理性的な人間であっても、他人と同じように未知に対する恐怖感を持っている。相手がどれほどの手掛かりを摑んでいるのか分からない徐策にとって、高棟が本当に事件について喋っているだけなのか窺い知れなかった。お茶を飲むという行為には、茶器で顔を隠し、表情を読み取れないようにし、安心感を増すという効果があることを徐策は知っていた。

お茶を一口飲み、徐策は気付いた。このように顔の大半を隠すお茶の飲み方は不自然だということに。そして自分が、無意識に人の視線を気にした表情を見せたことに。

高棟も心理学を学んでおり、徐策と同様、周囲の人々と交流している際に小さな動作を細かく観察することに慣れている。その人物の気持ちを分析し、嘘を吐いていないか、自分を偽っていないかを判断するのだ。

徐策は他人と交流しているとき、頭の中でいつも情報を忙しく処理し、目の前にいる人物のその時その瞬間の心理状況を判断し、最もふさわしい行動を取る。高棟もそういうことをしているのだろうか？

彼はお茶を一口だけ飲んだ。頭の中では警報が鳴っており、茶器を置いた際に高棟が自分を見ていないことに気付くと、胸を撫で下ろした。「別に大したことないさ。お前、公務員やりすぎて日常生活に根ざした経験に乏しいんじゃないか？」

「え？　どういうことだよ」

「自分で車を運転することなんかないだろ？」

「そうだな。いつも運転手がいる」

「お前がもし普通の警官で、自分で車を運転していたのなら、お前の分析能力をもってすればとっくに、車がビール瓶地帯に遭遇したときスピードを落としたことに気付いただろうし、ビール瓶の役割を必死に考えることもなかっただろう。日常生活から離れて推理するのは、机上の空論みたいなもんさ」

「そうだな。言われてみればその通りだってことは認めるよ。俺が何日かかってもこの壁を突破できなかったわけさ」

徐策は笑って茶器を持った。今度は自然にお茶を飲めた。

「だいたい分かったな。ただ一つ、李愛国と張相平の事件で、犯人はおそらく道路を通って来ているはずで、防犯カメラに絶対映っているはずなのに、通行人や車両を全て調べても、鳳栖路で待ち伏せしていた人物が見つからないことだ」

徐策はちょっと考えた。「それは俺も答えが出せそうにない。引き続き調査するしかなさそうだな」

高棟は悔しそうに唇をすぼめた。心の中では相変わらず、犯人がどのような方法で鳳栖路にいたのかを調べることが肝心だと考えていた。

そして徐策は直ちに決心した。一刻も早く実行に移さなければ、遅かれ早かれ高棟に疑われてしまう。都市建設局の胡生楚《フー・シォンチュー》と都市管理局の邵剛《シャオ・ガン》を殺すこと自体は難しくない。王修邦《ワン・シィウバン》という大物だけは、すぐに騒ぎを起こさなければ網に入ってくれなさそうだ。

6

事務室のドアが開き、張一昂《ジャン・イーアン》が入ってきた。

高棟《ガオ・ドン》は彼にタバコをあげた。「王孝永《ワン・シアオヨン》は最近どうだ？」

「林嘯《リン・シアオ》の失踪事件を調べているらしいです」

「なに？　あいつらがなんであの事件に注目するんだ？」

「王孝永の隊員と話し合ったんですが、李愛国《リー・アイグオ》と張相平《ジャン・シアンピン》はどちらも公安関係の人間で、殺害時の状況も似ていますが、唯一林嘯だけが行方不明となり、今に至るまで県内や周辺の県市で身元不明の死体も発見されておらず、どこに行ったか皆目見当がつきません。林嘯事件は三つの事件の中でも特殊なので、彼らはここを突破口にしようと考えているようです。もちろん、林嘯が犯人だと疑う者もいます」

「何か手掛かりは見つかったのか？」

「今のところないそうですが、また聞きに行きます」

「王孝永はこの事件に対してどう考えているんだ？」

「どうもこの一週間で、何度も癇癪を起こしたようです」

高棟は冷ややかに笑った。「進展がなくて居ても立ってもいられなくなったか？」

「はい。聞いたところにこの一週間、有力な手掛かりが何も見つからないので、引き受けたことをもう後悔し始めているらしいですよ」

「遅かれ早かれそうなったさ。事務室に座ってばかりのインテリが、何の事件を捜査できるって言うんだ」高棟は突き放して言った。

「ボス。我々も有力な物証を何も見つけられていませんが、どうしましょう？」張一昂が小声で伺う。

「自動車修理店でのタイヤの捜査はどうなった？」

「県城《シエンチヨン》周辺のあらゆる修理店に聞き込みを行いましたが、そんなタイヤを修理した人間は誰もいませんでした」

高棟は口を結び、深くため息を吐いた。「付近の住民に対する聞き込みも進展なしか？」

「はい」

高棟はうなった。「手掛かりがまたなくなったな」

「ボス。次はどこを重点的に調べましょう？」

「李愛国と張相平の知り合いを探りながら、犯人が次に誰か殺すのを待つしかないだろ」

「まだ続くとお考えですか？」張一昂が驚きの声を上げた。

「もちろんだ」高棟は、なにを言っているんだという顔をした。「奪った銃がまだ使われていないだろ」

「また新たに事件が起きたら、事態はもっと大事になるんじゃないですか？」

高棟が鼻で笑った。「今の担当者は王孝永だ。事件が起きても最初に責任を取るのはあいつだ。郭鴻恩《グオ・ホンエン》の肩身もさらに狭くなると思うが、俺は何割引きかの処分を受けるだけだから関係ないな」

張一昂の携帯電話が鳴った。彼は少しだけ相手と話してから切ると、高棟を向いて言った。

「ボス。タイヤ捜査に新発見がありました。とある修理店が最近回収した六つのタイヤのいずれにも、釘でできた大量の穴が空いていたそうです」

高棟は身震いした。「その修理店の人間を局に連れて来い」と言ってから、こう尋ねた。「王孝永はこのことを知っているのか？」

「知りません。我々市局の人間が先程手に入れた情報です」

高棟は一瞬考えた。「じゃあ今すぐ連れて来る必要はないな。お前は俺と一緒に来い」

高棟と張一昂、他二名の警官はその修理店に向かった。

県郊外にあるその店は、面積が非常に小さかった。車から降りた高棟は、警官に責任者を呼びに行かせ、古タイヤを持ってくるように言った。

責任者は三十歳ぐらいの男で、青い作業服を着て、手はエンジンオイルで真っ黒に汚れていた。彼は四人の警官の中で高棟が一番の上役だと理解し、緊張した声色で尋ねてきた。「な、何かご用でしょうか？」

高棟は彼にタバコを差し出し、そばにある運ばれてきたばかりのタイヤを指さして言った。

「タイヤのチューブを見たいから、出してくれませんか？」

店長の男は言われた通り、すぐさまチューブを引っ張り出した。

高棟がしゃがんでチューブをじっくり観察すると、確かに無数の穴が空いていた。釘の板を取り出して試しに比べてみると、チューブに空いた穴の間隔と板に刺さった釘の間隔は一致した。穴の数が合っていないのは、犯人がまだ実験段階だったことを意味している。

立ち上がった高棟は、張一昂に言った。「一緒だ」そして店長の方を振り向いた。「このタイヤはどこから来たんですか？」

店長は質問の意味が分からず、怯えていた。「そ、そのタイヤが何か問題でも……？」

「タイヤ自体には問題ありません。重大な交通事故を起こして逃走した車両と、このタイヤが関係しているので、調査する必要があるんです」

　彼は安心した様子で口を開いた。「それは中年の男から買ったものです。私は古タイヤを回収して、ゴム回収工場に売ってますので」

「中年の男？」高棟の目が光った。「それはいつ頃です？」

「三、四週間ぐらい前です」

「タイヤは全部でいくつ？」

「五、六個でした」

「その男は一回しか来なかったんですか？」

「いいえ。最初に二つ持ってきて、数日後また二つ、そのまた数日後にさらに二つ持ってきました」

「その男の連絡先は？」

　店長は首を振る。「ありません。タイヤを売ったら去っていきました」

「ここに防犯カメラは？」

　店長はまた首を振る。「ありません」

　高棟は口を結んだ。「年齢、外見、特徴などは覚えていますか？」

「四十歳ぐらいで、外見も普通で特徴と言えるものは何も……車で来ていましたが、車種は忘れました。その一、二週間後にうちに洗車しに来たので、この付近に住んでいるのだと思います」

「ナンバープレートの記録は？」

「ありません。うちは小さな店で、そんなにきっちりやっていないんです」

高棟はいささか気を落とし、警官一名に指示を出す。「じゃあ劉《リィウ》、店長と確認して状況を記録してくれ。特にその男の顔の特徴、髪が長かったか短かったか、太っていたか痩せていたかを詳細にな。店長さん、その人物の顔についてもうちょっと細かく思い出してもらいます。あと、もしまたその人物が洗車に来たら、まずこの電話番号に電話をかけてください。二十四時間いつでも大丈夫です」と、高棟は張一昂の携帯電話の番号を書いたメモを店長に渡した。

そして現場から離れるとき、劉が高棟を呼び止めた。「ボス。このタイヤは局に持ち帰りますか？」

「当たり前だ。物証なんだから、聞く必要あるか？」

劉はすぐに店長に言った。「店長、このタイヤは我々がまず差し押さえ……」

劉の言葉が終わらないうちに、高棟はきっぱり言い放った。「差し押さえじゃない、買い取りだ。店長さん、このタイヤは工場にどのくらいの値段で売るんですか？　領収書を切って彼に渡してください。劉、お前が払っておけ。戻ったら立て替える」

高棟は苛立たしげに身を翻し、車に戻った。内心では、劉のやつはブタと一緒だと罵った。今は店長に、その人物が次に洗車に来たら通報してもらおうというときなのだ。財産を差し押さえられてもまだ警察に協力しようと思う人間がいるか？　きっと外で日常的に警察の帽子をかぶって威張っているから、他人の財産を持って行こうとするんだ。こういう部下はさっさと他の部署に行かせないと、いつか面倒を起こし、尻拭いをする羽目になる。

　高棟の下に長い間ついている部下はみな慎重で、権威を借りて威張ることはせず、局の同僚の間でも評価が高い。もちろん、高棟は部下でも雑に扱わない。彼らが受け取る正規の給料以外の副収入は、他の課と比べても少なくない。これが高棟の賢いところである。

# 第五章

# 1

国土局副局長の王修邦《ワン・シィウバン》は心穏やかではなかった。

張相平《ジャン・シアンピン》が殺された事実はすでに白象《バイシャン》県にも広まっている。これほどの大事が発生したのだから、いくら警察が情報統制をしても噂の広まりを防ぐことができない。

最初に李愛国《リー・アイグオ》、続いて張相平ときて、県にいる体制内部の人間はみな戦々恐々としていた。特にあの「十五人の局長を殺し、局長が足りなければ課長も殺す」の文字だ。上役の立場にあって適当な仕事をしている者は少なくなく、彼らはいつもなら出退勤時に自分で車を運転していたのに、今では面倒だと知りつつ、運転手を呼んで送り迎えをさせていた。アルバイトの運転手を雇う機関も多く、運転手を手配するには不釣り合いな、階級の低い上役にもきちんとした運転手が付いた。

王修邦は、張相平がまだ生きていたころに、彼から林嘯《リン・シアオ》の失踪を含む事件の内容を教えてもらっていたので、内情を一部知っている。

林嘯は王修邦の右腕と言ってもいいほど頼りになる助手で、彼がいなくなってから業務で面倒が増えた。張相平によると、林嘯の失踪については警察内部でも意見が分かれていて、林嘯が犯人に連れ去られたという意見と、林嘯が犯人であり、罪を恐れて潜伏し、失踪に見せかけているという意見がある。だが後者も推測に過ぎず、まだ昇進を控えている課長級幹部の林嘯が、なぜ異なる部門の実権を握る二人のトップを殺したのか誰も分からなかった。

何度も機関にやってくる林嘯の両親の対応にも、王修邦は疲れを覚えていた。

日曜日の今日、王修邦は朝早く起きて、住宅地から近いスーパーで食材やおかずを購入し、敷地内にある別宅に行き、ランニングマシーンで体を鍛えてから食事を摂り、それから引き出しの鍵を開けて、中から四、五本の薬瓶を取り出してそれぞれ飲んだ。その中の一つは「六味地黄丸《ろくみじおうがん》（強壮剤）」だ。

それらを終えて書斎に行くと、小学生の息子が熱心に絵の練習をしていた。

王修邦は息子が学校の美術の授業で特賞や一等賞を取っているのもあって、なかなか良い絵を描くと思っている。もちろん、必ずしも息子の絵が上手いからではなく、親が副局長だと教師も知っているからであろうことは、王修邦も分かっている。だが焦る必要はない。絵の上手い下手はともかく、絵を描くことを愛しているのであればのびのびと育てばいい。

王修邦は自分の生活がいささか単純であると思っていた。四十歳を過ぎ、妻と離婚し、普段は酒もギャンブルもやらず、行かなければならないときだけ接待に参加する彼は、毎日飲む打つ買うをする他の官僚と比べると、だいぶ地味だった。だが、これは彼が潔癖だからではない。彼は勃起不全（ＥＤ）を患っており、女性に対して興味が起きず、自然に他人と酒を飲んだりギャンブルをしたりしなくなったのだ。

ＥＤは彼の心の病でもある。妻と数年前に別れたのもほとんどそれが原因だった。美しい妻はちょうど盛りの時期にあり、口では王修邦を責めなかったが、王修邦も卑屈になるばかりで最終的に喧嘩が絶えなくなり、離婚してしまった。

王修邦も治療しようと密かに何度も上海へ行ったが、何も効果は得られなかった。医者の話では、若い頃、兵役時の訓練中に受けた治療不可能の傷が、年齢を重ねるうちにますます酷くなっていったとのことだ。彼が現在唯一できることは、体を鍛え、薬物によって自身の状況を改善することだったが、理想とはまだほど遠かった。

「秘蔵っ子」をじっくり大切に育てたところで結局「役立たず」のままなので、王修邦の生活の重心は息子の健康的な成長を見守ることに傾いた。彼は息子が良い成績を取ることより、ただ楽しく育ってほしかった。

人として、楽しいことが一番だ。

息子が今後良い大学に入れるかどうかは、四十歳過ぎにして国土局という太い機関の副局長をしている王修邦にとって些細な問題だった。彼は息子のために美しい未来を作る力を備えていた。官二代[1]として生まれた子どもは、すでに将来が約束されているようなものだ。

だが、息子の将来をより輝かしいものにするためには、自分自身がより高い場所へ上らなければならない。そのため、彼は仕事になると陰険で悪辣な性格を発揮した。土地の収用や土地関連

1　役人の子ども。

の法律執行時に、反対する者たちを排除するあくどい指令はみな彼自身が出した。おかげで彼の業務執行率は極めて高く、上役も非常に満足している。

徐《シュー・ツァー》策の母親が瓦礫に当たって死に、いとこが都市建設会社の人間を刺した件で、県の数人の上役は、会社側にけが人が出たとは言え、相手側の家には死者が出たのだから、双方が話し合いで和解すれば丸く収まると考えたが、王修邦の意見は違った。彼が調べたところ、大家族ではない徐家には人手が足りず、徒党を組んで騒ぎを起こすことはないと考えた。

そこで彼は、徐策のいとこを捕まえて必ず重い刑を課すよう指示を出した。そうすれば今後の仕事もはかどる。彼の言葉通り、その後の仕事は非常にスムーズだった。

王修邦が得意気に息子の絵を見ていたとき、携帯電話が鳴った。短信（ショートメール）を受信しており、見てみると「助けてください」という短い言葉が表示されていた。

ショートメールの発信先はずっと行方不明の林嘯だった。

2

林嘯《リン・シアオ》から救いを求めるショートメールを受け取った王修邦《ワン・シィウバン》は驚愕した。電話をかけようかと思ったが、何者かに捕らわれているのだろうと考えて電話はしなかった。でなければ「助けてください」だけのショートメールなど寄越さないだろう。

現在の林嘯はきっと非常に危険な状況にある。電話をかけて、林嘯がショートメールを発信したことが犯人にバレれば殺されてしまうかもしれない。

王修邦は考えた末、県城《シエンチコン》派出所の所長に電話をかけた。所長はそれを聞くと、ためらうことなく急いで県局に報告した。三十分後、王修邦は県局の会議室に座っていた。

ドアが開くと、捜査班リーダーの王孝永《ワン・シアオヨン》をはじめ、郭鴻恩《グオ・ホンエン》、高棟《ガオ・ドン》及び幹部捜査員がぞろぞろ入って来た。

王修邦の前に王孝永がやって来て尋ねた。「国土局の王修邦副局長ですね。ショートメールを拝見させてください」

王修邦が携帯電話を渡すと、王孝永がそれを見て部下に渡した。高棟は一瞥しただけで特に意見を言わなかった。

王孝永が少し考えてから口を開いた。「これは……林嘯がまだ生きているということだな」

彼が連れて来たベテラン捜査員が答える。「一か月も行方不明で音沙汰がなかった林嘯が、いきなり助けを求めるショートメールを出すでしょうか。犯人が混乱させようとしているのでは？」

「それをすることで犯人にどんなメリットが？」別の捜査員が言う。

「捜査を間違った方向に誘導したいんだろう。林嘯が行方不明になって以来、携帯電話の電波も検出できなかったんだから、林嘯のケータイは犯人が持っていると考えるのが妥当だろう。今さら林嘯の手に携帯電話が戻ったなんてこと自体、怪しくないか？」

「しかし犯人にとって全く意味がないだろ。警察を馬鹿にして、俺たちをからかっているとでも？」

「俺が見るに、事態はそんな単純なことじゃないと思う。林嘯が一か月間行方不明になってケータイが彼に戻ったのもきっと理由がある」

「こういうことじゃないか？　考えられるのは、林嘯はずっと犯人に捕まっていたが、今日になって脱出方法を思い付き、それを試みたものの、犯人が待ち構えていたか何かで逃げられなかったんだ。林嘯は、拘束を解いていることが犯人に気付かれる前に、そばにあった携帯電話を取って、見つからないように電話じゃなくショートメールを密かに送ったんだ」

「そりゃ何の証拠もない百パーセント憶測だろ。ドラマの台本を読んでいるみたいだったぞ。監督にでもなったつもりか？」誰かがその発言者を嘲笑った。

だが彼は諦めなかった。「お前こそ疑り深すぎる。林嘯がはっきりと助けを求めるショートメールを送ってきたんだから、ここに何の罠があるんだ？　助けられる時機を逃して万一不測の事態が起こったら、お前に責任が取れるのか！」

この二人は違う土地から来たベテラン捜査員で、以前は一緒に仕事していたが衝突が多く、今回王孝永に引っ張られて再びともに事件を捜査することになったが、やはりいつも対立して火花が散り、困った王孝永が間に入って何度も止めたが、全く効果がなかった。部外者がいるというのにまだ言い争っている二人に、王孝永はついに「止めろ。喧嘩するな！」と言い放った。王孝永は二人の見解を聞いても考えがまとまらず、サブリーダーである高棟に意見を聞くしかなかった。

「高棟さんはどう思いますか？」

高棟は心中、王孝永みたいなインテリが捜査員という強者どもを抑えられるわけがないとほくそ笑んだ。王孝永の後ろ盾がでかくなかったら、誰がお前に付いて手柄を立てようと言うのか。今回も功績を分け与えられなければ、強者たちを失望させて、彼らの顔を潰してしまうかもしれない。

高棟は密かに軽蔑していたが、口では慎み深く真面目に答えた。「はい。私としてはより一層深い調査が必要だと思います」

毒にも薬にもならない意見だったが、誰もそれを指摘できなかった。言っていること自体は間違っていないからだ。林嘯の状況が分からない現在、あらゆる憶測が徒労となる。唯一確実なことは、より一層深い調査をすることだけだ。

別の捜査員が王孝永に意見を出す。「まずは携帯電話の位置を特定し、林嘯の所在地を確認しましょう」

王孝永ははっとして部下に手配する。「すぐに通信会社に行って林嘯のケータイの場所を調べろ」

「通信会社には私の方ですでに人を派遣しています。電源が入ればすぐに調べられるようにしていました」高棟が口を挟んだ。

狐が。王孝永は高棟を暗に罵った。道理でしかつめらしくどっしりと構えていたわけだ。もうとっくに調べていたんじゃないか。王孝永はそう言いたい気持ちをぐっとこらえて聞いた。「いつ頃結果が出そうですか？」

「もうすぐです。先ほど報告を受けて調べさせましたから、間もなく結果が出ます」

十数分後、高棟の部下である鑑識課の人間がタブレットを持って入ってきた。「ボス。結果が出ました、林嘯の携帯電話は現在オフになっています。バッテリーも外されていて電波を受信できない状況と思われます。朝に携帯電話がオンになってからオフになるまで三分間もありませんでした。正確な位置は電波を追跡しないと出ませんが、現在は電波がないので、朝の電波データのみを頼りに移動基地局の電波の強弱を比較すると、携帯電話の所在地は建設路《ジエンシャールー》東側のエリアであると判断できます。エリア全体で直径三千メートルあります。ちょうどこの辺りです」

部下はタブレットに県城の地図を表示し、携帯電話の所在地と思われる場所を灰色にした。

「このエリアの面積は？」

「五平方キロぐらいです」

高棟は口を結んだ。「エリアが広すぎる。もっと絞れないのか？」

「オンの時間が短すぎました。我々も携帯電話がオンになっているとすぐに気付いたわけではありませんので。もし電源が入ったと同時に追跡を始められていれば一平方キロに絞れたと思います。今は電波データに限りがあるので、これからまた整理しますが、それでも四平方キロぐらいにしか絞れないです」

その場にいた誰もが表情を曇らせた。四平方キロとは一辺の長さ二千メートルの正方形で、数万人を収容できる面積だ。林嘯を見つけ出すのは容易ではない。

それ以上に全員を不安にさせたのが、早朝携帯電話の電源がオンになった時間が三分しかなく、その後バッテリーが取り外されたことだ。林嘯自身がそうしたのか、それとも犯人に見つかったのか。もし見つかっていたら、林嘯はきっと無事では済まないだろう。数日後に死体となって出てきた場合、二件の殺人事件がまだ終わっていないのに三件目が出てくるということになり、上役からの問責は避けられない。

王孝永は林嘯事件を知った後も上の省庁に報告することはなかった。現在林嘯の死体は見つかっておらず、防犯カメラに林嘯を尾行している電動バイクがあるという証拠しかないのだから、李愛国《リー・アイグオ》と張 相 平《ジャン・シアンピン》の事件と関係があると判断しただけで、省庁に報告しても厄介事しか増えない。

まさに悲劇だ。高棟がリーダーだったとき、林嘯は失踪していただけなのに。

王孝永は、自分がリーダーとなり、林嘯という死にぞこないがまだ生き延びている今、もし林嘯が死ねば、その責任を背負うのは自分になるのかと焦った。

王孝永は考えが電流のように脳裏を走ってから、心が怒りの極みで燃え上がったが、怒っても意味がなかった。現在しなければいけないことは、林嘯が生きていようが死んでいようが絶対に見つけ出すことだ。たとえ林嘯が死んでいても、犯人さえ捕まえられれば些細なことだ。

「当面の急務は林嘯の場所の特定。そうですね、高棟さん？」

「はい。すぐに大量の人員を導入して、電波カバーエリア内で広範囲かつより詳しい聞き込みをするべきです。もし林嘯が今もそのエリア内にいるとすれば、犯人が移動させたくても難しいということだと思いますので、聞き込みで何か情報が摑めるかもしれません」

そのとき、タブレットを見ていた王修邦が口を開いた。「この地図のエリアだとうちの住宅地も入ってるな。まさかショートメールを出したとき、林嘯は我が家の近くにいたのか？」

「王副局長のご自宅はどちらです？」高棟が聞いた。

「ここだよ」王修邦が指をさす。

「このエリアの他の数箇所も住宅地のようですね」

「ああ、建設路は県城内の比較的新しい大通りでね。住宅が特に多くて、この辺りにある住宅地はどれもここ数年新しくできたものなんだよ。建設路向かい側にある住宅地は九〇年代にできたものさ。あの辺りは電波エリア外で、旧都市エリアや私人の宅地だな。現在建設中の場所も多い」

高棟はうなずき、王孝永に向かって言った。「王さん、事態は急を要します。すぐに人員を派遣してこのエリアの大規模な聞き込み捜査をしましょう」

王孝永が力強くうなずく。「今回は力を入れて捜査網を敷こう。絶対に犯人を見つけ出すぞ！」

3

いとこがついに釈放された今日、徐策《シュー・ツァー》はおじ一家をホテルに招いて食事した。その帰宅途中、心配事がなくなった徐策はさっそく次のターゲットのことを考えた。

住居を通り過ぎ、納屋に入る。この大きな空間にはガラクタの類が置かれていて、倉庫として使っていた。隅にはパンク修理の設備と工具が置かれている。入って右側の重厚な金庫には六四式拳銃が保管されている。

徐策は納屋の西北の場所で床から木の板を持ち上げ、照明が灯る大きな穴の中に入った。

ここは本来裏庭に掘られた地下室だったが、時代の流れとともに使われなくなり、九〇年代にその上に納屋を建てた。地下室の入り口はセメントで塞がれていたが、徐策は数か月前にセメントを撤去させ、中を改修したのである。

地下室の総面積は十数平方メートルで、高さは三メートル余りあり、新しくなった内部にはタイルが敷き詰められ、天井には白色蛍光灯が灯っている。電源が着いたテレビまで置かれており、まるでリビングのようだ。

テレビの向こう側の角には一平方メートルの鉄の檻が置かれ、その中に人が座っている。

その人物は衣服もズボンも身に着けていない完全な裸で、垢だらけの顔にボサボサの髪を生やし、口周りやあごのひげがぼうぼうに伸びている。男のそばには食べかけの食事があり、檻の隅には痰壺が置かれ、糞尿の臭いが放たれている。彼の手にはリモコンが握られ、今もその両目はぼうっとテレビを見つめている。徐策が地下室に来たときも彼はちらりと目を向けるだけで、一切に絶望したようにまたテレビに視線を戻した。

この鉄の檻は本来大型犬用のもので、十数個の鍵が掛かっている。檻にある小さな開口部は食事や痰壺を出し入れするためのものだ。だが檻の半径二メートル以内には何も置かれていない。もちろん彼が何かを使って鍵を壊さないように施した措置だ。

徐策は微笑みながら檻に近寄り、まず全ての鍵がしっかり掛かっていて異常がないことを確認した。それから鉄棒を一本ずつ細かくチェックしたが何も破損はなく、徐策はそれでようやく安心した。

鍵と鉄棒のチェックは徐策の欠かせない日課だ。十数個の鍵が短時間でこじ開けられることはないと分かっているが、根性と智慧と忍耐力がある被監禁者が毎日少しずつ破壊していって、最後に脱出を果たすという可能性を排除しなかった。『ショーシャンクの空に』や『モンテ・クリスト伯』の主人公のように、十数年の時間をかけて穴を掘って逃げた者もいる。そのような事態は起きてほしくなかった。

徐策は檻の前の椅子に座り、打ち解けた笑みを浮かべた。「どうだい、林嘯《リン・シアオ》。ここでの暮らしはもう慣れたかい？」

林嘯は口を開かず、表情も変えずにじっとテレビを見つめている。

徐策は構わず続ける。「確かに君を閉じ込めたのは私だが、普通の誘拐犯より優しいと思わないか？　暗闇が怖くないように部屋の電気を点けてるし、明るすぎて眠れないんじゃないかと心配だから、寝る前に暖色の白熱灯に換えているじゃないか。昼間は私がいなくて寂しい思いをしないようにテレビを点けっぱなしにしてるし、リモコンも君に預けているから見たい番組が見られるんだ。もしパソコンのゲームがしたいのなら、ネットワークカードのない機種を持ってくるよ。ネットワークカードがあったら心配だ。周辺の住民が無線ルーターを設置して、君がネットに繋げるようになる日が来ないとも限らないからね。他にも私はできるだけ工夫してるよ。毎日違った料理を買ってきて、一週間かぶらないようにしているんだよ。もし食べたい料理があるのなら言ってくれ。大黄魚《ダーホアンユー》[1]でもフカヒレでも必ず買ってくるよ。それに、毎日痰壺を換えているけど、こんなこと今までやったことないんだよ。今の君の生活は素晴らしいじゃないか。働かなくても食事ができて、世話をしてくれる人がいて、テレビまで見られるし、パソコンだって使用

1　フウセイという高級海水魚。

可能だ。まあ君のような若者には女性が必要かもしれないが、それは私にはどうにもならない。でも、もしどうしてもっていうのであれば、以前言ったようにダッチワイフを買ってあげてもいいよ。しかし君は毎日苦しそうな顔をするだけで、顔も髪も洗ってなくてとってても不潔だ。まるで私が虐待しているみたいじゃないか」

林嘯は鼻で返事をするだけで何も言わなかった。

徐策は気にせず笑う。「まぁいい。私が用意した生活に不満を抱いているようだけど、何か意見があったらなんでも言ってくれ。さて、数日前にした話をもう一度しようか。王修邦《ワン・シィウバン》が女遊びをしているところをまだ一度も見ていないが、それはなぜだ？　私が尾行している時間が間違っているのか？　それとも愛人を隠すのが上手いだけか？」

林嘯はやはり反応しない。

徐策は彼の目をしばらく見つめると深呼吸した。「私たちはこんなに長い間一緒なんだから、君も私のことを少しは理解してくれているはずだ。私は残忍な人間でも人を痛めつけることに喜びを見出す人間でもないよ。君がここに来てから肌に一つでも傷を負ったかい？　最初の時以外、君に暴力を振るったことはないだろう？　しかし、君がこんなに非協力的な態度を取り続けるのであれば、私の忍耐もそろそろ限界だよ。でも人を痛めつけると吐きそうになるんだ。分かるかな？」

林嘯はまだ口を開かない。

徐策は唇を歪め、テレビのコンセントを引っこ抜いた。しかし林嘯の視線は動かず、真っ黒の画面を見つめたままだ。

「知ってるよ。人間は長時間密室に閉じ込められると、ストレスがますます大きくなるんだ。君は閉じ込められた当初、大声で叫んで許しを請い、非常に焦った様子で、一刻も早く警察に自分の状況を知らせ、助け出して欲しいとしか考えていなかったね。私がここにいないときもきっと大声で助けを求めて、その叫びを聞いた誰かが警察に通報してくれやしないかと試したことだろう。しかしここは地下室で、四方の壁は天井に至るまで発泡ウレタンでできているから防音効果は抜群だ。真上に立っても人の叫び声なんかほとんど聞こえないから、そのやり方は諦めた方が良い。檻を破壊したところで無駄ということに気付くだろう。君が閉じ込められてから一週間が経つが、最初に見せた焦燥感はなくなり、時間の経過とともに警察が自分を助け出してくれるという期待もなくなって、この状況を仕方なく受け入れつつあるね。君の精神も諦めの境地に達したようで、感情表現も乏しくなり、絶望に支配されつつある」

徐策は続ける。「もし人間を数年間密室に監禁したら、おそらく精神は崩壊し、重度の精神障害を患うだろう。だから私は人道主義に則って、君に極度のストレスがかからないように、多少の娯楽があるこの生活で気持ちを改善させて、ここを開放的な空間と思わせるようにしてるんだ。監獄で看守が犯罪者たちを痛めつける上で、最も恐ろしくて、一切血が出ないやり方が何か分かるかい？　監禁だよ。人間を三十センチ四方の部屋に何日も閉じ込めるんだ。その数日間、暗闇に置かれ、ずっと立ちっぱなしでしゃがむスペースすらなく、横になることもできないんだ。そうすれば君も、死んだ方がマシだと思うだろうけど、味わってみるかい？」

林嘯はまだ非協力的で喋らない。

「もういい。これ以上嘘をつかないでくれ。私は心理学を研究していたから、君がまだ絶望の極地にも、精神障害の段階にも至ってないことは分かってるんだ」

林嘯の目に突然光が戻った。まるで心の中を言い当てられたように。

「何で気付いたと思う？　君がチャンネルを換えていたからだよ」徐策は腕時計に目を落とし、うんとつぶやいた。「この時間、テレビ番組はろくなのやっていないだろ。見られるのは生活系のニュース番組ぐらいさ。君がさっきまで見ていたのはニュース番組だったが、私が朝ここに来たとき、君は映画のチャンネルにしていたはずだ。心の底から絶望している人間がチャンネルを換えるかい？　もう止めてくれ。君の演技は見ていられない」

「どうすれば解放してくれるんだ？」林嘯がついに口を開いた。

「ほら、また本心を喋ったぞ。もし絶望していたら、さっさと殺せとか言うはずだ。君の心にまだ逃げられるという希望があるから、どうすれば解放してくれると質問するんだ」

徐策は鼻で笑った。

「私が知りたいことを教えてくれれば解放するさ」

「そんなわけあるか！」林嘯が首を振る。

徐策は少し驚いた。「私の嘘を見破るとは賢いな。実を言うと、君を生かして解放することはこれっぽっちも考えてないよ。君を解放すれば、私は死刑になるからね。知っていることを全部話さないうちは、利用価値があるから、まだ殺されないと考えているのだろう。時間が経てば経つほど警察に見つけてもらえる可能性も高まるから、君は全く私に協力しないいんだ。しかし、それは全部間違いさ。君が今日全てを喋ったとしても、しばらくは生かしておくよ。君を殺すのは王修邦を殺した後だ。君を生かしておいて万一今後の行動が失敗しても、私にはまだカードはあるんだよ」

林嘯は一言も発さずうなだれた。

「今日は無駄話が過ぎたな。そろそろ本題に入っていいかな？　はっきりと現在の状況を理解してほしいものだよ。もしまだ非協力的な態度をとるなら、多少荒っぽい手段を取って君の目を覚まさなきゃいけない。さて質問だ。王修邦に愛人は？」

「し……知らない」沈黙の後、林嘯が口を開いた。

徐策は彼の目を見つめながらはっきり首を振る。「嘘だね。君は知っているはずだ。本当のことを話すときにそんな表情はしない」

徐策は遠くのテーブルに置いてある小型のスタンガンを取り、手の中で弄んだ。「電気ショックの味は堪えられないだろう。電圧を下げれば触れても失神しないから、味はより強烈だぞ。やったことはないが、試してみるかい？」

林嘯は一歩ずつ近付いてくる徐策を恐れ、精神の防壁ラインが完全に崩れたようだった。「いないんだ。王修邦に愛人はいない！」

徐策はまだ半信半疑だ。「なぜ断定できる？」

林嘯がためらう。「それは……彼がインポだからだ」

「そんなプライベートなことを何で知っている？」徐策が林嘯の目を見て問う。

「それは……」

「早く言え！」林嘯が嘘をついたとしても、回答が早ければ矛盾も多くなることを徐策は知っていたので、林嘯に考える時間を与えなかった。

「薬を置き忘れているのを偶然見つけたんだ」

「どんな薬だ？」

「シルデナフィル、補腎剤、六味地黄丸《ろくみじおうがん》、あと数本英語の瓶があったが覚えていない」

「君は復旦大学の修士だったのに英語が読めないのか？」

「ああ……名前なんか一瞬で覚えられるわけないだろ。アメリカ製で、英語の薬で、瓶にインポテンツって単語が書いてあったんだ」

徐策は目を動かし、スタンガンを振り回しながら冷静に言う。「嘘は吐いてないね？」

「なんで俺が嘘を吐くんだよ？　局には他にも知ってるやつがいる。傅万強《フー・ワンチアン》だ。あいつならきっと知ってる」

「傳万強って？」

「王修邦の秘書さ」

徐策はしばし考えた。林嘯が言った話は本当だと思われる。ここで嘘を吐いても良いことなどないからだ。

もし王修邦の汚職の話を質問していれば、林嘯はきっと答えを避けて真実を喋らないだろう。生きたままここを出ることを望んでいる林嘯は、同時に王修邦の部下であり続けたがっているので、上司の汚職をバラすことは自らの将来を潰すことに他ならない。だが、林嘯は王修邦がインポテンツだと言った。それは決して話していいことではない。林嘯が生きて帰った場合、自分のインポテンツをバラされたと王修邦が知ったら、彼に冷や飯を食わせるに違いない。だから林嘯には嘘をつく理由がないと言える。

インポテンツとは大きな問題だ。

女性と付き合えない王修邦はきっと卑屈になっている。だから彼は接待に参加する回数が少なく、参加したとしてもすぐに家に帰り、他の人間のように外で酒を飲み、ギャンブルをして、女を買って夜遅く帰るようなことをしなかったのか。手出しする機会が見つからないわけだ。

徐策はようやく疑問を解決できた。以前、王修邦の生活態度が他の同僚と大きく違うのは、彼の心理状態と生活習慣だけが原因ではないと推測したが、そういう答えだったとは。

「王修邦は女に興味がないようだが、じゃあ男には？」

「ないに決まってるだろ」

徐策は乾いた笑いを上げた。「彼がどう思っているか分からないだろ。君と彼の間には社会的にあまり容認されない感情があるんじゃないのか？　インポテンツの彼は女性に対して卑屈になっていて、多くの場面で視線を男に向けているんだろう。君は機関に入って数年の若造だが、彼の信頼が厚く何度も抜擢されて法律執行隊長になっている。彼にそういう気があったから、君は順調に出世したんじゃないか？」

林嘯は吐き気を覚えた。自分の眼の前にいる人間は頭がおかしい人間だ。彼はできる限り反論した。「そんなわけあるか！　俺は普通だ！」

徐策は苛立たしげに唇を噛んだ。「分かった。嘘は吐いていないようだな。じゃあ王修邦の息子はどうだ？」

「どうって何がだ？」

「そうだな、例えば成績とかだ」

「成績は図抜けて良いわけじゃないらしいが、王修邦は気にしていないようだ。あの年頃の子どもは楽しく遊んでいれば良いって考えなんだ。彼の息子は絵を描くのが好きで、なかなかの腕らしい」

「うん。じゃあ彼の息子は学校ではどういう生徒なんだ？　威張ってるとか？」

「それは……なんと言うか……」

「君の知っていることを話してくれ」

「確かにちょっと威張っているらしい。時々父親の威を借りて他の生徒をいじめているとか」

「息子はまだ小学生だろ。小学生なら家庭環境じゃなく、誰の力が一番強いかで競うものじゃないか？」

「人から聞いた話だが、彼の息子は学校で徒党を組んで、高学年の生徒を集めて人に暴力を振るうそうだ。一度相手に怪我を負わせてしまったことがあったようで、そのときは王修邦が出ていって処理したらしい」

「その父にしてその息子ありだな！　そういう犬畜生が外で一般庶民をいじめるんだ。官二代で小さいときからもう学校で徒党を組むなんて！」

徐策はそう吐き捨ててから、何か思い付いたように身を翻した。すると林嘯が突然地面に突っ伏して泣き叫んだ。「頼む！　どうか助けてくれ！　もうたくさんだ！」

徐策は振り返り、林嘯を興味深く見た。「君らは他人を害するときに助けようと思ったことがあるか？　家が潰れ、父母が隅っこで縮こまって泣くしかない状況を見て、子どもたちがどう思ったか考えたことは？　君らクソガキは、小さいときから学校で親の権力に頼って徒党を組み、喧嘩をし、他人を傷つけ、父親に助けてもらっているんだ。全く救いがたいな！」

「俺が間違っていた。本当だ。これからは心を入れ替える！　あんたの母親が死んだときは王修邦が指示を出したんだ。俺はあのとき、家の前にいる人間が逃げていない状況でショベルカーを動かしたら大事故になるって言ったんだ。でも王修邦はこう言ったんだ。絶対に逃げるからやれ。逃げなくて大事故が起きたとしても、公安も検察も裁判所も全員俺たち側の人間だから怖いものなんかない。徹底的に怖がらせないと、あとあと面倒なことになるって。し、仕方なかったんだ。あんたも俺と同じ仕事をしてたら、きっと選択の余地なんかなく、指示を聞くしかなかったさ。だから助けてくれ……」

「もし私が君と同じ仕事をしていたら、辞職してそんな胸糞悪いことはしないさ。全部自分が最大限に得したいだけの言い訳じゃないか」

言い終えると徐策はその場を去った。

今日の話で、徐策は欲しかっただいたいの情報を入手し、頭にある今後の計画がますますはっきりした。だが、先ほど自身が林嘯に対して取った「異常者」的言動に気分が悪くなった。

徐策の心理状態は極めて正常であり、「異常者」っぽく振る舞っているのはこの状況に必要だからだ。監督であり役者でもある徐策が、ときには演出過剰になるのは仕方のないことだった。

林嘯の話に出た王修邦の息子のことを思い出すと、彼の目の奥に冷たい光が宿った。他の子どもたちが王修邦の息子のような人間にやりたい放題されたせいで不幸に遭い、家族ごと声を押し殺して泣いているのを見たことがある。

彼らの子どもたちはどうするんだ？　子どもは楽しそうに生きていればいいいだと？　ふん。王修邦の息子め。笑って暮らせる日々ももう終わりだ。

4

この日、高棟《ガオ・ドン》が県局に来て一時間もすると、張一昂《ジャン・イーアン》が慌てて現れた。「ボス。王修邦《ワン・シィウバン》がまた来ました。林嘯《リン・シアオ》から電話があったと」

「何だと！」高棟は飛び上がり、慌てて張一昂の後を追った。

事務室に入ると、すでに王孝永《ワン・シアオヨン》の姿があり、その周囲にベテラン捜査員が数人いて、椅子に座る王修邦が携帯電話を見せて状況を説明していた。

王孝永が口を開いた。「高さんが来ましたので、王副局長にもう一度状況を説明していただきたいのですが」

「九時半頃に知らない番号から電話があり、出たら林嘯の声が聞こえたんだ。『王さん……私です。ここは……』と言いかけたかと思うと、突然切れてしまったんだ」王修邦の声は若干緊張していた。

「そんなことが？　知らない番号というのは？」高棟が驚きの声を上げた。

王修邦が携帯電話を高棟に見せると、高棟は技術者を呼んで直ちに調べさせた。「林嘯の声だと断言できますか？」

「ああ。絶対に林嘯だった」

その場にいる誰もが不可解な表情を浮かべた。全くもって奇妙だ。

まず、林嘯は現在、おそらく身動きが取れない状況にあるはずなのに、昨日は自分の携帯電話からショートメールを送ってきている。そして今日は別の携帯電話から助けを求める電話があった。

「ここは……」という言葉に続くのは、きっと林嘯が今いる場所だったはずだが、電話が突然切れたため、その重要な手掛かりは分からずじまいだ。犯人に見つかったのだろう。

林嘯は昨日どうやって自分の携帯電話を取り戻したんだ？　それに、なぜ「助けてください」という一文しか送らず、状況を説明しなかったんだ？　たとえ一瞬の隙を縫うぐらい時間が切迫していたとしても、何らかのメッセージを送って手掛かりを伝えようとするだろう。そして今日、林嘯は別の携帯電話から電話をかけてきて、最も肝心な情報を喋る前に突然切った。

林嘯はそのとき殺されたのでは？

生きている望みはおそらく薄い。

全員が心に不安を抱えながら、技術者の仕事が終わるのを今か今かと待っていた。

三十分も経過した後、昨日の鑑識課の捜査員がやって来て、全員に報告した。「大体調査が終わりました。この携帯電話の番号は実名登録がされておらず、詐欺電話に使われている番号です。現在、通信会社にこのＳＩＭカードがいつ作られ、いつ使われたのか、そして、金額をチャージした記録が分かるかどうかといったデータを確認させております。今朝の電話に関しては、このカードの信号発信時間は一分足らずで、電話の後、つまりこのカードの携帯電話に電源が入って使用された後、すぐに電源を切られています。信号データは昨日より少なかったですが、発信源を追跡した結果、おおよその場所を特定できました。この携帯電話は太平洋広場一帯を中心とする、総面積五平方キロのエリア内にありました」

「太平洋広場？」陳《チェン》隊長が驚いた。「ここ数年にできた最新の開発エリアだ。県政府を含む多くの政府機関がある。王副局長、国土局もその辺りじゃありませんか？」

全員が驚愕する中、王修邦の顔色がさっと変わった。昨日の助けを求めるショートメールも、自分の家の近くから発されていたのだろうか。月曜日の今日、なぜ出勤している自分に近くからそんな電話がかかってきたのか。まさか犯人による威嚇行為か。犯人は次のターゲットに自分をマークしているのか？

王修邦は心中に湧き起こる不安に、居ても立ってもいられなくなった。

王孝永が高棟の方を向いて聞く。「高さん、おかしいと思いませんか?」

高棟はうなずき、報告に来た人間に尋ねる。「昨日と今日の信号カバーエリアは重複しているのか？」

「はい。しかし重複エリアは主に県郊外の農地エリアです。それに、重複しているのは二回とも信号カバーエリアの端っこですので、もし二回の信号がどちらも重複エリアから発信されていた場合、分析結果でこんなに距離は出ないはずです」

「つまり、昨日と今日の信号発信地点は違うと？」

「はい。違う地点だと思われます」

高棟はわざと王孝永に意見を求めた。「王さん、どう捜査しましょう？」

王孝永はじっくり考えて左右の捜査員に聞いた。「昨日の信号エリアの捜査はどうなってる？」

「一般人から、最近部屋の上や隣から奇妙な物音が聞こえるという通報が数件ありましたが、どれも単なるケンカや気のせいでした。今のところ、有力な手掛かりはありません」

王孝永は眉間にシワを寄せ、考えた。「では引き続き捜査員を派遣して、今日の信号エリアを捜査しよう。どうだ？」

数人がそうですねと答えたが、もし林嘯が誘拐されているとすればどこかに閉じ込められているはずであり、犯人が白昼堂々林嘯を移動させることはなく、昨日と今日で信号の発信地が異なるのもきっと犯人が警察の注意をそらせるためだと主張する者もいた。

王孝永は決めかねて高棟に視線を向ける。「高さんはどう思います？」

高棟は目を細めて王修邦に尋ねる。「朝の電話では、林嘯が発言しただけで王副局長からは何も言わなかったのですか？」

「聞こうとしたら切れてしまったんだ」

「電話を取ったとき、相手がどこにいると思いましたか？　路上ですか？　それとも静かな場所でしたか？」

「記憶違いじゃなければ、クラクションの音が聞こえた気がする。ということは、路上か？」

「では当時、林嘯が車内にいたか、道路に近い場所にいたということですね」捜査員が答える。

「車内か道路近くの場所なら犯人もその場にいたんじゃないのか？　犯人が近くにいてどうして電話ができる？　犯人が近くにいなかったから林嘯は電話をできたと考えるべきで、車から逃げたり窓を開けて助けを求めたりすることができたはずだ」別の捜査員が首を振る。

高棟が王孝永に告げる。「王さん。本件はかなり疑わしいですが、捜査するべきところは捜査するべきです。有力な手掛かりが見つからなくとも、手抜かりがあってはいけません」

王孝永はうなずき、今日の信号エリアを捜査し、また聞き込みもするよう手配した。それから王修邦に言った。「昨日と今日のどちらとも王副局長に連絡が来ましたが、どうも不審な点があります。捜査員を張り付ける必要がありますか？」

「私はいつも機関か家にいて、道中も市街地で人けのない場所は通らないから大丈夫だ。ただ、小学生の息子が心配だ」

「分かりました。人員を手配しますので安心してください」

王修邦を見送ってから各自仕事に取り掛かった。会議室を出た高棟は、口の端にあからさまな軽蔑の笑みを浮かべた。

5

高《ガオ》棟《ドン》が事務室に戻ると、張《ジャン》一《イー》昂《アン》が続けて入ってきた。「ボス。王《ワン》孝《シアオ》永《ヨン》が大量の人員を使って昨日と今日の信号エリアを調査していますが、我々はやらなくて良いんですか？」

高棟が首を振って平然と言う。「関係ない」

「もし向こうに先手を取られたら、我々の立つ瀬がないのでは？」

高棟は笑った。「何を怖がる必要がある？　やつらは絶対徒労に終わる。断言してもいいが、最後まで何の手掛かりも見つけられないはずだ。こんなに労力を割いたんだから、白象《バイシャン》県の人間のみならず、王孝永の部下もきっとやつに不満を持つだろう。一体これからどの面下げて生きていくんだろうな」

「ボス。どうして向こうが何の手掛かりも見つけられないと断言できるんですか？」

「まだ分からないか？　犯人は俺たちをからかってるんだよ」

「からかうって？」

「考えても見ろ。どこの誘拐犯が、誘拐した人間にショートメールを送らせたり、電話をかけさせたりするんだ？　犯人は馬鹿か？」

「まぁ……それは変ですよね」

「犯人は李愛国《リー・アイグオ》と張相平《ジャン・シアンピン》を現場で直接殺しているのに、林嘯《リン・シアオ》は連れ去っている。今日に至るまで、犯人が林嘯側の人間と連絡を取った形跡はないし、犯人側から何の要求もない。苦労して人間一人を誘拐した意味が誰も分からない。林嘯が今生きているのかどうかもな」

「しかし、今朝電話があったのでは？」

「電話は数秒で切れた。通話の中で林嘯がちょっと喋っただけで、王修邦《ワン・シィウバン》は一言も彼と会話していないのに、どうやってそれが林嘯本人だと判断できる？　犯人が林嘯の言葉を録音して、それを流した可能性もあるだろ」

「それもそうですね」

「しかも昨日の今日で信号の発信場所が移動している。林嘯が電話の向こうにいたんだとしたら、今日の電話が道路のそばでも車内でも通り沿いの建物の中からだったとしても、電話をしているぐらいだから騒いで助けを求めることだってできたはずだろう」

「はい」張一昂は少し考えた。「犯人の狙いは、我々に捜査力を浪費させて、最終的に何の手掛かりも見つけさせないってことですか」

「それは違う。そういう意図もあるかもしれないが、それが本当の目的ではない。俺たちの捜査は今まで犯人に対して何ら脅威にもなっていない。なぜ犯人は危険を冒して、ショートメールを送って電話をかけて、俺たちの注意を引いたんだ？　今までの完璧かつ慎重な犯行を見ると、犯人はできるだけ手掛かりを少なくしようとしていた。もし犯人が警察の捜査力を消耗させたいのなら、李愛国事件のときに、車のダッシュボードから銃だけじゃなく数万元の現金を奪っていただろう。そうすれば俺たちは強盗殺人だと判断したはずだ。だがそうせず、金を残し、金目的ではないことを俺たちに伝えた。この意味は、警察に捕まることはないという自信の表れか、あまり騒動を起こしたくなくてただ殺人だけが目的だったかのどちらかだ。今のところ警察の捜査が犯人の脅威になっていないのに、昨日はショートメールを送り、今日は電話をかけてきた。だから、こういう蛇足のようなことにもきっと意味があるはずだ。ただその動機が何かってことが今のところ分からないが」

「犯人は心理的に病気であると同時に、ＩＱがとても高い人間で、一向に事件を解決できない警察の様子を見兼ねてわざと手掛かりを提供したとか？」

「警察に捕まりたがっているＩＱが高い犯人を見たことがあるのか？」

「いえ……ありません」

「そういう頭のおかしい人間がいるのは海外映画の中だけだ。現実の犯人の誰が警察に捕まりたがる？」

「じゃあ信号エリアの捜査が無意味である以上、向こうに任せておきましょう。でも我々は？王修邦に付かなくて良いんですか？」

「犯人の次のターゲットが王修邦だと思ってるのか？」

「はい。誰もがそう思ってるはずです」

高棟は笑った。「王孝永はきっと王修邦の周囲に人を配置するだろうな。だが次の被害者は絶対王修邦じゃない」

「なぜです？」

「まず、王修邦を殺すのが難しいからだ。公安の警備がなくても犯人は王修邦を殺せないだろう。王修邦は毎日規則正しく出勤と退勤を繰り返し、たいてい帰宅時間も早い。やつの家と機関の間に人通りの少ない道もないから、手を出すチャンスがない。何らかの手段を使って王修邦をどこかに誘い出せればチャンスはあるが……王修邦だってその辺り分かってるから、おかしいことがあったら気付くだろう。王修邦だって馬鹿じゃない。そして、犯人の目的が王修邦なら、なんでやつにショートメールを送ったり電話をかけたりした？　公安に王修邦とその息子を保護しろと言ってるようなものだろ」

「じゃあなんで王修邦がショートメールも電話も受けた上、彼の生活空間近くから信号が発せられたんでしょうか？」張一昂は理解できない様子だ。

「捕まっている林嘯がショートメールと電話をするなら、誰にするのがベストだ？　直接の上司で、最も関係が深い王修邦だろ。他の下級の上司や家族では影響力に欠ける。王修邦は階級も高いし、俺たち警察の注目を集めやすい。犯人はいま俺たちをからかってるんだから、それにつられちゃいけない」

「ということは？」

「王孝永がどう捜査しようが俺たちのやることは変わらない。タイヤがどこから来たかを調べ続けるぞ」

二人の会話が終わって間もなく、張一昂の携帯電話が鳴った。電話に出た張一昂が慌てて高棟に伝える。「修理店の店長からです。あのタイヤを売った人間がまた来たと」

高棟が小声で指示を出す。「出るぞ。数人の部下に私服を着せて、バレないように捕まえるんだ」

6

城東派出所の取調室で、両手に手錠をかけられた中年の男が鉄格子の向こう側に座ってわめいている。「何だって私が逮捕されるんだ？　あんたら警察は人を勝手に捕まえていいのか!?」

椅子に腰掛ける高棟《ガオ・ドン》のそばには数人の警官がいる。高棟は目の前にいる、眼鏡を掛け、身長が高く、外見が犯人の目撃証言と合致する男を見ながら笑い、今回は大丈夫そうだと思った。

警官が男に用紙を渡して記入するように言った。男は一旦断ったが、強い口調で命じられるとおとなしく従った。

高棟はその用紙を見ながらそばの警官に聞いた。「杜文維《ドゥー・ウェンウェイ》？　この名前は身分証と一致しているか？」

「一致しています」

続けて用紙に目を落とした高棟は、少し驚いた声を上げた。「高校教師？」

「ああ、それが何なんですか？」男が不満そうにつぶやく。

「白象《バイシャン》第一高校か」高棟が地元の警官に尋ねる。「白象第一高校はどこにあるんだ？」

「建設路《ジェンシャールー》にあります。省一級重点高校で、県ではトップの学校です」

高棟は再び男に尋ねる。「ということは、あなたは重点高校の先生なんですね？　何を教えているんです？」

「国語ですよ」杜文維という名の男はそう言い放った。

高棟の期待が若干ぶれた。あのような緻密で周到な犯罪を行う頭脳は、理系の人間にこそふさわしい。しかも犯人は経済的に裕福だという見解だが、目の前の男は……

「アウディを持っていますか？」

「え？」男は意味が分からないという様子だった。

「アウディの車を持っていますか？」

「私はシュコダのしか持ってませんよ」

高棟が唇を噛む。「以前アウディを借りたことは？」

「さっきからなんなんだ！　私に罪を着せようってつもりか？　今までアウディなんて運転したこともなければ、持っていたこともない！」男が大声で叫んだ。

「数週間前にあなたは六つのタイヤをあの洗車場に売りに行きましたね。シュコダで使っているタイヤはそれじゃないですよね」

男は思い出した様子で急に喋り出した。「あのタイヤは拾ったんです。誰の物かも知りません。二日間も放置されていて、誰も気にしていなかったから持っていったんですよ。ええ、確かに私が拾ったタイヤは私の物ではありませんよ。でもこうまでされる理由がない！　金なら返しますし、弁償しろと言われればしますよ。まさかこれが窃盗罪とでも⁉」

「拾った？」高棟はショックを受けて、またハズレかと暗澹たる気持ちになった。「あんなにたくさんのタイヤ、どこで拾ったんです？」

「建設路の途中ですよ。うちの学校から七、八百メートル先に曲がり角があって、その前で三回拾ったんです」

「三回も拾ったんですか？」

男が顔を赤くした。「はい。それは否定しません。一回目のとき、そこにタイヤが二個捨てられていましたが、外側を見ると何回もパンクを修理した跡がありました。その翌日になってもあったので、多分誰かが捨てていったんだろうと思いました。以前自分の車のタイヤを交換したときに修理店に売ったことがあって、廃タイヤも金になることを知っていたので、車から降りてそのタイヤをトランクに詰めて修理店に持っていったんです」

「それから？」

「一回目のときに二つ拾って、その数日後にまた同じ場所にタイヤが二つ捨ててあるのを見たので、また持っていきました。三回目のときもそれから数日後にまた二つ捨ててありました」

「三回ともあなたが拾ったってのは、いささかできすぎていませんか？」

「あの道は人通りが少ないので、タイヤなんて大きな物は、ゴミ拾いの人間も誰かの私物だと思って持っていかないんですよ。私が学校終わりに通りがかったときにまだあったので、拾ったんです」

男の話には今のところおかしい点がなく、状況も非常に理にかなっている。犯人はタイヤを路上に捨て、車を運転している高校教師がそれを拾い、修理店に売った。しかもこの教師が用紙に記入した住所はその道の先にある。

つまり、学校帰りの教師が建設路に沿って車を運転していたところ、タイヤを見つけたので拾って、そのまま建設路沿いを走りながら帰る途中に、洗車でよく使っている修理店でタイヤを売ったわけだ。タイヤを拾った場所と修理店は男の家と学校の中間にある。納得の行く話だ。

高棟は大いに不満だった。これだけ多くの時間と人員を使ってタイヤの来歴を特定しようとしたのに、その結果が前回の電動バイクと一緒になってしまうなんて。

「李愛国《リー・アイグオ》は知っていますか？」

「李愛国？　どこの李愛国ですか？」

「以前の県公安局の副局長ですよ」

「あの李愛国？」男は興奮したように叫んだ。「もう死んでる人間とどうやって知り合いになれるんですか？　あんたら一体何を考えてるんだ？　タイヤを数個拾っただけの私と李愛国を結び付けて、何しようとしてるんだ！」

男の反応を見て高棟は笑った。「そんなに興奮されるってことは何かあるんですか？」

「どういう意味です？」男はできるだけ平静を装った。

「李愛国はご存じですか？」

「いいえ！」

「じゃあ張《ジャン》・相《シアンピン》平は？」

「張相平って誰です？」

高棟は直接回答せず、質問を続けた。「李愛国が殺された事件についてどのような考えをお持ちで？」

「何も。あんな高い地位にいる官僚なんか知りませんし」

「正直に答えた方が良いですよ。もしあなたが李愛国か張相平と面識があって捜査で分かったら、いろいろ厄介なことになりますからね」

「何を言ってるんだ！　私は普通の教師だ。単にタイヤを拾ったからここに連れて来られたんじゃないのか？　一体何なんだ!?」

「あなたの拾ったタイヤが一二六特大殺人事件と関係があるってご存じですか？」

「ま……まさか」男の顔が一気に青ざめた。

「何であなたを探していたと思いますか？　タイヤを拾ったことくらいで、散々苦労してあなたを探し出す暇は我々にはありませんよ」

「へ……変なこと言わないでくださいよ。ちょっと待ってください」男は急に冷静になった。「私は本当に関係ありませんよ。李愛国の事件は十二月初めに起こったんですよね。そのとき私は杭州の省教育学院で研修を受けていました。全日制の二週間の研修で、うちの学校から他に三人の教師が一緒に行っていますので、彼らに聞いてみてくださいよ。私は杭州を離れていませんし、白象県に戻ることも不可能です。私は事件とは無関係ですよ」

高棟の気持ちが沈んだ。そのアリバイが本当なら、眼の前にいる教師も犯人から完全に除外され、捜査がまたしても徒労に終わる。

高棟はがっかりした気持ちで席を立ち、そばにいる警官に男の供述内容を裏取りするように伝えた。

その夜、張一昂《ジャン・イーアン》が報告書を持ってきた。「杜文維は十二月二日から十四日の間に、同じ学校の三人の教師と杭州の省教育学院に行っています。午前午後ともに研修があって、四人一組の宿舎に泊まり、夜も一緒だったそうです。その間誰も杭州から離れていません。それに、杜文維は二年前に安徽省から招聘された高級教師ですので、李愛国と張相平を知らないのも間違いなさそうです。また、アウディも所有しておらず、供述にあったタイヤを売った時期も修理店の証言と一致します」

「またしても犯人にしてやられたな。もういい、帰してやれ。タイヤの盗品調査の関係で一日拘束してしまったことをちゃんと謝って、公安の機密だから他人に話さないようにと念を押せ」

「ええ、はい」

高棟は窓辺にたたずみ、タバコをくわえながら遠くを見つめた。「犯人よ、お前はどこにいるんだ？」

# 第六章

# 1

週末になり、臘月《ラーユエ》（旧暦の十二月）を迎えた。

旧正月前の最後の一か月は社会で事件が頻発する時期だ。働くことを嫌がる怠惰な人間でも体面を重んじ、実家に帰って年越しを迎えるために金を稼ごうとする。

だからこの月は窃盗や強盗の多発時期になるのだ。

公安では一二六事件がまだ解決されず、長引いているため、もしまた社会的に影響の大きな事件が起これば、年越しを楽しく過ごせなくなる。しかも事件は終わっていないが、年末のボーナスは出るものだから、一部の人間は売春や賭博や薬物を取り締まって点数稼ぎをし、ボーナス額を増やそうとする。

事件は今になって完全な袋小路に入ってしまった。

王孝永《ワン・シアオヨン》は事件を引き受けたことを激しく後悔していた。こんなに影響力の大きい事件なら、提供される捜査力も多いし、現場付近には大量の防犯カメラも設置されているのだから、犯人は簡単に捕まると当初は思っていた。大事件を解決すれば、政治的な資本を蓄えられるのだ。

だが、事件は複雑でないにもかかわらず、犯人が狡猾であったために、犯人の手掛かりすら掴めず、王孝永が率いるプロの捜査員たちもどこから手を付けていいか分からなかった。ある日突然、犯人が他の事件を起こして、ひょんなことから一二六事件が解決されることを期待するしかなかった。

しかし、そんな可能性がゼロであることぐらい誰でも分かっていた。高い知能を持つ犯人に共犯はいないだろうし、世間を揺るがした大犯罪者のように酒の席でうっかり喋るなんてこともしない。

王孝永がいま考えていることは、どうやってこの事件を放り出して逃げるかということだった。来たのは簡単だったが帰るのは難しい。当面のところ、このチームのリーダーから降りて自分の庁に戻り、引き続き所長の仕事をする方法は見つけ出せなかった。

だから、県局が一二六事件の人員を調整して、主な労力をしばらくの間年末の治安強化に割くと提案したときも、反論しなかった。

王修邦《ワン・シィウバン》の身辺警護をして数日間が経つと、彼の行動がとても規則的で、犯人が手を下せる余地がないことに気付いた。そして、高棟《ガオ・ドン》一派がなぜ王修邦の周辺に関心がないのか突然悟った。高棟はとっくにこのことに気付いていたのだ。犯人が王修邦にショートメールを送り電話をかけた理由も、王修邦が林嘯《リン・シアオ》の直接の上司だからに他ならない。王修邦に連絡せず、一体誰に連絡するのか。

王孝永は王修邦の警護を解き、人員を他の仕事に当たらせた。

もちろん、警察が王修邦の警護を解いたことは徐策《シュー・ツァー》も気付いていた。

県郊外の小型の高層マンションエリアである金屋花園《ジンウーホアユエン》。

去年完成したばかりのここは住人がまだ少なく、改装中の部屋もあり、ほとんどの部屋が無人だ。第二期、三期の開発工事も現在進行中であるため、セキュリティ体制も万全ではなかった。

夜七時、都市管理局副局長の邵剛《シャオ・ガン》が金屋花園にやって来た。彼はここに愛人を住まわせていた。

四十を過ぎても精力旺盛で、金も権力もある男は、家にいる見飽きた女房と毎日顔を合わせたくなくなる。

一昨年知り合った瑞々しい体と美しさを持つ専門学生の、とりわけベッドテクニックにとりこになった邵剛は、彼女に部屋を買い与え、ここに囲った。

少なくとも週に三日はここで過ごすので、彼の妻の耳にも当然入っていたが、はっきりとした性格の妻は、この地位にまで昇進した男で遊びに行かない者はいないと納得した。周りの他の官僚も同様だったことが彼女の心のバランスを守り、彼女もまた官僚の妻たちと麻雀を打ったり、買い物をしたりして、生活を楽しんだ。邵剛のプライベートに対し、妻は立ち入らなかった。

邵剛がマンション五号棟に入り、階段のタッチパネル式の照明ボタンに触れたとき、後頭部に硬く冷たいものが押し当てられ、「動くな。動くと撃つぞ」という冷たい声が聞こえた。

邵剛はもともと「勇敢」な性格で、若いときに都市管理チームに入っており、「管理」に出動したときはみんなから恐れられた。だが長年の副局長生活で、凶暴な性格もすっかり鳴りを潜めていた。後頭部に拳銃を押し付けられた彼の最初の反応は、ついてない、年末に強盗に遭うとは、だった。

県郊外にある新しい住宅地であるここは、犯罪にはもってこいの場所だ。

彼は歯ぎしりをし、声を出さないまま両手を上げて、まだ照明を点ける体勢を取った。足がかすかに震え、視線を徐々に後ろにやると、銃口をこちらに向けたニット帽と白いマスクをした男が立っていた。

「実家で年越しする金を貸してくれませんかね？　騒がないでくださいよ。騒いだら俺もあんたもおしまいだ」

邵剛は喉に乾きを覚えながら、自分がどれだけの修羅場をくぐってきたのか考え、冷静になろうとした。こういう命知らずの相手は、追い詰めると本当に撃つことを知っていた。だから、金が欲しいのならいくらでもやろうと思い、「金ならさっさと持っていってくれ」と震える声を出した。

「よし。じゃああんたの家まで行こうか」強盗が冷たく言い放つ。

「な……なんでだ？　金はバッグにあるんだ」

「馬鹿言うなよ。外であんたの頭を撃ち抜かせようってのか？　手を胸の前に置け。家まで行くぞ」

邵剛は言われたとおりに両手を胸の前に置き、後頭部に銃口を押し付けられながら一歩ずつ歩いて二階に上がった。家の前まで着くと、後ろの強盗がまた口を開いた。「中に誰かいるだろ」

「ああ、一人いる」

強盗はあらかじめ用意してあったガムテープをドアアイに貼った。ドアが開く音を聞いた中の人間にドアアイから外を覗かれれば、きっと鍵を掛けられ、彼らを中に入れさせず、警察を呼ばれるからだ。そして、向かいのドアのドアアイも同様に塞いだ。

この強盗は本当に用意周到だ。

「ドアを開けたら中にいる人間に声を出さないように言え。叫んだときがあんたの最期だぜ。この銃が本物か確かめてみるか?」強盗はわざと邵剛の目に入るように銃を見せた。黒光りする銃身はオモチャの銃には見えない。

邵剛は苦々しく唇を噛み、震える手で鍵を出してドアを開けた。開けた途端、中にいる愛人が出迎えてきたが、邵剛の背後にいる人間が銃を構えているのを見て声を上げようとした。邵剛が慌てて止める。「騒ぐな! 彼は……俺の知り合いだ」

女の子は麻痺したようにその場に立ち止まった。

強盗が冷たく笑う。「そうするのが正解だな。俺はちょっと金を借りられれば、あんたらに危害は加えないよ」

そう言いながらドアを閉めて、邵剛と愛人をソファーに座らせた。そしてポケットからロープを取り出した。「まずはその子を縛れ」

「それは……」

「言うとおりにできないのか？　お前らを縛らないで、俺はどうやって金を持っていけばいいんだ？」

邵剛はまだ動かない。

強盗は笑いながら銃口を邵剛に突き付ける。邵剛は、これが本物の銃だということがはっきり分かった。

邵剛は言う通りにし、愛人を先に縛り、その後命じられるがまま自分の足を縛った。強盗は銃をちらつかせながら、もう片方の手で邵剛の両手をそれぞれソファーに縛り付け、二人の身動きを取れなくし、さらに口の中にタオルを入れた。

全てが終わり、強盗は高らかに笑った。「ご協力感謝します。邵副局長」

喋れない邵剛は心の底から震えた。なぜこの強盗は自分の肩書を知っている？

「この銃は本物ですよ。誰の持ち物か知っていますか？　ふふ、これは李愛国《リー・アイグオ》の銃ですよ」

その言葉の意味を悟り、邵剛の目が大きく開いた。

「今日ここに来た理由もお分かりでしょう。もちろん実家に帰るお金を借りにきたわけじゃありません。欲しいのはあなたの命です。ところでお嬢さん、君は今回の件と無関係だが、邵副局長の愛人になったのはなぜだい？　数年間裕福な生活を送り、若いのに自活しようともしない。怠惰極まりない人間だよ。君が使っているお金には、多くの人間の血と涙が染み込んでいるというのに。そういうわけで、お別れだよ、二人とも」

そう言って彼は小さなスタンガンを取り出した。

2

次はあの「胡畜生《フー》」こと、都市建設局副局長の胡生楚《フー・ションチュー》だ。

あいつは当然死ぬべきだ。

五十歳を超えている胡生楚は健康に気を遣っていて、接待もなく雨が降っていない日ならば、毎日夕飯後に三十分間住宅地の周囲をジョギングするというのが、夏も冬も変わらない日課になっている。

今日も同様だったが、心のどこかに言い表せない不安があった。

いつも通り住宅地の並木道をジョギングしていた。この道は車両も人通りも少ないため、夏でも彼と同じような人間がトレーニングの場所に選んでいた。だが今はもう十二月で、トレーニングをする者は少ない。

歩行者用通路を走りながら、路上の大きな木の下にやってきたとき、彼は突然意識を失った。

深夜十一時過ぎ。遠くの方で爆竹を鳴らす音が聞こえたが、田畑の近くの木陰でこんな時間にまた殺人事件が起きたことに気付く人間はいなかった。

翌日、並木道はパトカーで溢れ、王孝永《ワン・シアオヨン》や高棟《ガオ・ドン》、郭鴻恩《グオ・ホンエン》もそこにいた。王孝永の顔色は青褪め、煙草を持つ手が小刻みに震えている。

しばらくして陳《チェン》監察医が付近の田畑からやって来た。陳の姿を見た王孝永が慌てて聞く。「どうした？　何か見つかったのか？」

「死亡推定時刻は昨晩の十一時以降です。具体的な時間はまだ鑑定が必要です。被害者はこれまで同様、銃剣で心臓を刺されて殺されています。現場に残されていた足跡を見るに、張相平《ジャン・シアンピン》事件で発見された足跡と同一人物のものと思われます」

ベテラン捜査員が口を開いた。「犯人は我々が足跡を把握したことに気付いて、もう隠そうともしないようだな」

王孝永が苛立たしげに煙を吐いた。「他には？」

「被害者は歩道で襲われ、田畑まで連れて来られたようです。犯人はこれまで同様の手段を使って、スタンガンで被害者を失神させています。五十メートル余り引きずっていますが、場所が田畑の奥の方かつ、深夜ということもあって、目撃者はいないでしょう」

「それだけか？　他には？」王孝永の声は震えている。

「鑑識課ができることはこれぐらいです。防犯カメラもありませんし、おそらくこれまでの事件より手掛かりは少ないでしょう」

王孝永は必死にこらえながら、定まらない視線で高棟と郭鴻恩を見つめた。「高さん、郭局長、今度は都市建設局の副局長だ。何か意見はありますか……？」

郭鴻恩は黙して語らず、高棟は唇を噛んでしばらくしてから口を開いた。「どうしようもありません。我々は省に行って調査を受けましょう」

3

徐策《シュー・ツァー》はバナナに似たプラスチックの棒とワイヤーを持ちながら地下室に下りた。

林嘯《リン・シアオ》が廃人のように地べたに座って、虚ろな目でテレビを見ている。

徐策は檻の前に立つと満面の笑みで言った。「手を出してくれ」

林嘯がさっと身構える。「何をするつもりだ？」

徐策は下卑た笑みを浮かべた。「手を出してくれって言ったんだ」

林嘯が恐る恐る徐策を見ながら、さらに体を縮こませる。「あんた……何考えてるんだ？」

「手を出してくれないのか？」徐策は慌てずに後ろを向き、ライターを取り出してワイヤーの一本を炙った。一分間じっくり燃やして赤く光るワイヤーの先端を檻に入れる。「手を出してくれないなら、こっちから入れるぞ」

林嘯が恐怖のあまり大声を上げた。「出す出す！　出すよ！」

徐策は笑いながらワイヤーをしまった。

林嘯が手を伸ばすと、徐策は持ってきた縄で彼の手と檻をしっかり縛り、それからもう片方の手も同様に縛った。

そして十数本の鍵束を取り出し、檻の錠を開け始めた。

「お前……一体何をするつもりなんだ！」林嘯が叫ぶ。

徐策は構わず檻のドアを開け、彼の足を引っ張り、檻に縛り付けた。

林嘯は地面にうつ伏せの状態で四肢がみな檻に括り付けられ、身動きがとれない。

それから徐策はバナナの形をしたプラスチックの棒にワセリンを塗り、不気味に笑った。「初めては痛いらしい。我慢しろよ」

徐策は林嘯の肛門に棒を突き刺した。あまりの痛みに悲鳴を上げる中、括約筋が裂けて血が流れたが、棒はまだまだ侵入する。

「お前……狂ってる……」林嘯の声に力はなかった。

徐策は一通り終えると笑いながら林嘯を見て首を振った。「私が狂ってるかどうかは間もなく分かるだろう。どうだ？　肛門にそんな物を挿入されて、一体どういう感覚なのか聞いてみたいんだが？　さっきイッていなかったか？　本当のことを言ってくれよ」

「た……助けてくれ……睡眠薬でも飲ませて殺してくれ。もうたくさんだ」

「睡眠薬を飲んで死にたい？」徐策は笑った。「そんなに大量の睡眠薬、医者から買うのは難しいだろ。でも君の言うことももっともだ。こうやって君をいたぶって、本当に申し訳ないと思ってるよ。そうだな。君がちゃんと協力してくれたら、楽に死ねる方法を選んでやるよ」

「本当に俺を殺すのか？」林嘯の目に絶望の涙が浮かんだ。

「殺してくれって言ったのは君だろ？」徐策がからかうように笑った。

「俺は……俺は……」

「君は公務員で共産党員っていうことを忘れないでくれ。そんなに簡単に降参したら、解放（一九四九年）前なら捕まってすぐ裏切り者になるぞ！　そうならないように、もう一回やるか？

私が悪人役をやるから、君は散々いたぶられても絶対に屈しないんだ」

「いや、いや、やらなくていい！　命令ならなんでも聞く！」林嘯が慌てて喋る。

「本当に？」

「本当だ。もう勘弁してくれ」林嘯がついに大泣きした。

「そこまで協力的なら私も考えてやってもいい。最後に一つ手伝ってくれたら、もう酷いことはしないよ」

　徐策は紙を取り出すと、林嘯の眼の前に広げた。そしてテーブルから母親の位牌を持ってきて、地面に置き、線香を焚いた。「そのお経を心を込めて読め。もし本当に悔い改めていると私が思ったら、君にはもう何もしない」

「本当か？」林嘯は信じられない様子だった。

徐策が真剣にうなずく。「私を信じろ。私の母親のためにお経を読んで、天国にいる母親の魂を慰めることが、私に対する償いでもあるんだ」

林嘯は目の前に広げられた紙を見つめ、数行を読むと全身が震え出し、目からボロボロと涙を流した。

「私が書いたお経がそんなにありがたいか？　読んですぐ泣くなんて、君にも良心ってものがあったんだな。分かった。君の謝罪を受け入れよう」

全てを終えた徐策は地上に戻ると、先ほど林嘯にやったことにひどく嫌悪感を覚え、吐き気がこみ上げてきた。納屋を出て、空を見上げる。天気予報では明日午前中から冷たい空気が吹き、強風や雨があるが、その冷気はすぐに通り過ぎ、明後日からまた晴れるそうだ。

雨が止み、空が晴れれば、空気もより新鮮になる。

そのときにはもうアメリカで家族と一緒にいるだろう。

徐策の口元に笑みが浮かんだ。

4

「ボス。どうでした？」浮かない表情で県公安局に戻ってきた高棟《ガオ・ドン》に、張一昂《ジャン・イーアン》が恐る恐る尋ねる。

高棟が唇を噛んだ。「王孝永《ワン・シアオヨン》がこの件から降りた」

「ホントですか？」この結果は張一昂にも意外だった。

「まさかあいつが自分から辞めて省庁に戻るなんて思わなかった。胡生楚《フー・ションチュー》殺害事件には防犯カメラもなく、前の二件以上に手掛かりが少ないと見るや、解決できないと悟ったんだろう。年またぎでまた事件が起こったときに、全責任を押し付けられることを心配したのさ。省庁の上司に自分から能力不足を訴えて、事件捜査の方向性が間違っていたせいで犯行が続いてしまったことを認めたんだ。そして今、そのお鉢がまた俺の方に回ってきたというわけだ」高棟が声を荒らげる。

「じゃあ、省はまたボスに担当させる気ですか？」

高棟はゆっくりうなずいた。

「王孝永は省からどんな処分を受けたんですか？」

「何もない。あいつのコネは強力だし、各地から集められたベテラン捜査員もみんな、犯人が一枚も二枚も上手だっただけで捜査にミスはなかったと言っている。犯人は銃を持っていて、対応が難しいとも話している。だから省では今回誰も処分を受けなかった。ただ、一刻も早く事件を解決しろと言うだけさ」

「しかしボス……またこの事件を監督することになったのは良いことなんでしょうか？」

「解決できれば良いことだが、手をこまねいているままだと最悪だ。三日後に公安部から専門家がやってくるが、上も考えていて、地方警察の人員配置・管理能力にも限界があるということで、チームのリーダーは俺のまま、彼らには手伝ってもらうという形になる。ふん、省庁の誰も手を出したがらない案件を押し付けられたってことさ」

張一昂は氷のように冷たい高棟の顔を見て、自然と緊張が高まった。「では次に何をすればいいでしょうか？」

高棟はため息をついた。「恨み言を言っていても仕方ない。ここまで来たからには細かく捜査を進めるしかない。ところで、胡生楚の件で進展はあったか？」

「胡生楚は前日の夜六時頃にジョギングに出掛けています。これは彼の習慣で、いつも七時半頃に帰宅していたようです。当日夜に出掛けてから、戻ってこないのを心配した家族が電話をかけたところ、電源は入っていましたが繋がりませんでした。外で友人と会って食事にでも行っているのだろうと思っていて、事件のことは翌日まで知らなかったそうです」

「何時に殺されたんだ？」

「陳さんの話では、夜十一時から十二時の間です」

「あん？」高棟は一瞬考えた。「つまり、胡生楚は六時半にジョギングに行って、並木道付近で襲撃に遭って、田畑の奥まで連れ込まれてからすぐには殺されず、四時間後に殺されたってことか？」

「はい。それは陳さんもおかしいと仰っていました」

「犯人はなんですぐに殺さず四時間も待ったんだ？　胡生楚はスタンガンで失神していただけでいつ起きるか分からない状態だっただろうから、犯人はその間、現場から離れられないはずだぞ」

「陳さんによると、死体の状況から、被害者は生前に手足を縛られて、口にもタオルが詰め込まれていたとのことです」

「その間、犯人は一体何をやっていたんだ？」

「他のことをやっていたのでは？」

「ありえない。縛っているとは言え、畑に放置して現場から離れて、万が一誰かに発見されたらどうするんだ？　胡生楚が自分でタオルを吐き出してしまうことだってありえる。これまで細心の注意を払ってきた犯人ならそういうことはしない。絶対にそばにいたはずだ」

「うーん。防犯カメラがないのが残念ですね」

「防犯カメラが何の役に立つ？　犯人が何度カメラを回避していると思う？」

「陳さんによると、今回の事件の手掛かりはここまでで、これ以上は捜査不可能だと仰っていました。次はどうしましょう？」

「周辺への聞き込みは？」

「今やっているところですが、何も……」

高棟はうなずいた。目撃者はいないだろうとは高棟も思っていた。もし胡生楚を畑に連れ込む犯人を目撃した者がいれば、すぐに通報があり、今日まで待つ必要がないからだ。

高棟は黙って考えた。一人目が李愛国《リー・アイグオ》、二人目が林　嘯《リン・シアオ》、三人目が張　相　平《ジャン・シアンピン》、四人目が胡生楚。この四人にはきっと関連性があるはずだ。

職場で分けると、四人はそれぞれ三箇所で働いており、直接的な関係性はない。

肩書で分けると、三人が副局長で、一人が課長だ。しかし、三人の副局長の間に深い関係性は見当たらない。

殺害方法で分けると、三人がスタンガンで失神させられてから刺し殺されており、一人は略取されて現在も行方不明だ。

一見すると、四人の中で林嘯のケースだけが特殊だ。他の三人に比べ階級も低く、現在も生死が不明だ。

もし犯人が林嘯なら？

それはない。警察が何の手掛かりも見付けていないのに、罪を恐れて身を隠す必要があるか？

それに、防犯カメラには林嘯が電動バイクに尾行されている様子が記録されている。林嘯と犯人が同一人物であるわけがない。

「李愛国、林嘯、張相平、胡生楚、この四人にはどのくらい面識があったんだ？」

「それは私には分かりません。陳隊長を呼んできます」

「頼む」

高棟は胡生楚とその他三人の人間関係の分析に着手し始めた。ついに彼は真相に近付いた。

「陳隊長。李愛国、林嘯、張相平、胡生楚の四人の仲を教えてくれ」

陳隊長がちょっと考えてから答えた。「林嘯と李副局長には面識がありませんが、他はみな知り合いのはずです」

「林嘯と胡生楚は？」

「その二人は顔なじみのはずですよ。胡生楚は旧都市改造維持業務事務所ですし、林嘯は王修邦《ワン・シィウバン》の部下ですから、通常の業務で会う機会が多かったはずです」

「旧都市改造か……李愛国以外の三人はみんな旧都市改造の事務所か？」

「ええ、そうです」

「他には誰がいる？」

「国土局の王修邦副局長と都市管理局の邵剛副局長ですね。彼ら四人の副局長が責任者で、林嘯はそこの重要な職員でした」

高棟は陳隊長に背を向け、タバコに火を点けて思案に暮れた。

長い間、高棟たちは犯人の真の動機が何か全く分からなかった。

以前、高棟は徐策《シュー・ツァー》から、もし単純に社会を恨んでいるだけならこういう順番で被害者を選ばないだろうから、犯人と被害者の間にはきっと関係性があると言われた。

関係性とは一体？

犯行の動機はなんだ？

高棟には考えつかなかった。

しかしそのとき、彼の頭にこれまでになかった考えが思い浮かんだ。

「李愛国は常に銃を携帯していたんだな？」

「ええ。そうです。それが習慣でした」陳隊長は少し面食らった。

「なんでその習慣を知っているんだ？」

陳隊長は質問の意図が分からなかった。「知っていた人間は多かったので……」

「それはつまり、一般人も知っていたということか？」

「はい。そういうことになります」

「一般人がなぜ、李愛国が銃を携帯していることを知り得るんだ？」

口ごもる陳隊長に高棟が吠える。「もう死んでしまった人間の紀律問題を暴露したって、何の問題もないだろう！」

「李副局長の気性の荒さに原因があって……」

「素行が悪かったとはっきり言え！　回りくどく言うな！」高棟はさっさと答えが知りたくて我慢できなくなった。

　陳隊長は高棟の目を見れず、ただ知っていることだけを述べた。「李副局長は過去に仕事態度が原因で問題を起こしています。常に自分をひけらかしていて、県の誰もが彼の機嫌を損ねないようにしていました。いつも飲酒運転をしていましたが、交通警察も取り調べようとはしません。一度、酔っ払った李副局長がカラオケクラブでチンピラと小競り合いになりました。相手が公安の副局長だと知らないチンピラたちも引かずに、殴り合いを始めて、そばに部下もおらず多勢に無勢と見た李副局長は、アルコールも回っていたのもあって銃を抜いたんです」

「発砲したのか？」

「はい。天井に一発。それでチンピラたちがみんな腰を抜かして、誰も動こうとしないのを見ると、李副局長が自分を殴ったチンピラの頭に銃を突き付けて、調子に乗るなとか、舐めるんじゃねぇぞとか、もう一度やってみろとか怒鳴ったんです。大勢が見ていましたが、誰も止めに行くことができませんでした。その後、派出所からやってきた警官が李副局長を連れ戻し、チンピラたちを収監しました。李副局長はコネのおかげで処分を受けず、それどころか、チンピラたちがケンカをふっかけてきたので、プライベートだったが銃を撃って公安の威厳を示したと広言しました。そのせいで、李副局長が銃を携帯していることをみんなが知るようになりました。李副局長は出掛けるときに腰の辺りを膨らませていて、楯突く者は誰もいませんでした」

「そういうわけで、ここの住民もみんな李愛国が銃を持っていることを知っていたのか」

「そうです」

高棟は陳隊長を下がらせ、タバコに火を点けて考えながら、ブツブツつぶやいた。「李愛国、李愛国め……お前が死んだのは完全に自業自得だ。そもそもお前は犯人の犯行計画と全く関係がなかったんだ。威張るのが好きだって？　自分の首を締めただけだったな」

高棟はついに犯行を一から知ることができた。

犯人の本当の目的は、旧都市改造維持業務事務所の人間を殺すことだったのだ。

犯人が最初に無関係の李愛国を殺した理由は二つある。

一つ目は、李愛国を殺して銃を奪い、その後の計画をやりやすくするため。スタンガンを使うチャンスのない相手がいても、銃なら対応可能だ。

二つ目は、警察の捜査を完全にミスリードさせるためだ。二人目、三人目の被害者が旧都市改造維持業務事務所の人間でも、一人目が違えば、警察は犯人のターゲットが旧都市改造維持業務事務所の人間だと思い至らない。四人目の被害者が出たことで、ようやく犯人の真の狙いを推測できたのだ。

犯罪の動機が明らかになった以上、次にやるべきことは以下の二つだ。一つ目は、残る二人の副局長を守り、これ以上の犯行を起こさせないことだ。二つ目は、旧都市改造維持業務事務所に恨みを持つ人物がどのくらいいるのか徹底的に調べることだ。

　旧都市改造維持業務事務所に恨み、と考えたとき、高棟の脳裏に一人の男の名前が浮かんだ。

　まさかお前なのか？　徐策？

　高棟は張一昂を呼びつけた。「一二六事件の犯人は旧都市改造維持業務事務所の人間を狙っている可能性がある。旧都市改造維持業務事務所には副局長が四人いたが、すでに二人殺されている。残りの二人に万が一があってはいけない。すぐに陳隊長と相談して、王修邦と邵剛を密かに守るよう手配しろ」

「はい。直ちに」

　約三十分後に張一昂が慌てて戻ってきた。「邵剛副局長の電話が繋がりません」

「なに？　繋がらないだと？」高棟の目に焦りの色が浮かんだ。

「家族は何も言っていないのか？」

「邵副局長は奥さんと仲が悪いんです。外に女を囲っていることも知っているから、奥さんも副局長が帰宅しようがしまいが興味ないようです」

　高棟は歯ぎしりをした。「陳さんたちに携帯電話の信号を調査するように言って、一刻も早く探し出せ。長引かせるなよ。王修邦は？」

「異常ありません。王副局長には何も伝えず、こっそりと尾行して警護します」

高棟はタバコに火を点け、辺りを往復しながら考え、携帯電話を取り出して徐策に電話をかけた。

徐策は電源を切っていた。

高棟は眉をひそめた。「陳隊長を呼んできてくれ」

しばらくしてから陳隊長が現れた。

「旧都市改造維持業務事務所の業務では、徐家で人が死んだ他に、どこかで激しくやりあったことがあるか？」

陳隊長は直ちに電話をかけて確認した。「小競り合いはありますが、大きな事件はありません」

「分かった。戸籍管理事務所に行って、徐家の一人息子の徐策を調査してきてくれ。策略の策で徐策だ」

「まさか……」

「質問は後だ。さっさと行ってくれ」

陳隊長はすぐに戻ってきた。「徐家の住所は、戸籍簿では中街十五号に登録されていますが、そこはすでに撤去されています。今、所轄の人間に現在の住所を探させています」

「なんだと？　もともと十五号に家があったのか？」

「はい。中街十五号です」

高棟の胸に「十五人の局長を殺し、局長が足りなければ課長も殺す」の言葉が閃いた。まさか、十五という数字は最初から住所の暗示だったのか？

その後、電話で知らせを受けた陳隊長が、高棟に徐策の現在の住所を伝えた。高棟は「分かった」と言って陳隊長を下がらせた。

高棟はタバコに火を点け、周囲を何度も往復したが、ついに決意して張一昂に声を掛けた。

「よし。一緒に来い。そうだ、俺の銃を持って来てくれ」

「銃を持って行くんですか？」張一昂が目を丸くした。

「ああ、お前もな。今は何も聞くな。友人に会いに行くだけだ」

外は冷たい小雨が降り、強い風が吹いていた。高棟は助手席に座り、横に吹き付ける雨粒を窓越しに見ながら、心の中で興奮と焦りを覚えていた。

徐策。本当にお前が犯人なら、全て説明がつく。

お前は裕福で社会的地位もあり、頭も良く、論理的で、感情を表に出さない。お前には動機があり、犯行をなし遂げる能力がある。

母親を失ったお前の恨みは相当強いだろう。だから今回の連続復讐殺人を思い付いたんだ。

お前の犯行は全て完璧だった。有効な手掛かりを何も残してくれなかった。

それにお前は犯罪心理学の専門家だ。捜査を妨害するのもお手の物だろう。

俺たちの捜査が全然進まなかったのも、お前が相手だったからか。徐策！

しかし、携帯電話の電源が切られているということは、もう逃げた後なのではないか。アメリカに逃げられていた場合、このような重大な刑事事件なら引き渡しが可能だが、時間もかかり、手続きにも大量の労力を消耗する。

逃げずにまだ残っていてほしかった。

車が徐策の家の前に止まった。

開かれたままの中庭の門を見た高棟は、心中安堵の声を漏らした。誰かいるらしい。まだ逃げてはいない。

張一昂に車を外に止めさせて車内に残るよう指示し、腰の拳銃に触りながら考えた。まだ出す必要はない。探りを入れるだけで、本当に銃を使うことはない。

高棟は服の裾をただし、傘を持って車から降り、徐策の家に入っていった。

5

門から部屋の明かりが見える。

ゆっくりと中へ入っていくと、中庭にシーツをかけられた車が二台止まっているのに気付いた。近寄って一台のシーツをめくってみると、それは以前見たヒュンダイだった。二台目のシーツをめくるとアウディが出てきた。

李愛国《リー・アイグオ》や張相平《ジャン・シアンピン》の車と同じアウディだ。

高棟《ガオ・ドン》は震えを抑えながら身を屈めていたとき、家の中から声が聞こえた。「おい、あんた！そこで何してる！」

高棟が視線を向けると、二十才ぐらいの若者が立っていた。徐策《シュー・ツァー》のいとこの徐子豪《シュー・ズーハオ》だ。

徐子豪も相手が高棟だと分かると慌てて近付いてきて、満面の笑みで出迎えた。「高棟さんじゃないですか。兄さんに用ですか？」

高棟は、ああとうなずいた。

「兄さんなら昨日アメリカに戻りましたよ」

「戻った？」高棟は口が半開きになった。

「はい。昨日午前の飛行機で。もう着いてるんじゃないですかね」

「ああ……」高棟の顔に失望の色が浮かんだ。

「まぁ上がっていってくださいよ」

高棟はうなずき、徐子豪に付いて家に上がった。ゆっくりと中を歩き、あらゆる代物を注意して観察したが、価値のありそうなものは見当たらなかった。

徐子豪はそんな高棟の様子を怪しんだが、自分を救ってくれた恩人であるので何も言わなかった。視察に訪れた偉い官僚はいつもこういう表情をするのだろうと思った。

徐子豪がお茶を入れ、お菓子を出してきたが、高棟は手を振って遠慮した。すると今度は夕バコを出して高棟に向けてきた。高棟は一本取り、火を点けた。「徐策がアメリカに行ったのに、何で家に残っているんだ？」

「兄さんが、ここ数日のうちに高棟さんが訪ねてくるかもしれないと言っていたので……」

「私が数日のうちに訪ねてくると徐策が言ったのか？」徐子豪の言葉が言い終わらないうちに高棟が質問した。

「はい。もうすぐ年越しだから家を見ていてくれと、数日間ここで暮らすよう言われました。それでもし高棟さんがいらしたら、アメリカの電話番号を伝えるようにと」

「そういうことか」高棟は落ち着かない様子で電話番号が書かれたメモを受け取り、ポケットに入れた。

まさか徐策はこの状況まで予想していたのか。だとしたら恐ろしすぎる。

高棟はとりあえずタバコを吸いながら周囲を見渡した。しかし手掛かりになりそうなものは何もなく、「大きな家だな」とつぶやくぐらいだった。

「そうでしょう。兄さんの父親が商売をやっていて金持ちだったんですよ。敷地も広いし、裏には納屋もありますよ」

「外にも建物があるのか？」

「はい。ここよりちょっと小さいですが」

「見せてくれないか？」

「えっと……」徐子豪は高棟の意図を計りかねた。「納屋は物置代わりにしていて、何にもありませんよ?」

「この家がどのくらいでかいのか知りたいだけだ。じゃあ行こうか」

高棟は笑って徐子豪を立たせ、外に出た。

徐子豪に納屋の鍵を開けてもらうと、高棟はかすかにガソリンの臭いを感じた。ライトを点け、中に入り、周囲を見回す。

しかし、古い家具があるだけで他に何もなかった。

そのとき、床のセメントが真新しいことに気付いた。二平方メートルぐらいがまだ乾いていない。「何か埋めたのか?」

「ここですか。もともとは地下室があったんですが、使わなくなって、その上にこの建物を建てたんですよ。地下室も不用品だらけでした。でも一昨日、地下室から火が出て、中の物がほとんど燃えちゃったんです。それで兄が塞いだってわけです」

「地下室で火事なんか起こるか?」

「ガソリンの臭いがまだ残ってるでしょう? 地下室に保管していたガソリンから出火したらしいんです。幸い、火の勢いが弱くて、不用品が燃えたぐらいで、他の建物や人に被害は出ませんでしたが」

高棟は気落ちした。地下室の火はもちろん事故ではなく、徐策が証拠隠滅のために火を放ったのだ。

きれいに焼き尽くされた地下室をどう調査すればいいんだ。

高棟は力なく納屋から去り、徐子豪に別れを告げた。再び風雪吹きすさぶ道を歩くことになった彼の足取りは重い。たとえ真犯人が徐策だと推測できたところで、次にどうすれば良いのか分からなかった。

6

県局に戻った高棟《ガオ・ドン》は、徐策《シュー・ツァー》のアメリカの電話番号を見ながら躊躇していた。

自分に電話番号を教えるのであれば、ショートメールを送れば済むはずだ。なぜ徐子豪《シュー・ズーハオ》を残し、家に来るのを待った？

徐策はどうやって近日中に俺が家に来ることが分かったんだ？

再三考えた高棟は、やはり電話することにした。この通話が最後の対決になるか、それとも徐策に悟られないように探りを入れるだけになるか、なりゆきに任せよう。

高棟は部下を下がらせ、事務室のドアを閉めると、非常に重要な電話なので誰も入れるなと張一昂《ジャン・イーアン》に言いつけて、見張りを頼んだ。

録音機をセットし、アメリカにいる徐策へ電話をかける。

電話が繋がると、向こうから小さな子どもが英語で話し掛けてきた。「ジミーです。誰にご用ですか？」

高棟も英語で返した。「お父さんはいるかな？」

しばらくして徐策の声が聞こえた。「どなたですか？」

「俺だ、徐策」

「高棟か。どうした？」

「この前言っていた投資の手続きがどうなったのか聞きたくてな。いつ戻ってくるんだ？」

「ああ、それか。旧正月が過ぎてからだな。そうだ、李愛国《リー・アイグオ》と張相平《ジャン・シアンピン》の事件だけど、犯人がどうやって防犯カメラを避けて鳳栖路《フォンチールー》まで来たのか聞かれたことがあったよな。その方法を思い付いたんだよ。もちろん、犯人が本当にこの手段を取ったか分からないけどな」

高棟は驚きを隠し、ただ笑った。「そうか。どういう手段だ？」

「犯人は当日夜にタクシーを呼んで、後部座席に乗ると、運転手に沿海北路《イエンハイベイルー》から鳳栖路に入って鳳栖住宅地の門まで行くよう指示したんだ。犯人はタクシーに乗っている間、携帯電話を持って電話しているふりをしていた。タクシーが目的地、つまり住宅地の門まで来ると、電話に向かって、おおそうか、いないんだったらまた今度にするよ、とでも言った。そしてまた電話をするふりをしながら、運転手に車を出すよう告げて、そこで降りなかった。だがタクシーが鳳栖住宅地の門にある防犯カメラの範囲からわずか数メートル離れた場所まで来ると、電話で、なんだもうすぐ帰ってくるのか、じゃあ外で待ってるよ、と言って、運転手に車を止めるよう指示を出した。犯人は電話を切ったふりをし、料金を払ってタクシーから降りた。つまり、実は犯人は鳳栖路の南側で降りていたんだ。聞き込みのときに、タクシー運転手が途中で車から降りた人間はいないと証言したのも当然で、住宅地で降りていたんだな。千人以上に及ぶ聞き込みで、警察は運転手に、乗客が具体的にどの辺りで降りたのかまでは聞けなかったはずだ。犯人は目くらましのような手段を使って、防犯カメラを欺き、警察を騙したんだ。でも、警察が細かく調査して、運転手全員の答えを何度も照合し、犯人が乗ったタクシーを見つけられたとしても、意味はなかっただろう。乗客とは言え知らない人間なんだし、人間の記憶は短期的なものだから、事件翌日に乗客の特徴を喋らせようとしても、運転手は覚えておらず、供述から犯人の特徴を探ることは不可能だ。それに、犯人が乗車中ずっと下を向いていたとしたらどうする？」

「そういうことか」高棟はため息を漏らした。

「あと、なぜ犯人が毎回被害者が夜遅く帰宅したときを狙えたのかと言うと、犯人は被害者が遊んでいる付近に潜んでいたんだと思う。何日も潜んで機会を伺っていたんだ。例えば、被害者がその日の夜八時に帰宅したら、犯人は手を出さずに次を待つ。二日目、被害者が夜九時に帰宅したとしても、犯人はやはり手を出さずにこらえる。三日目、十時まで待った犯人は、被害者の車がまだ止まっているのを見て、被害者が今晩夜遅くに帰ることを知り、ようやく実行に移したんだ。そして、さっき言った方法を使って鳳栖路の南側までやって来て、被害者が現れるのを待ったんだ」

高棟はきまり悪く笑った。「そうだったのか。一番の疑問が解決できたよ」

「俺が予想できる状況はこのぐらいだな。他にも手伝えることがあるか？」

「ああ……」高棟は逡巡したが、結局「今のところはないよ。また何かあったら連絡する」と答えた。

「分かった。高棟、いとこを助けてくれたお前には、絶対恩を返すよ」徐策は意味ありげに笑った。「お前の世話になってばかりじゃいけないからな。あと数日もすれば、お前が事件を解決して、昇進するって信じてるよ」

高棟は咳払いをし、心に沸き立つ様々な感情を抑えた。「そうだな。ありがとう」

電話を切った高棟の胸に、波が渦巻いた。

「お前の世話になってばかりじゃいけないからな」だと？　やはり犯人は徐策だ！

この後は、他の目撃者の証言や物証を集める方法を考えなくては。証拠さえあれば、徐策の罪が確定し、なんとかして引き渡しを求めることができる。

徐策の家を捜査するべきか？

だが、地下室が焼かれてしまった今、他に物証は見つかるのか？

銃は燃えないが、徐策も馬鹿ではない。出国するのに銃を家に残しておくだろうか。徐子豪に見つけられるおそれもある。銃はきっと彼しか知らない場所に投棄されたのだろう。

ここは海辺の街だ。海にでも投げ捨てれば、何の証拠も残らない。

どうする？

どうやって捜査する？

徐策を裁く方法は？

必死に脳を働かせているところにノックの音が聞こえ、高棟は苛立たしげに叫んだ。「誰だ！」

「ボス。私です」張一昂が慎重に答える。

「外で見張っていろとさっき言っただろ。何か用か！」自分の思考を断ち切られ、高棟はとても不満だった。

張一昂が小声で答える。「私もお邪魔するつもりはなかったのですが……邵《シャオ・》剛《ガン》副局長の死体が発見されました」

「なんだと？　やっぱりか！」ドアを開けた高棟は早足で外に出て行った。

7

現場は県郊外の金屋花園《ジンウーホアユエン》だった。邵《シャオ・》剛《ガン》の携帯電話は電源が入ったままになっており、鑑識課がまず電波エリアを特定してから、派遣された警官が家のドアをノックしたが、応答がなかった。そこで、最終的にマンションの管理会社に鍵を開けさせ、中に入ったところ、ロープで縛られている邵剛と彼の愛人を見つけた。心臓にはやはり銃剣の刺し傷があった。

室内は整理整頓され、床もきれいに拭かれていた。モップがドアの横に置かれており、現場が掃除されているのは林嘯《リン・シアオ》の家と一緒だった。

犯人は毎回被害者の体と接触しないようにしているため、証拠がほとんど残らない。張相平《ジャン・シアンピン》のときだけは犯人の服の繊維が少し残されていたが、それも特に意味がなかった。

徐策《シュー・ツァー》はきっととっくに服を処理してしまっているだろう。

高棟《ガオ・ドン》はこめかみをもみながら現場を一通り見て回った。

遅れてやって来た陳《チェン》監察医と話し合ったが、死体は現場の状況から見て死後三日以上経過しているようだった。つまり、邵剛は胡生楚《フー・ションチュー》が殺される前日に殺されたことになる。現場には証拠がなく、目撃者の証言も望めないが、それでも形式的に聞き込み捜査をしなければいけない。

分かったよ、徐策。お前の方が一歩先を行っているみたいだな。

高棟は徐策を激しく恨んだが、今はどうすることもできない。徐策と数人の被害者の間に因果関係があったところで、裁判所は徐策がやったと判断できるだろうか？　目撃者も証拠も何もないのに。

殺人を終えた徐策は王修邦《ワン・シィウバン》だけを残した。規則正しい生活を送る王修邦に、徐策も手を出す機会がなかったのだろう。

前日死んだ胡生楚のことを思い出し、高棟は頭痛がしてきた。王孝《ワン・シァオヨン》永も手を引いた今日になって、早々に邵剛の死体が見つかった。これはどうするべきか。このことを今日報告すれば、一両日中にまた省に行って問責を受けなければいけなくなる。今年は無事に年越しできなさそうだ。自分だけではない。立て続けに事件が発生すれば、省と市の上役たちに顔向けができない。自分と一緒に長い間苦労をしている部下も、事件に全く進展がないため、平穏に年を越せない。彼らにどうやって顔向けすれば良いのか。

そのとき、高棟の携帯電話が鳴った。若い部下の呉《ウー》からだった。「ボス。県局にボス宛の小包が届いていています」

「こっちは忙しいんだ。小包ぐらいで電話してくるな！」機嫌が悪かった高棟は声を思い切り荒げた。

「それが……この小包は、お戻りになってご覧になった方が良いと思いまして」呉が消え入りそうな声を出す。

高棟もその異常に気付いた。「どんな小包だ？」

「一二六事件に関する重要な手掛かりです」

「一二六事件の重要な手掛かり？」高棟は叫んだ。「私宛の小包を勝手に開けたのか？」

「いえ。開けていません」

「じゃあどうして一二六事件の重要な手掛かりだと分かった！」

「ご覧になればすぐに分かります」呉は申し訳なさそうに言った。

事務室に戻った高棟が机に置かれた小包を見てみると、呉の言葉通り「一二六事件の重要な手掛かり」と書かれていた。

小包は軽く、中に爆弾の類が入っているようには見えない。高棟がハサミで開けると、中には印字された一枚の紙が入っており、そこにはこう書かれていた。

事件の担当者様

私は一二六事件の真実を知る者です。犯人に知られるのが恐ろしく、ここで私の本名を教えるわけにはいけません。ひっそりと外に出て、この小包を郵送しました。私が誰であるか調べる必要はありません。マスクをしていたので、配達人も私の顔を見ていません。

まず李愛国《リー・アイグオ》事件からお話しします。

犯人と李愛国の間に怨恨はありません。犯人は、李愛国がいつも銃を持ち歩いていることを知っていたため、最初に李愛国を殺しました。その方が後の犯行をスムーズに進められるためです。

犯人は注意深く狡猾な人間です。彼の本当のターゲットは張相平、胡生楚、邵剛の三人です。犯人は銃を奪い、後の犯行でトラブルがあった場合に銃を使って相手を殺そうとしていました。ただ、銃声は大きいので、よほどのことがない限り銃を使うつもりはありませんでした。彼は運が良く、どの犯行も失敗することなかったので、銃を使うことは結局ありませんでした。

犯人は李愛国と知り合いで、鳳栖路《フォンチールー》の路上で車を運転する彼を呼び止め、車に乗り、タバコを渡す際にスキを突いてスタンガンで李愛国を失神させてから殺害に及びました。李愛国殺害後、犯人は直ちに現場を掃除し、田畑を横切って逃走しました。

そこからが犯人の本当の計画の始まりです。

犯人はまず林嘯《リン・シアオ》を誘拐しましたが、これは私にも理由が分かりません。とにかく、彼はそうしました。犯人は林嘯とも知り合いで、林嘯の家まで来ると、同様の手法でスキを突いて彼にスタンガンを浴びせました。それから林嘯の体の自由を奪い、身動きを取れなくしてから大きな箱の中に入れ、エレベーターで地下室まで下り、車のトランクに入れました。林嘯を運び終えた後、犯人は再び現場に戻り、大きなプラスチック製のゴミ箱を運び、林嘯がエレベーターで連れ去られたように偽装しました。これらはすでに捜査で明らかになっていることでしょう。犯人はこうして、林嘯をいつ住宅地の外に連れ出したか分からなくさせ、防犯カメラの映像で怪しい車両を調べられないようにしました。

犯人の次のターゲットは張相平です。彼は実験をし、アウディのタイヤがパンクするデータを導き出した後、犯行に及びました。手口は李愛国事件とほぼ同じです。

それから犯人は邵剛を尾行し、李愛国事件で手に入れた銃を使って、マンションに入った彼の背後に銃を突き付け、指示に従うよう命じ、ドアを開けさせ、ロープで邵剛と愛人を縛り、二人を殺害しました。

翌日の夜、犯人は胡生楚がジョギングする習慣を利用して、彼が大きな樹の後ろに来たところでスタンガンを当て、何度も電気ショックを与えて昏睡状態にしてから、田畑まで引っ張って殺害しました。

犯人が彼らを殺した動機は分かりませんが、間もなく警察が解決してくださることでしょう。

手紙の最後はこう締めくくられていた。

逮、い、捕、い、さ、い、え、い、し、い、て、い、し、い、ま、い、え、い、ば、い、喋、い、ら、い、せ、い、た、い、い、い、こ、い、と、い、を、い、何、い、で、い、も、い、喋、い、ら、い、せ、い、ら、い、れ、い、ま、い、す、い、。

最後まで読んだ高棟は思わず叫んだ。「やっぱり徐策か！」

この最後の言葉は、高棟がかつて徐策に言ったものだったからだ。

手紙を読んだ高棟は、なぜ数日のうちに自分が家に行くことを徐策が予想できたのか分かった。小包を受け取った高棟が手紙を読めば、自ずと徐策の家に行くことになるからだ。

高棟は手紙を何度も読んだが、犯罪行為を記録しているだけで、その他の情報は何も書かれていない。

高棟は首をひねった。徐策が手紙を出した真の目的はなんだ。この最後の言葉は一体何を意味している。俺が物証や証言を何も得ていないことを知り、勝ち誇りたかったのか。

勝ち誇ったところで、徐策にメリットはあるか。

旧友の身でありながら、なぜ俺を窮地に追い詰めるのか。

俺はお前を疑うどころか、助けてやったのに、お前はなぜ俺を困らせるのか。

このときの高棟はまだ知らなかった。その答えが翌日に明かされるということを。

# 終章

翌日、雨はすっかり上がって、空には太陽が再び輝いていた。

高棟《ガオ・ドン》は陳《チェン》隊長の電話で起こされた。「まずいです、林嘯《リン・シアオ》の死体が見つかりました」

三十分後、大勢の警官が県郊外の山の斜面に集まった。

ここには毎日多くの中高年が登山に訪れるが、連日の悪天候で、しばらく誰も来る者がいなかった。天候が回復した今朝、登山に訪れた人間が斜面に透明なポリ袋が埋まっているのを見つけ、異常を覚えて近寄ったところ、中に何か入っているのに気付いた。

そして、発見者である老人は、袋の中の人毛をはっきり認識し、腰を抜かして警察に通報したのだ。

郭鴻恩《グオ・ホンエン》の顔面は蒼白だ。毎日一人ずつ死体が発見されていき、一体どう申し開きをすればいいのか分からず、自分の将来に全く希望を持てなくなっていた。

高棟は押し黙ったまま立っていた。これも徐策《シュー・ツァー》の仕業だと判断した彼は、どうやって証拠を見つけ、徐策に罪を認めさせれば良いのかを考えていた。完全犯罪が永遠に続くことなどなく、いつかは手掛かりを残すはずだ。

高棟は郭鴻恩と異なる考えを持っており、新たな殺人事件が起きてもどうでも良かった。すでに犯人が誰かは知っており、ただ証拠がないことに苦労しているだけだからだ。

バリケードテープの中で野次馬を防いでいる警官を含み、現場の全員が顔に疲労の色を浮かべ、陰鬱な表情をしている。このような事件が立て続けに起きて、彼らも憔悴していた。

しばらくしてポリ袋に入った死体が掘り出された。陳《チェン》監察医がつぶさに観察し、高棟と郭鴻恩に報告に来る。「死体の保存状態は極めて良好です。ポリ袋に包まれていたので、雨水が入らなかったからでしょう。死体の状況から見て、死後二日以上経過しています。殺害方法はこれまで同様、銃剣で心臓を一突きです」

「つまり、犯人は邵剛《シャオ・ガン》を殺した翌日に胡生楚《フー・ションチュー》を殺し、その次の日に林嘯を殺したということか」

「はい。犯人は今回慎重さを欠いています。死体を埋めた穴が浅かったのです。もしあと二、三十センチ深ければ、しばらく誰も死体を発見できなかったでしょうし、発見したときには死体が完全に腐っていて、林嘯かどうか判別できなかったはずです。それに犯人は死体をポリ袋にしっかり包んでいます。死体は雨による損傷もなく、加えて冷たい気温のおかげで腐っていません。とは言え、連日の雨風があったからこそ、自然に出てきたのでしょう」

「そうですね。もし雨が降らなければ、死体だっていつ見つかったか」そばにいた陳隊長が言う。

「犯人はまさか死体を埋めた後に大雨が降ると思っていなかったんでしょう。天気予報を見ていないんですね」

陳監察医はわざと冗談めかして喋ったが、二人の上司が黙ったままだったので、口を閉じた。

「ボス。また何か出てきました。箱みたいです」張一昂の声が聞こえた。

高棟らがそちらへ向かう。

陳監察医の二人の部下が箱を掘り出していた。小さな木箱で、死体と同様ポリ袋に包んであり、雨水もしみ込んでおらず、保存状態は完璧のようだ。

陳監察医の指示のもと、部下が箱の外側に指紋など残っていないかを調べ、何もないことを確認してから箱を開けた。中には物が数個入っていた。

その場にいた全員の目が大きく開いた。バリケードテープの外側にいた数名を除き、ほとんどの警官が集まって来た。

最初に目に飛び込んできたのは、凶器の銃剣だった。

先が尖った銃剣には、乾いた真っ赤な血液がついている。グリップはゴム製だ。

陳監察医が注意深く取り出し、ライトを持ってきて特殊な光を浴びせ、つぶさに観察した。

「指紋があります！」陳監察医が興奮のあまり叫んだ。

その言葉に全員の心が震えた。長い持久戦にようやく収穫があった。しかも確固たる証拠である指紋だ。

郭鴻恩の顔にも笑みがこぼれた。

高棟は驚きも喜びもせず、黙々と彼らの仕事ぶりを眺めていた。この銃剣には見覚えがあった。

だがすぐには思い出せなかった。

「付着している血液はおそらく林嘯のものでしょう。王、すぐにこれを保管しろ。それから指紋を取れ」

続いて、陳監察医は箱の中から棒状の物を取り出した。「これはスタンガンですね。間違いなく犯人が使った物のはずです。しかし、指紋は拭い取られていました。さっきの銃剣は持ち手が柔らかいゴム製で、一旦指紋が着くと容易に取れません。犯人は消した気でいたんでしょうが、ゴムの上の指紋が一回拭っただけでは取れないことを知らなかったのでしょう」

続いて陳監察医はバナナのようなプラスチック製の棒を取り出した。観察したが指紋はついておらず、代わりに油のような粘液が付着していた。陳監察医はそれを振ってみんなに見せた。「これはおそらくバイブでしょうね。付いているのはワセリンだと思います。私も初めて見ましたが、おそらく事件とは関係ないでしょう。なんで入っていたのか。王、これも保管して化学検査に回してくれ」

最後に出てきたのは、携帯電話のバッテリーとSIMカード、そして金がはめ込まれた高級携帯電話だった。

陳監察医は、そのどれにも指紋がないことを確認してから、訝しげに言った。「誰の携帯電話でしょうか」

「多分林嘯の物だと思います」張一昂が答えた。

「何か手掛かりが入っているかもしれませんね」

陳監察医は箱の中に他に何もないことを確認すると、ＳＩＭカードとバッテリーを携帯電話に入れて、電源をオンにした。

「まだ電池が残ってますね」

スマートフォンだったので、陳監察医は手袋を外して操作し、フォルダをタップした。その中にもフォルダがあり、タップするとまたフォルダが出てきた。不審に思った彼はそばの高棟たちに説明した。

「続けてくれ」郭鴻恩が言った。

さらにタップすると、音声ファイルが出てきた。

陳監察医がそれを開くと、携帯電話からしわがれた泣き声が聞こえてきた。「私は林嘯です……」

その場にいた人間全員が驚いた。

「林嘯って言ったか！　ストップだ！　スピーカーをオンにしてくれ。聞き取れなかった」郭鴻恩が命じる。

陳監察医がそれに従って再び再生すると、林嘯の声が鮮明に聞こえてきた。

「私は林嘯です。この録音を誰が聞いているか分かりませんが、そのときには私はもう死んでいるでしょう。犯人には一刻も早く捕まってほしいです。私は散々いたぶられ、もう限界なんです。あの……王修邦《ワン・シィウバン》のクソ野郎に！」

振り絞るような叫び声だった。

その場の全員が信じられないという表情を浮かべた。

王修邦！

まさか犯人は王修邦なのか？

高棟は疑念でいっぱいだった。今の発言が想像を遥かに超えるものだったからだ。

引き続き携帯電話の声を聞いた。

「王修邦は貪欲な男でしたが、今までその本性を発揮する機会がありませんでした。去年、旧都市改造維持業務事務所が成立し、彼がリーダーになりました。都市建設会社と開発業者が三千万元を持ってきて、立ち退き維持安定の特別基金として、旧都市改造維持業務事務所の口座に振り込みました。特別基金は維持安定のための人員を集める経費で、用途が特殊なので、帳簿に載ることはありません。経費と言っても、実際は事務所のいくつかの機関が法外な見返りとして持っていきました。だから事務所では四人の責任者以外、ほとんど誰もこのお金の存在は知りません。部外者ならなおさらです。

　王修邦はこの大金を他の機関と分けずに独り占めしようと考えました。帳簿に載っておらず、上も知らない金ですので、管理されることもありません。それで王修邦は張相平《ジャン・シアンピン》、邵剛、胡生楚の三人の副局長を殺害することを思い付きました。王修邦の助手だった私は、その金のことも知っていたため、彼から仲間になるよう誘われましたが、断りました。そのようなことは政府

や国家、人民の利益に反します。私は人民の公僕として、良心に背くことができなかったのです
私の決意が固いと見るや、王修邦は一旦諦めたという素振りで、その金を独り占めする気配を見せませんでした。しかしやつはある晩、うちにやって来て、スタンガンを食らわせて私を誘拐しました。

今も自分がどこにいるか分かりません。ずっと監禁されていて逃げられないんです。王修邦は私に、三人の副局長の殺害計画を話しました。さらに、すでに李愛国《リー・アイグオ》を殺して銃を奪ったので、三人を殺すことなど簡単だと言いました。

その計画がどうなっているのか分かりませんが、三人の次はお前の番だと脅されました。もし計画に支障が出た場合は、私を公安との交渉材料にするつもりのようです。

王修邦の悪魔は、あの畜生は……私を犯しました。王修邦はもともとEDで、女性に興味がありません。私を監禁してから、やつはあんなに胸糞悪いことを私にしたんです。私はもうすぐ殺されるでしょう。でも犯人が法の外にいるなんて、耐えられません。

神様。もし目を開けているのなら、一刻も早く警察に王修邦を捕まえさせてください！

私があとどれだけ生きられるか分かりませんが、この録音がやつに見つからないことを祈っています。そうすれば、いつの日か、あの畜生に裁きが下ることになるはずです！」

録音はこれで終わりだ。その場にいた人間はみな唖然とし、その後、強烈な歓声がこだました。

やっと事件解決だ！

これこそ被害者の生前の告白であり、どんな物証よりも信じられる！

この市と言わず、中国全土の過去数十年間の殺人事件で、被害者が生前に犯人を告発した録音があっただろうか。

高棟の顔は険しいままだった。どうして事態がこういう方向に進むのか、理解できないでいた。

高棟の表情がおかしいことに誰も気を留めず、全員が事件について話し合った。

「先ほどは気付きませんでしたが、調べたところ、林嘯の肛門括約筋はひどく緩んで変形していました。おそらくバイブによるダメージを受けたんでしょう」と陳監察医が発言する。

「道理でさっきの箱にバイブなんか入っていたわけだ。王修邦の野郎、いい趣味してるな」

「おい、さっきの録音だとあの変態はＥＤで、女に興味がないって言っていたぜ。あんな物があるのも納得だな」

「しかし変だな。こんなに頭が良い王修邦が、何で最後の最後で携帯電話の録音を放って置くなんていうミスをやらかしたんだろう」

「どんなに賢い人間でも、千回に一回はミスがあるって言うしな。あの野郎はスマホなんかいじったことなかったんじゃないか。まさか何重ものフォルダの中に致命的なデータが入っていると
は思わなかったんだろうな」

「ところで、林嘯は死ぬ前にどうやって携帯電話を手に入れて録音したんだ？」

「簡単だ。王修邦は林嘯を監禁していたが、携帯電話をうっかりそばに置いてしまったんだろう。

林嘯が録音して、元に戻したのを気付かなかったんだ。誘拐にはどうしても犯人のミスが生じるからな。誘拐犯から逃れた被害者はみんな、犯人のスキを突いて逃げてるんだよ」

「そうかもしれないが、なぜ林嘯はケータイで警察に通報しなかったんだ？」

「馬鹿か？　王修邦がＳＩＭカードを抜き取っていたからに決まってるだろ。あいつがＳＩＭカードを入れっぱなしにしたまま放置するほどの馬鹿かよ？　そんなことしたら外に信号が発信されるだろ」

「ああ、そうだった。この前、王修邦が林嘯からの連絡を受けたときも、一回目は林嘯の携帯電話からショートメールが送られて、二回目に電話がかかってきたんだよな。追跡したら、一回目のときは王修邦が家にいて、信号はあいつの家を中心とするエリアから発信されていたんだ。二回目のときはあいつは機関にいたが、信号はまたやつの機関を中心としたエリアだった。なるほど、あいつは演技をしていて、俺たちの捜査力を削いで、県城《シエンチョン》全体を攪乱させていたんだな。この携帯電話であいつが自分で信号を送っていたんだ。道理で二回ともあいつの近くだったわけだ」

「そういうことだ。あの畜生、俺たちに散々苦労かけさせて、何度も無駄足踏ませやがって。本当にクソッタレだぜ」

「刀で切り刻んでも足りないぐらいだ」

「林嘯を殺した後、何で犯行道具とかをここに埋めたんだ？」

「それも言うまでもないだろう。あいつは道具を捨てて誰かに拾われるのを恐れて、ここに埋めたんだ。まさかこんなに早く見つかるとは思わなかっただろうな」

この説明は説得力に欠けたが、現場で疑問を呈する者は誰もいなかった。なぜなら証拠の品物が現実にここにあるのだから。犯人は油断したのか、それともしばらく放置した後に処理しようとしていたのか。いくらでも説明できるが、どう説明しても事件の捜査には全く影響しない。

張一昂は嬉しそうに口を開いた。「思い出した。文字を書いたインクは合弁会社の高級品で、県内で一店舗しか売っていない代物だったんだよ。店の防犯カメラを調べたら、王修邦がそのインクを買っている動画があったんだった。そのときはやつが犯人である可能性を排除していたが、うっかりしていた」

県局の民警が愚痴をこぼす。「おい、俺たちは知らないぞ？　お前ら市局の連中はこれだから。その手掛かりをすぐに追っていれば、事件も早く解決できたんじゃないか」

陳隊長が市局に替わって説明する。「それは市局を責めるわけにもいかないだろう。王修邦は副局長だ。俺たちが見つけたところで、王修邦のような官僚がこんなことをするなんて思わなかったはずだ」

「言われてみればそうですね」とその警官はもう気にしていない様子だ。事件がようやく解決し、これまでの苦労や恨み辛みなど、とっくに消え去っていた。

郭鴻恩が陳監察医に声を掛ける。「陳さん、証拠採取の仕事ももういいんじゃないか？」

「はい。もうそろそろです。終わったら実験室で調べます」

郭鴻恩が全員に向けて手を叩く。「よし。喜ぶのはまだ早いぞ。王修邦の畜生を引きずり下ろしてからだ。それからしばらくしたら忘年会でも開いて、みんなの労をねぎらおうじゃないか。宴会で思いっきり発散してくれ！　高さん。君はどう思う？　すぐに捕まえに行くか？」

高棟はちょっとためらった。彼はこのとき、自分の心の中に芽生えた感情をどう形容していいか分からず、なぜいま事態がこのように展開したのかも理解できなかった。「郭局長。直ちに王修邦の機関に行かれ、身柄を確保してください。我々はこれから王修邦の家に捜査に向かいます」と言うしかなかった。

「よし。もうひと踏ん張りだ！」全員が歓声を上げて興奮しながら散開した。残ったのは警察に入って日が浅い新人ばかりで、大捕物に参加できず、悶々とした気持ちで現場を守り続けた。


最後の仕事は火が燃えるような速さだった。高棟が数十人の部下を引き連れ、王修邦の家に着いたとき、電話の向こうから良いニュースが届いた。王修邦が捕まったのだ。県局に押し込まれた王修邦はショックを受けたふりをしているが、吐くのも時間の問題とのことだ。

高棟は苦笑するしかなかった。

王修邦のところから自宅の鍵を持って来るのを待っていられず、一か月余りのうっぷんを晴らすかのように、警察はのこぎり等の工具で王修邦の別荘宅の鉄の門をこじ開け、猛然と屋内へ入った。

ドアの外にいた高棟は、そわそわしながら中からの報告を待った。

数分もしないうちに、鑑識課の人間が透明なポリ袋に銃と数発の銃弾を詰めてやってくると、「ボス。花壇の右側の低木樹から、六四式拳銃と弾を見つけました」と得意げに高棟に見せてきた。

高棟は半日でそれを見て、「現場写真を撮るのを忘れるな」と注意した。拳銃が見つかった位置から理解した。きっと徐策が壁の外側から投げ捨てたのだ。

「もちろん忘れていません。もう撮りましたよ」と部下はデジカメの写真を見せる。

「分かった。続けろ」高棟は淡々と告げながら、嬉しそうに車のそばに行く部下を眺めた。そこでは鑑識課の人間が発見した証拠品を整理していた。

間もなく、また誰かが家から出てきた。「ボス。王修邦のカルテです。上海で診てもらったようで、確かにEDとあります。ここには、若い頃に機械的外力による損傷を受け、年を重ねてからその影響がさらに大きくなり、性機能の回復は困難だと書かれています。だから男に走ったわけですね。はは。あと、これは薬ですね、みんな強壮剤です」

高棟は仕方なく彼に笑い掛け、褒めてから捜査に戻らせた。

また一人出てきた。「ボス。寝室から軍歴証明書が出てきました。王修邦は昔兵役に就いていたようです。捜査を攪乱する能力があったのもうなずけますね」

しばらくして鑑識課の人間がまたやって来た。「ボス。書斎からインクを見つけました。文字を書くのに使われたものです」

高棟はますます苦々しい気持ちになったが、それを耐え忍び、微笑みながら部下の仕事を見守った。

一時間も過ぎた頃、陳監察医が一足の靴とベージュ色の服を持って現れた。「ボス。靴底とサイズが現場の足跡と完全に一致します。それにこの服の繊維は、張相平の爪に挟まってたものと一緒です」

高棟はただうなずき、振り返ってタバコに火を点けた。現在の自分の心に浮かぶ感情を、どう形容していいか分からなかった。

徐策。お前はどうやって事態を今の姿に変えたんだ。

そうだ。あの服は……。高棟は、徐策、張相平、王修邦、鄭建民《ジォン・ジエンミン》と一緒に食事したときに、王修邦がベージュ色の服を着ていたことを思い出した。徐策はそれをこっそり写真に撮っていたのかもしれない。あの階級の官僚は服にもこだわりがあり、着ている服はだいたいその季節の新作で、ブランドも基本的に市の百貨店に入っている店の物だ。同じ服を入手することは難しくない。

徐策が同じ服を購入し、犯行時にそれを着ていたのだとすると、張相平の爪に挟まっていた繊維は死ぬ間際に摑んだものではなく、徐策がわざと彼の手に摑ませたものだということが分かる。

高棟は身震いした。

だが、徐策が王修邦の革靴まで把握していたとしても、どうやって王修邦のサイズを知ったのかまでは分からなかった。

高棟には永遠に分からないだろう。一緒に食事していたとき、徐策はわざとビールを地面にこぼしたのだ。王修邦がそれを踏むことで、大理石の床に足跡が付く。その後、徐策は理由を付けて食事していた個室に戻り、たったの一秒間でサイズを測ったのだ。そうして徐策は同じブランド、同じデザイン、同じサイズの靴を買い、犯行時に履いた。

李愛国を殺害したときは、まだ王修邦の靴もサイズも知らなかったため、鉄靴を履いたのだった。

その後、徐策が犯行時に足跡を残したのは、今日のためだった。

だが警察は、犯人が慌てており、鉄靴に履き替える暇がなかったので足跡が残ったと思い込んだ。以降、犯人が足跡を残すようになったのは、すでに警察に調べられており、ごまかす必要がなくなったためだ、と考えてしまった。

そのとき、数台のパトカーが現れた。降りて来た郭鴻恩は満面の笑みを浮かべて尋ねた。「捜査の状況はどうだい？」

「物証がたくさん出てきています。進捗はまずまずです」高棟はそう言うしかなかった。

「我々もまずまずだ。王修邦のヤツはまだ白状していないがな。吐かせようとしたが口が硬い。

しかし、こんなに多くの物証を前にすれば、口を割らざるを得まい。林嘯の録音も、彼に親しい人間に聞いてもらって、本人だと確定した。国土局の局長と確認したが、確かに旧都市改造維持業務事務所に二千万元以上の金額が正式なルートを経ずに渡っているらしい。これは王修邦の担当で、局長は知らなかったということだ」

郭鴻恩は王修邦を捕えたシーンを生き生きと再現してみせた。

王修邦が事務室の人間と会話していたところ、ドアのそばにいた局長に話があると呼ばれた。彼が事務室から一歩出ると、四、五人の捜査員が彼を押し倒し、口々に「動くな」と叫んだ。

複数人に制圧された王修邦が動けるはずはない。

捜査員たちは王修邦のせいで数か月も残業させられた恨みもあり、その怒りを彼にぶつけ、動けない王修邦を蹴りつけながら、「動くなって言っただろ！」と罵った。そうして理不尽な暴力を一通り受けた王修邦はパトカーに押し込まれ、連行された。

郭鴻恩は国土局の局長に事情を説明した。局長は驚いた様子だったが、林嘯の生前の録音を聞くとすぐに怒りを爆発させ、郭鴻恩の味方となり、録音内容が事実であることを自分から認め、王修邦の旧都市改造維持業務事務所に、数千万元の資金が正式なルートを通らずに送られた話を聞いたことがあると言った。だがその件は王修邦の担当であり、詳細は知らず、自分は無関係だったと主張した。局長はまた郭鴻恩に、今後上役から監督不行き届きを責められた際、フォローしてほしいと頼んだ。

国土局の局長はさらに、数年前に離婚してから、王修邦の言動がおかしくなったことも明らかにした。国土局の部下が定期的に行うパーティに関して、他の副局長は暇があれば参加していたのに、王修邦はめったに参加しなかった。王修邦がこんな事件を起こしたことは意外ではあったが、思い返してみると納得する部分もあり、平時における部下の思想の監察不足だったと局長は自分を責めた。他にも局長は、最近になって王修邦という人間が金に汚く、いつも数百、数千元の買い物や食事を局で精算していることを知り、その処分を下そうとしていたところだったそうだ。今になって、数千万元の大金を狙ったことも当然の結果だった。このような獅子身中の虫は必ずや厳正に処理し、甘い対応をしてはならず、絶対に銃殺しなければならない、と主張したとのことだ。

高棟はそれを黙って聞いていた。

「そうだ。銃剣の指紋も、初期の検査で王修邦本人のものだと分かったよ」

「指紋も彼のものだったんですか？」高棟の顔から血の気が引いた。

「ああ。何か問題でも？」郭鴻恩は不思議な表情をする高棟を訝しみながら聞いた。

「いえ、なんでもありません。証拠が全部揃ったのは良いことです」

郭鴻恩は驚く高棟を笑い飛ばした。何日もの疲れが重なっていたところ、突然事件が解決したことで喜びを抑えきれなかったんだろうと思った。話を終えた郭鴻恩は、鑑識課の収穫を見に行った。

高棟は、見覚えがある銃剣を一体どこで見たのか考えた。

そしてまた五人の食事風景が頭に浮かび、突然あることを思い出した。徐策が持ってきていた、半導体の材料だというゴム棒だ。投資して生産すると言って、全員に見せてから持ち帰ったあのゴム棒だ。

間違いない。銃剣の持ち手はあれだ。

徐策はきっと、そのゴム棒の中を空にして形を変え、王修邦の指紋だけを残して、銃剣をゴム棒の中に入れたのだ。

だが、ゴム棒の外見も変わっている今、一体誰がそんなものを覚えているというのか。張相平も死んでおり、徐策が王修邦をはめたという証拠はどこにもない。

最も重要な証拠は林嘯の録音であり、これは被害者の生前の証言という鉄のような証拠だ。

全国で起きたどんな殺人事件でも、これ以上の証拠はないだろう。

殺された被害者が録音で犯人を指摘したことなど今まであっただろうか。

そんな鉄のような証拠を一体どうやって翻せるのか。

翻すことなど誰もできない。

この事件はつい昨日まで、実質的な証拠など何もなかった。しかし現在、一連の人的証拠や物的証拠が出揃い、被害者の生前の証言まで出てきた。

高棟は、そのような確固とした証拠で、王修邦が罠に掛けられることなど考えもしなかった。

そのとき、郭鴻恩の携帯電話が鳴った。しばらくして、郭鴻恩が笑いながら高棟に話し掛ける。

「この件を省に報告したんだが、もちろん、今朝偶然大量の証拠を見つけたから解決しましたなんて言わなかったよ。過酷かつ長く綿密な調査を経て、王修邦に重大な嫌疑があることを発見し、徐々に証拠を見つけてようやく特定したと伝えたよ。どうだい?」

高棟は力なく笑った。「郭局長の機敏な対応に感謝します。もし偶然犯人が分かったなんて上が知ったら、良い顔しないでしょう」

郭鴻恩も自身の「機転」に満足していた。「具体的な内容については今後口裏を合わせよう。省庁や公安部の上役も、君たちの今回の捜査を非常に高く評価している。数日後に表彰式を開くそうだ」

「少し申し訳ないですね」

「そんな風に考えることはない。事件は解決したんだから」

「王修邦は極刑は免れないでしょうね」

「当然だな。間違いなく死刑だ。こんなに多くの人員を使って、長い間仕事をさせたんだから、切り刻んでも足りないぐらいだって誰しも思っていることだろう。王修邦とは面識があったが、まさかこんな外道だとは思わなかった。しかし、県の副局長である王修邦はコネも少なくない。誰かの口添えで捜査や裁判に影響が出ることを上は心配しているようで、省の常務委員がすでに指示を出していて、王修邦に口添えする人間は全て記録して、省の組織部門に報告し、いつか厳重に処分を下すと言っている。実際、心配する必要は全くない。複数の局のナンバー2を殺して我々公安局全体の怒りを買ったどころか、君ら市のトップ、そして省や部のトップの怒りまで買ったんだ。誰が好んでやつを許したり、同情したりするもんか。そうだろう」

この話を聞いた高棟は、王修邦のために捜査をし直して、真犯人である徐策を捕まえてやろうという気持ちもすっかりなくしてしまった。

しばらくして屋内の捜査がほぼ終わり、バリケードテープを引いてから捜査員たちが徐々に退出して来た。陳監察医が高棟と郭鴻恩に近づく。「捜査はだいたい終わりです。今回の証拠は確実ですよ。動機は林嘯の録音にありますし、物証に至っては、王修邦の家から李愛国の銃と弾が出てきました。インクも家の中にありましたし、現場の足跡も王修邦の靴と一致します。張相平の爪に挟まっていた繊維も、現時点の検査で王修邦のベージュ色の服の繊維と一致しています。王修邦は兵役に就いていたこともあり、捜査を攪乱する能力を有しています。EDであることもカルテで裏を取れましたし、林嘯を犯したことはあのパイプが証明しています。使用された凶器には王修邦の指紋が付着していて、スタンガンも見つかりました。直接的な目撃者こそいませんが、林嘯の生前の録音が最も重要で、声も林嘯本人であることが確認できました。他にも、張相平事件発生前の目撃者の証言による、犯人のおおまかな身長や体型及び見た目の年齢も王修邦と一致します。この仕事を数十年やっていますが、これ以上完璧な証拠の数々は見たことありませんし、被害者の生前の音声なんて聞いたこともありません。現在、人的証拠も物的証拠も万全で、犯罪動機もはっきりしています。あとは王修邦自身の自白ですね。しかしそれも問題ありません。王修邦が死んでも認めないと言ったところで、今の証拠で十分死刑にできます」陳監察医は興奮した口調で語った。

高棟は徐策が寄越した手紙のことを思い出した。あれは犯行の告白だったのだ。

そして文末にあった「逮捕さえしてしまえば、喋らせたいことを何でも喋らせられます」は、事件と無関係な王修邦は自白しようにもできないので、手紙の内容に従って彼に自白させろという高棟へのアドバイスだった。

きっと事実に即した自供ができあがるだろう。

なぜなら、王修邦は「逮捕された」からだ。

もちろん、高棟が事件の担当でなければ、徐策は手紙を書く必要すらない。郭鴻恩のような人間が担当した場合、王修邦が犯行を自供しなくても、豊富な想像力を発揮して、王修邦に替わって自供を書くのだから。

そして高棟は、なぜ徐策が胡生楚を田畑に引っ張って四時間以上放置していたのかも理解した。王修邦が帰宅していないタイミングで殺害して、王修邦のアリバイが成立してしまうことを恐れたのだ。

王修邦の習慣から言えば、夜十一時過ぎは彼が絶対家にいる時間だ。そのときに胡生楚が殺されれば、彼にはもちろんアリバイがない。

だから徐策は三人の副局長を殺害した後、この旧都市改造維持業務事務所の主任を放ったらかして出国したのだ。王修邦に並々ならぬ恨みを抱いている徐策は、彼を簡単に死なせるつもりなどなかったのだ。

徐策が一芝居打ったわけは、王修邦を死刑にし、道具を使って男を強姦するEDの変態だと人々に知られるようにするためだった。官二代である王修邦の息子も二度と学校で好き放題できないだろう。破滅的な罪を被った王修邦は、県全ての主要機関のトップ、市や省のトップ全員の恨みを買ったのだ。被害者の家族は、死刑に処される王修邦には何もできないが、絵を描くのも人に暴力を振るうのも大好きな彼の息子には手を出せるだろう。

あのろくでなしの息子の人生もこれで終わりだ。

また、徐策が林嘯をわざと浅く埋めたのも、警察に発見させるためだったことも理解した。もし深く埋めて林嘯の死体がずっと見つからなければどうなっていたか。林嘯の死体や物証をきちんとビニール袋に入れたのも、それらが破損したら王修邦をはめられないからだ。

雨。そうだ、雨だ。徐策が浅く掘って埋めた死体は、その翌日に雨が降ったことで見つかった。だから、誰もが雨によって偶発的に姿を現したのだと思い、なぜ犯人がそんな浅い穴を掘ったのか、疑念を抱く者はいなかった。

徐策、おい徐策。人の考えは天の考えには及ばないと言うが、天気まで考慮したお前に、俺はもう言葉もない。

「王修邦の元に、林嘯から助けを求めるショートメールと電話があったと言っていましたが、あれも偽装工作だったんですね。あの野郎め。そう言えば、電動バイクがなくなった場所も遺棄された場所もいずれも建設路《ジェンシャールー》で、王修邦の家と機関の中間地点ですよ」張一昂が補足する。

大勢は決した。

高棟は徐策の計画の破綻を見つけられなかった。人的証拠も物的証拠も揃い、自分の十年間の警察人生で出会ったことがないほど証拠が万全なこの事件が、王修邦の仕業だと思わない人間はいない。省委員も、王修邦の味方をする人間に処分を下すよう指示を出している。

本件は、事件の解決例として公安の教科書に確実に載る事例だ。

これ以上、何をためらう？

高棟は心からの笑みを見せた。「この事件もようやく終わりだ。今夜は身内だけで打ち上げでもやろう。そして、急いで王修邦の尋問に取り掛かるぞ。やつの犯行の全てはだいたい分かってる。やつが自白しなくても問題ない。私が直々に吐かせてやる」

全員の顔に、久しく見せていない喜びの表情が浮かんだ。

高棟はゆっくりと彼らに背を向け、タバコに火を点けて心の中でつぶやいた。「徐策、お前の勝ちだ」

# 訳者あとがき――防犯カメラが鳥瞰する中国社会

阿井幸作

紫金陳氏の本を初めて読んだときの感想は、やけに防犯カメラに執着する作家だな、だった。

本作『知能犯之罠（原作タイトル・設局）』は、白象県という中国の架空の県で公安局の副局長が殺される事件から端を発する官僚連続殺人事件だ。捜査担当者の高棟は、県内の防犯カメラを調べれば犯人が特定できると考えて捜査員を導入するが、犯人に結び付く手掛かりを全く摑めず、簡単だと思われた事件は暗礁に乗り上げる。そして、高棟の大学の同級生で心理学に精通する徐策は、自分が真犯人であることを隠しながら高棟の相談に応じ、彼に疑われまいと情報を提供するという綱渡りを演じる。捜査官と犯罪者に分かれた親友同士が互いの真意を探り合う倒叙ミステリーだ。

私が最初に読んだ紫金陳氏の本は、二〇一三年に出版された『高智商犯罪――死神代言人（仮タイトル・高知能犯罪――死神の代弁者）』だ。この作品では、旅行中の公務員たちが車ごと誘拐されるという事件が起き、道路の防犯カメラをいくら調べても、その車の行方すら分からないという事態になる。事件の舞台は本書と同様の白象県、捜査するのはまたしても高棟だ。親友でありライバルの徐策もアドバイス役として電話出演している。

防犯カメラの捜査に筆を割き、可能性を一つずつ潰していく偏執的な手法に惚れて、それからは氏の作品を全て読んでいたつもりだったのだが、本作を知ったのは翻訳の依頼が来てからだった。早速小説を購入し、北京上海間の高速鉄道の片道五時間、往復十時間の旅のお供にするつもりだったが、上海行きの往路で読み終えてしまった。

最初から犯人が分かっている倒叙ミステリーなのだから、犯人が捕まるだけの結末では面白くない。しかも、後半になっても高棟は徐策に出し抜かれているままなので、ここから警察側の大逆転など期待できず、徐策のミスなどさらに起こり得るはずがない。一体どのような結末になるのかと読み進めたら、まさか「ウインウイン」な結末が用意されているとは思わなかった。

容姿端麗で出世頭の捜査官・高棟と、頭脳明晰だがぱっとしない風采の犯罪者・徐策という対照的なキャラクター、捜査する者とされる者が旧友という設定は、東野圭吾氏の『容疑者Xの献身』を連想させる。実際、原作の後書きには「東野圭吾に捧げる本」と書かれているので、著者はやはりそれを意識して書いたようだ。中国では、東野圭吾ブームが起きてから、愛する者のために自分を犠牲にする犯罪者を描いた作品や、「容疑者」とか「献身」などの言葉がタイトルに入った作品が数多く生まれた。本書もその流れを汲んでいるが、多くの作家が東野圭吾氏のラブストーリー的展開を真似する中、紫金陳氏は頭脳勝負に比重を置いている。

本書は警察の捜査を出し抜く鮮やかな犯罪手法が次々と描かれながらも、社会派ミステリーの風格も兼ね備えている。公安内部の動きや捜査員の思考を生き生きと描くことで、中国独特の犯罪捜査や解決に至る道筋を丁寧に説明している。本書を読むと、高棟をはじめとする警察官が気にしているのは市民の安全ではなく、組織の上にいるお偉いさん方の反応であることに気付く。何しろ、被害者が各局の副局長という地位の高い役人だからこそ、わざわざ市から県に高棟という実力者が派遣されたわけである。高棟の使命は事件の即時解決であって、捜査には彼個人の義憤や正義感は介在せず、彼の原動力は出世欲だ。だから二人目の犠牲者である張相平の死を聞いた彼は、自分の今後を悲観して涙を流し、市の権力者である義父に泣きつく。そして、来たるべき問責会議に備えて、捜査を二の次にして義父らと作戦会議をするが、話し合われるのは自分の保身であり、捜査の方向性を検討するなんていうことはしない。

極めつけは、自分の代わりにリーダーとしてやって来た王孝永への対応だ。高棟は表面上、王孝永に友好的だが、自分から進んで献策することはなく、どのようにして自分の手を汚さずに王孝永を失脚させるかということを考え、犯人を応援している節さえある。大事件の捜査は高棟や王孝永一人の問題ではなく、彼らの背後にいる大物権力者の進退にも関わる。

結局、徐策が知恵を絞った殺人事件は権力闘争に使われてしまうわけだが、そのような派閥争いや権力の介入もまた徐策の思う壺であり、高棟らを取り巻くその環境は、事件を終息させる強制力となる。徐策が敷いた、事件を解決に導く布石の数々は、獲物を罠へと誘導する道筋だ。そして、賢い高棟は罠と知りつつもその道を進むしかなく、上司と部下のため、そして自分の出世のために喜んで罠に飛び込むのである。何もかもが徐策の思い通りになり、警察の誰もが思考停止して、犯人が事前に準備した証拠を勇んで見つけ出し、「冤罪」で事件解決を図ろうとやる気を出している様子には、恐怖すら覚えた。

本作品のシリーズはもともと、インターネットで連載されていた。本書は紫金陳氏にとって初めての長編ミステリーであり、「謀殺官員（官僚謀殺）」シリーズ第一作目に当たる。物騒なタイトルが示す通り、被害者は大抵官僚だ。犯罪の動機は復讐で、被害者たちに同情の余地はない。一連の犯罪が一から十まで考え抜かれていて、犯人が結末を見越して行動している点は非常に鮮やかで挑戦的だ。ちなみに「謀殺官員」というタイトルは、書籍化するに当たって「高智商犯罪」に名前を変えている。また、本作『設局』の本来のタイトルは『謀殺官員1―邏輯王子的演繹（論理の王子の演繹）』だったことも付け加えておく。

本作は二〇一二年にネットで連載され、二〇一四年に書籍化されたが、書籍化する際に修正が加えられている。そして日本語版刊行に当たって作者から特別に、中国の出版社や審査部門の手が加えられていないバージョンを提供してもらった。作者が書きたかったことがそのまま書かれているデータを翻訳できたことは、翻訳者として満足だ。

翻訳と言えば、今回の作業には自らの力不足が原因であるとは言え、中国の組織体系による名称や肩書きにずいぶん悩まされた。主に公安局という政府機関を舞台にした本作には、「領導」という言葉が頻出した。日本語に訳せば、「リーダー」や「指導者」という意味だが、この言葉は公安局局長や外交部部長や国のトップである国家主席も表すことができる。中国語では単語一つでどんなお偉いさんをも形容できる便利な呼称だが、翻訳では状況に応じて「上役」や「トップ」など使い分けた。

至るところに防犯カメラが張り巡らされている現代中国において、いかにしてこの目を掻い潜るのかはミステリー作家にとって一つの課題だ。これまでその課題に挑戦し続けてきた紫金陳氏は、二〇一八年出版の『追跡師』の序文で、「中国の公安の犯罪撲滅の歴史は、デジタル捜査の時代に全面的に突入した」と書いている。『追跡師』では、防犯カメラの盲点を知り尽くす犯人と防犯システム会社社員の攻防を描く一方、防犯カメラに携わる人間がそのシステムを悪用する様子も描き、結局は人間が防犯システムを管理する社会に警鐘を鳴らしている。

現代の中国ミステリー作家は、日本や欧米の作品の長所を学びながら、中国的特色がある作品をつくることに産みの苦しみを味わっている。その結果、本書のような社会派の他、日本人作家の影響が如実に現れている本格や新本格の作品が登場し、さらにそこから青春、ＳＦ、バカミス、百合などジャンルが細分化できるまで作家層が厚くなった。

その中から今回選ばれた本作は、横暴な強制撤去による死亡事件が原因で起きた官僚連続殺人事件という復讐的犯罪を描きながらも、コネの強さや世渡りの上手さがものを言う社会において、それがあれば利用するに越したことはないという矛盾した構造も取り込んでいる。事件解決は自身の出世と上層部の不安を払拭するためとしか考えていない捜査官。利権のせいで家族を失ったのに、家族を救うために交友関係を頼り、そのコネすら犯罪に利用する犯罪者。割り切った考え方を持つ人物が登場する本作は、現代中国を知る上で参考になるだろう。
中国のミステリー読者は多くの海外作品を読み込み、たくさんの外国人作家の名前を知っているが、日本で知られている中国人ミステリー作家の数はまだ非常に少ない。本書の出版が、このような不均衡の解消に一役買うことを願う。そして、本書を読んでくださった方々に、中国にもこんなミステリーがあるんだと感心していただけたら幸いだ。

二〇一九年二月

著者　**紫金陳**（しきん・ちん）

中国の名門大学の一つ、浙江大学卒業。二〇〇七年にデビュー。十数作品の小説を発表している人気作家。代表作の「官僚謀殺」及び「推理の王」シリーズは、人々の琴線に触れるストーリー展開に加え、社会問題に深く鋭く切り込み、周到な謀殺計画とその遂行をスリリングに描いた作品で、独特なスタイルのミステリーになっている。現在、多くの作品が映像化されている。

訳者　**阿井幸作**（あい・こうさく）

北海学園大学卒業。中国北京市の中国人民大学に語学留学してから今日まで北京市暮らし。留学中に中国のミステリー小説などに興味を持ったことがきっかけで、今はライターや翻訳者としても活動中。訳書に九把刀『あの頃、君を追いかけた』（泉京鹿と共訳・講談社）、紫金陳『知能犯之罠』『知能犯の時空トリック』（行舟文化）、宝樹『時間の王』（稲村文吾と共訳・早川書房）、周浩暉『邪悪催眠師』（ハーパーコリンズ・ジャパン）、孫沁文『厳冬之棺』（早川書房）。

知能犯之罠《ちのうはんのわな》

２０１９年５月25日初版第一刷発行
２０２４年２月15日二版第一刷発行

著者　紫金陳
訳者　阿井幸作
企画　張舟
編集　張舟　秋好亮平
発行所　(株)行舟文化
発行者　シュウ　ヨウ
福岡県福岡市東区土井２-７-５
HP　http://www.gyoshu.co.jp
E-mail　info@gyoshu.co.jp
TEL　０９２-９８２-８４６３
FAX　０９２-９８２-３３７２

印刷・製本　シナノ書籍印刷株式会社
落丁乱丁のある場合は送料小社負担で
お取替え致します。
ISBN 978-4-909735-02-7　C0097
Printed and bound in Japan
谋杀官员系列
设局 by 紫金陈

# 行舟文化単行本 目録

＊二〇二四年二月現在